SÉRIE WATERSONG

Despertar

SÉRIE WATERSONG

Despertar

AMANDA HOCKING

Planeta

Título original: *Wake*

TRADUÇÃO Tatiana Leão
PREPARAÇÃO Gabriela Ghetti
REVISÃO Vivian Miwa Matsushita
PROJETO GRÁFICO Aila Regina
DIAGRAMAÇÃO S4 Editorial
CAPA Adaptada do projeto gráfico original de Lisa Marie Pompilio
IMAGENS DA CAPA James Porto (mulher), Colin Anderson/Getty Images (água), Khoroshunova Olga/Shutterstock (farol)

CIP BRASIL. CATALOGAÇÃO NA FONTE
SINDICATO NACIONAL DOS EDITORES DE LIVROS, RJ

H621d

Hocking, Amanda

Despertar / Amanda Hocking ; tradução Tatiana Leão. – São Paulo : Planeta do Brasil, 2012.

208p. : 23 cm. (Watersong ; 1)

Tradução de: Wake

ISBN 978-85-7665-877-1

1. Romance americano. I. Leão, Tatiana. II. Título. III. Série.

12-3573. CDD: 813
CDU: 821.111(73)-3

29.05.12 11.06.12 035944

2012

EDITORA PLANETA DO BRASIL LTDA.
Avenida Francisco Matarazzo, 1500 | 3º andar | cj. 32 B
Edifício New York | 05001-100 | São Paulo-SP
www.editoraplaneta.com.br
vendas@editoraplaneta.com.br

Watersong

Livro 1

Prólogo: Nossa

Mesmo com a maresia, Thea sentia o cheiro de sangue no corpo. Ao inspirar, ela se enchia da fome familiar que assombrava os seus sonhos. Só que, agora, a fome a enojava e deixava um gosto horrível em sua boca, pois sabia de onde ele vinha.

— Já terminou? — perguntou Thea. Ela estava de pé na praia rochosa, com o olhar perdido no mar, de costas para a irmã.

— Você sabe que sim — respondeu Penn. Embora estivesse com raiva, sua voz ainda mantinha a aura sedutora, aquela textura atraente que ela nunca conseguiu apagar completamente. — Não graças a você.

Thea virou para trás e olhou para Penn. Mesmo sob a luz opaca da lua, os cabelos negros de Penn reluziam e até mesmo a sua pele bronzeada dava impressão de brilhar. Logo após acabar de comer, ela parecia ainda mais bonita do que algumas horas antes.

Algumas poucas gotas de sangue respingaram em sua roupa, mas Penn tinha sido poupada da maioria delas, com exceção da mão direita, que estava manchada de carmim até o cotovelo.

O estômago de Thea se embrulhou, tanto por causa da fome quanto pelo desgosto, e ela deu as costas novamente.

— Thea — suspirou Penn e caminhou até ela. — Você sabe que precisava ser feito.

Por um momento, Thea não disse nada. Apenas ouvia o modo como o mar cantava para ela, o marulho que chamava por ela.

— Eu sei — disse Thea por fim, com a esperança de que as palavras não traíssem seus verdadeiros sentimentos. — Mas o momento é péssimo. Nós deveríamos ter esperado.

— Eu não conseguia mais esperar — insistiu Penn, e Thea não tinha certeza se isso era verdade ou não. Mas Penn tinha tomado uma decisão, e ela sempre conseguia o que queria.

— Nós não temos muito tempo — Thea apontou para a lua, quase cheia acima delas, e depois olhou para Penn.

— Eu sei. Mas já disse a você, estou de olho em alguém — Penn deu um largo sorriso para Thea e mostrou os dentes, afiados como lâminas. — E não vai demorar muito para que ela seja nossa.

1. Mergulho à meia-noite

O MOTOR FEZ UM ESTAMPIDO BIZARRO, COMO UMA LHAMA robótica ao morrer, seguido por um inócuo clique-clique. Depois, tudo ficou em silêncio. Gemma virou a chave com mais força, na esperança de que isso trouxesse o velho Chevy à vida de alguma maneira, mas ele sequer soltava estampidos agora. A lhama tinha morrido.

— Só pode ser brincadeira — disse Gemma, e amaldiçoou em voz baixa.

Ela tinha ralado para comprar esse carro. Entre as longas horas que havia passado treinando na piscina e colocando seus deveres de casa em dia, sobrou pouco tempo para manter um emprego estável. Isso a obrigou a ficar tomando conta dos terríveis meninos Tennenmeyer. Eles grudaram chiclete no cabelo dela e derramaram água sanitária em seu pulôver favorito.

Mas ela segurou as pontas. Gemma estava determinada a conseguir um carro quando fizesse 16 anos, mesmo que isso implicasse lidar com os Tennenmeyer. Harper, sua irmã mais velha, ganhou o velho carro do pai como herança. Harper propôs a Gemma que o dividisse, mas ela recusou.

Gemma precisava de seu próprio carro, principalmente porque nem Harper nem o pai delas aprovavam de bom grado seus mergulhos tarde da noite na baía de Anthemusa. Eles não moravam muito longe da baía, mas não era a distância que preocupava sua família. Era a parte do "tarde da noite", e justamente o que Gemma mais ansiava.

Lá fora, sob as estrelas, a água parecia durar para sempre. A baía encontrava o mar que, por sua vez, encontrava o céu, e tudo isso se misturava como se ela flutuasse em um ciclo eterno. Havia algo mágico no mar durante a noite, algo que sua família parecia não conseguir compreender.

Gemma tentou usar a chave mais uma vez, mas só provocou o mesmo clique vazio no carro. Com um suspiro, ela se inclinou e olhou para o céu iluminado pela lua através do para-brisa rachado. Estava ficando tarde e, mesmo que ela fosse a pé agora, não conseguiria voltar do mergulho até a meia-noite.

Isso não seria um grande problema, mas seu limite era às onze horas. Começar o verão com um castigo, além de um carro quebrado, era a última coisa que ela queria. O mergulho teria de esperar até outra noite.

Gemma saiu do carro. Quando tentou bater a porta com força de tanta frustração, ela apenas gemeu, e um pedaço de ferrugem caiu do fundo do veículo.

— Estes foram de longe os trezentos dólares mais mal gastos da minha vida — resmungou Gemma.

— Problemas com o carro? — perguntou Alex por trás dela, assustando-a com tanta intensidade que ela quase soltou um grito. — Desculpe. Não tive a intenção de assustá-la.

— Não, está tudo bem — ela ignorou o susto com um aceno e se virou para encará-lo. — Eu não o ouvi sair.

Alex vivia na casa ao lado, há cerca de dez anos, e não tinha nada de assustador. Conforme foi ficando mais velho, ele tentou alisar o cabelo escuro e rebelde, mas um redemoinho perto da testa sempre se levantava, um topete que ele nunca conseguiria domar. Isso o fazia parecer ter menos de 18 anos e, quando sorria, parecia ainda mais jovem.

Havia algo de inocente nele e era provavelmente por isso que Harper nunca tinha pensado em Alex sendo além de um amigo. Pouco tempo antes, até mesmo Gemma o havia dispensado como alguém que não valia uma paixonite. Ela havia observado nele as mudanças sutis, a juventude dando lugar aos ombros largos e aos braços fortes.

Foi aquela novidade, a nova *masculinidade* que começava a crescer nele, que causou um frio na barriga quando Alex sorriu para ela. Gemma ainda não havia se acostumado a se sentir assim perto dele, então descartou a sensação e tentou ignorá-la.

— Esta porcaria não está ligando — Gemma apontou para o compacto enferrujado e se aproximou do local onde Alex havia parado no gramado. — Eu o comprei há apenas três meses e ele já pifou.

— Sinto muito por isso — disse Alex. — Você precisa de ajuda?

— Você entende alguma coisa de carros? — Gemma ergueu uma sobrancelha. Ela o tinha visto passar bastante tempo jogando videogames ou com o nariz enfiado em um livro, mas nem uma vez sequer debaixo do capô de um carro.

Alex sorriu timidamente e baixou o olhar. Fora abençoado com uma pele bronzeada, o que tornava mais fácil para ele esconder seu constrangimento, mas Gemma o conhecia bem o suficiente para saber que ele corava por qualquer coisa.

— Não — admitiu ele com uma risadinha, e acenou para a garagem, onde estava seu Cougar azul. — Mas eu tenho o meu próprio carro.

Ele tirou as chaves do bolso e as girou em torno do dedo. Conseguiu parecer descolado por um momento, antes que as chaves escapassem da sua mão e o acertassem no queixo. Gemma sufocou uma risada enquanto ele se esforçava para pegá-las.

—Você está bem?

— Ah, é, tudo bem — Alex esfregou o queixo e encolheu os ombros. — E aí, você quer uma carona?

—Você tem certeza? Está bem tarde. Eu não quero incomodá-lo.

— Não, não é incômodo algum — ele deu um passo para trás em direção ao carro e esperou que Gemma o acompanhasse. — Para onde você vai?

— Até a baía.

— Eu deveria ter adivinhado — ele deu um sorriso irônico. — Seu mergulho de todas as noites?

— Nem *todas* as noites — disse Gemma, mas era quase isso.

—Vamos lá — Alex foi até o Cougar e abriu a porta. — Entra aí.

— Certo, já que você insiste.

Gemma não gostava de dar trabalho às pessoas, mas não queria deixar de aproveitar a oportunidade de nadar. Andar de carro sozinha com Alex também não faria mal. Geralmente, ela só conseguia passar um tempo com ele quando Alex saía com sua irmã.

— Então, o que há de tão fascinante nesses mergulhos? — perguntou Alex depois que ela entrou no carro.

— Eu acho que não os descreveria como fascinantes — ela apertou o cinto de segurança e reclinou no assento. — Eu não sei exatamente o que é. É só que... Não há nada igual.

— Como assim? — perguntou Alex. Ele já havia ligado o carro, mas continuou parado na entrada, observando Gemma enquanto ela tentava se explicar.

— Durante o dia, há tanta gente na baía, ainda mais durante o verão, mas à noite... É só você, a água e as estrelas. E fica escuro, então tudo parece ser uma coisa só, e você faz parte de tudo isso — ela franziu a testa, mas seu sorriso era melancólico. — Eu acho que é meio fascinante — admitiu ela. Gemma sacudiu a cabeça para tirar o pensamento da mente. — Não sei. Talvez eu simplesmente seja uma excêntrica e goste de nadar à noite.

Foi então que Gemma percebeu que Alex olhava diretamente para ela, e ela passou os olhos por ele. Alex tinha uma expressão estranha no rosto, quase como se estivesse aturdido.

— O que foi? — perguntou Gemma, enquanto começava a ficar constrangida pela forma como ele a observava. Ela brincou com o cabelo, prendendo-o atrás das orelhas, e se remexeu no assento.

— Não é nada. Desculpe — Alex balançou a cabeça e engatou a marcha. —Você provavelmente quer chegar logo à baía.

— Não estou morrendo de pressa nem nada — disse Gemma, mas esta era uma meia-verdade. Ela queria passar tanto tempo na água quanto possível antes de ter que voltar para casa.

— Você continua treinando? — perguntou Alex. — Ou parou por conta das férias de verão?

— Não, eu continuo treinando — Ela abriu a janela do carro e deixou as rajadas de ar salgado entrarem. — Eu nado todos os dias na piscina com o treinador. Ele disse que as minhas marcas estão ficando muito boas.

—Você nada todos os dias na piscina e depois escapa para nadar a noite toda? — Alex deu um sorriso malicioso. — Como é isso?

— É diferente — ela esticou o braço para fora da janela aberta, mantendo-o na mesma posição da asa de um avião. — Quando nado na piscina, tudo gira em torno de voltas e marcas. É trabalho. Lá na baía, eu só flutuo e nado de um lado para o outro.

— Mas você nunca se cansa de estar molhada? — perguntou Alex.

— Não — ela sacudiu a cabeça. — É como se você perguntasse: "Você nunca se cansa de respirar?".

— Para dizer a verdade, eu me canso. Às vezes penso: "Não seria ótimo se eu não precisasse respirar?".

— Por quê? — riu Gemma. — Por que seria tão bom assim?

— Eu não sei — ele pareceu ficar constrangido por um minuto, com um sorriso que se contorcia nervosamente. — Acho que eu pensava assim principalmente quando estava na aula de educação física e me faziam correr ou coisa do tipo. Eu sempre ficava tão sem fôlego.

Alex olhou para ela, como se estivesse conferindo se Gemma o achava um completo perdedor por ter admitido isso, mas ela apenas sorriu para ele em resposta.

— Você deveria ter passado mais tempo nadando comigo — disse Gemma. — Assim não estaria tão fora de forma.

— Eu sei, mas sou um *nerd* — ele suspirou. — Pelo menos esse lance de educação física acabou, agora que me formei.

— Em pouco tempo você vai estar tão ocupado na faculdade que não vai nem se lembrar dos horrores da escola — disse Gemma, enquanto seu tom se tornava curiosamente desesperado.

— É, acho que sim — Alex franziu a testa e se perguntou se ele havia azedado o bom humor dela de alguma maneira.

Gemma se inclinou em direção à janela, com o braço pendurado ao seu lado e o queixo pousado sobre a mão, enquanto olhava para as residências e as árvores que passavam. No bairro dela e de Alex, as casas eram todas vagabundas e decadentes, mas assim que eles passaram por Capri Lane viram como tudo era limpo e moderno.

Como era alta temporada na cidade, tudo estava gloriosamente iluminado. A música dos bares e o ruído de pessoas conversando e rindo flutuavam pelo ar.

—Você está animado para escapar de tudo isto? — perguntou Gemma com um sorriso amargo e apontou para um casal de bêbados que brigava na avenida.

— Eu ficarei feliz em me afastar de algumas coisas — admitiu ele, mas, quando olhou para Gemma, sua expressão se suavizou. — Mas tenho certeza de que sentirei saudade de outras.

A praia estava praticamente deserta, exceto por alguns adolescentes que acenderam uma fogueira. Gemma orientou Alex a dirigir até mais adiante da costa. A areia fofa deu lugar a pedras mais pontiagudas que revestiam a costa, e os estacionamentos pavimentados foram substituídos por uma floresta de ciprestes-dos-pântanos. Ele estacionou em uma estrada de terra, o mais próximo à água que conseguiu.

A essa distância das atrações turísticas, não havia pessoas ou trilhas que levassem até a água. Quando Alex apagou as luzes do Cougar, eles ficaram submersos na escuridão. A única luz vinha da lua acima deles e da luminosidade da poluição lançada pela cidade.

—Você realmente nada aqui? — perguntou Alex.

— Sim. É o melhor lugar para isso — ela deu de ombros e abriu a porta.

— Mas aqui só tem pedras —Alex saiu do carro e examinou as pedras cobertas de musgo que cobriam o chão. — Parece perigoso.

— Por isso mesmo — Gemma abriu um sorriso. — Mais ninguém nadaria aqui.

Assim que saiu do carro, ela tirou a saída de praia, o que revelou o maiô que usava por baixo. Seus cabelos escuros estavam presos em um rabo de cavalo, mas ela puxou o elástico e sacudiu os fios para soltá-los. Ela tirou as sandálias de dedo e as jogou com o vestido no carro.

Alex ficou parado ao lado do carro, com as mãos metidas nos bolsos, e tentou não olhar para ela. Ele sabia que Gemma estava vestindo um maiô, um que ele a tinha visto usar centenas de vezes. Gemma praticamente vivia de maiô. Mas, a sós com ela, Alex tinha perfeita consciência de como Gemma ficava de roupa de banho.

Das duas irmãs, Gemma definitivamente era a mais bonita. Ela tinha o corpo de uma nadadora ágil, *mignon* e esbelta, mas com curvas em todos os devidos lugares. A pele dela era bronzeada pelo sol e o cabelo escuro tinha reflexos dourados por toda parte, por causa do cloro e da luz do sol. Os olhos de Gemma eram cor de mel. Não que Alex realmente conseguisse ver a cor na luz fraca, mas eles brilhavam quando ela sorria para ele.

— Você não vai nadar? — perguntou Gemma.

— Eu, não — ele balançou a cabeça e olhou de propósito para a baía, para evitar olhar para ela. — Estou bem aqui. Vou esperar no carro até você terminar.

— Nada disso, você veio comigo até aqui, não pode simplesmente esperar no carro. Você *tem* de vir nadar comigo.

— Não, eu estou bem aqui — ele coçou o braço e baixou o olhar. — Divirta-se.

— Vamos lá, Alex — Gemma fingiu fazer beicinho. — Eu aposto que você nunca deu um mergulho sequer ao luar. E você vai para a faculdade no fim do verão. Tem de fazer isso pelo menos uma vez ou não vai ter vivido de verdade.

— Eu não trouxe uma sunga — disse Alex, mas sua resistência já diminuía.

— Fique só de cueca.

Alex pensou em insistir no protesto, mas Gemma tinha razão em um ponto. Ela sempre fazia coisas assim, mas ele passara a maior parte da época de colégio no próprio quarto.

Além do mais, nadar seria melhor do que esperar. E, quando ele parou para pensar a respeito, era muito menos assustador nadar *com* ela do que observá-la da praia.

— Está bem, mas é melhor eu não cortar os meus pés nestas pedras — disse Alex enquanto tirava os sapatos.

— Eu prometo mantê-lo são e salvo — ela colocou a mão no coração para provar o que dizia.

— Eu vou cobrar isso.

Ele puxou a camisa por cima da cabeça e foi exatamente como Gemma tinha imaginado. Seu corpo esguio tinha sido preenchido com tônus e músculos que ela não entendia muito bem, já que ele se dizia um nerd.

Quando Alex começou a tirar as calças, Gemma deu as costas por educação. Embora ela fosse vê-lo de cueca dali a poucos segundos, era estranho observá-lo tirar a calça jeans. Como se isso fosse obsceno.

— Então, como vamos entrar na água? — perguntou Alex.

— Com muito cuidado.

Ela foi primeiro, pisando delicadamente nas pedras, e ele sabia que não havia como copiar o encanto dela. Gemma se movia como uma bailarina e pisava na planta dos pés de uma pedra lisa para a outra, até chegar à água.

— Há algumas pedras afiadas quando você pisa na água — Gemma o alertou.

— Obrigado pelo aviso — murmurou ele, e se moveu com todo o cuidado possível. Seguir o caminho dela, algo que Gemma tinha feito parecer tão fácil, provou ser bastante perigoso, e ele tropeçou várias vezes.

— Não tenha pressa! Vai ficar tudo bem se você for devagar.

— Eu estou tentando.

Para sua própria surpresa, ele conseguiu chegar à água sem abrir um corte no pé. Quando atingiu o mar, Gemma sorriu para ele com orgulho, enquanto nadava para a parte mais profunda do oceano.

— Você não tem medo? — perguntou Alex.

— Do quê? — ela tinha se afastado o suficiente na água para relaxar e nadar batendo as pernas diante de si.

— Eu não sei. De monstros marinhos ou coisa parecida. A água é tão escura. Não dá para ver nada — a água agora estava um pouco acima da cintura de Alex e, a bem da verdade, ele não queria ir mais longe.

— Não tem monstro marinho nenhum — Gemma riu e espirrou água nele. Para incentivá-lo a se divertir, ela decidiu desafiá-lo. — Vamos ver quem chega primeiro naquela rocha.

— Qual rocha?

— Aquela ali — ela apontou para um pico de rocha cinza e gigantesco que se projetava da água a poucos metros de onde nadavam.

— Você vai ganhar — disse ele.

— Eu deixo você sair na frente — ofereceu Gemma.

— Quanto tempo?

— Hum… Cinco segundos.

— Cinco segundos? — Alex pareceu avaliar a questão. — Talvez eu pudesse… — em vez de terminar a ideia, ele mergulhou na água e nadou depressa.

— Eu já deixei você sair na frente! — Gemma gritou para ele e riu. — Não precisa trapacear!

Alex nadou o mais furiosamente que pôde, mas não demorou muito para que Gemma passasse voando por ele. Na água, ela era irrefreável, e ele honestamente nunca havia visto alguém mais rápido do que Gemma. No passado, ele tinha ido com Harper para os encontros de natação na escola, e raramente houve algum que Gemma não tivesse vencido.

— Eu ganhei! — declarou Gemma ao chegar à rocha.

— Como se alguém duvidasse — Alex nadou até ela e se agarrou à rocha para se sustentar. Ele ainda respirava com dificuldade e limpou a água salgada dos olhos. — Essa competição estava longe de ser justa.

— Desculpe — ela sorriu. Gemma não estava tão sem fôlego quanto Alex, mas se apoiou na rocha ao lado dele.

— Por algum motivo, eu não acho que você tenha falado sério — Alex disse enquanto fingia estar ofendido.

A mão dele escorregou da rocha e, quando ele esticou o braço para se segurar novamente, colocou acidentalmente a mão sobre a de Gemma. Seu primeiro instinto foi puxá-la de volta, com alguma espécie de constrangimento precipitado, mas ele mudou de ideia um segundo antes.

Alex deixou sua mão se demorar sobre a de Gemma, ambas frias e úmidas. O sorriso dela tinha mudado, se tornado algo mais carinhoso, e, naquele instante, nenhum dos dois disse coisa alguma. Eles ficaram na rocha por um momento prolongado, e o único ruído vinha da água que se agitava ao redor deles.

Gemma teria se contentado em ficar desse jeito com Alex, mas a luz explodiu na enseada atrás dele e a distraiu. A pequena caverna ficava na boca da baía, bem próximo de onde Gemma se encontrava oficialmente com o oceano, a cerca de quatrocentos metros de onde Alex e ela flutuavam.

Alex seguiu o olhar dela e, um momento depois, uma risada ressoou sobre a água. Gemma o deixou se virar ao tirar a mão dele de cima da dela.

Uma fogueira reluziu no interior da enseada, a luz cintilando nas três figuras dançantes que a acenderam. Daquela distância, era difícil ter uma visão nítida do que estavam fazendo, mas quem elas eram ficava óbvio pela maneira como se movimentavam. Todos na cidade sabiam quem eram, mesmo que ninguém parecesse conhecê-las pessoalmente.

— São aquelas garotas — disse Alex baixinho, como se elas pudessem ouvi-lo da enseada.

As três garotas pareciam dançar, todas com a mesma elegância e graça. Até as sombras delas, que se agigantavam nas paredes da caverna ao redor, pareciam sensuais em seus movimentos.

— O que elas estão fazendo lá? — perguntou Alex.

— Eu não sei — Gemma encolheu os ombros e continuou a olhar para as garotas, impassível. — Elas têm vindo para cá cada vez com mais frequência. Parecem gostar de se encontrar naquela enseada.

— Hum — disse Alex. Ela olhou novamente para Alex e viu que ele franzia a testa ao pensar.

— Eu não sei nem ao menos o que elas estão fazendo na cidade.

— Nem eu — ele olhou para trás para vê-las mais uma vez. — Me disseram que são estrelas de cinema canadense.

— Pode ser, mas elas não têm sotaque.

— Você as ouviu falar? — perguntou Alex, parecendo impressionado.

— Sim, eu as vi na Lanchonete da Pearl, em frente à biblioteca. Elas sempre pedem *milk-shakes*.

— Não havia quatro garotas no grupo?

— É, acho que sim — Gemma apertou os olhos, tentando ter certeza de ter feito a conta certa. — Da última vez em que as vi aqui, havia quatro garotas, mas agora só há três.

— Imagino onde a quarta foi parar.

Gemma e Alex estavam longe demais para visualizá-las com clareza, mas conseguiam as ouvir conversando e rindo, as vozes flutuando sobre a baía. Uma das garotas começou a cantar — a voz límpida como cristal, e tão doce que quase doía ouvi-la. A melodia tocou o coração de Gemma.

O queixo de Alex caiu e ele ficou de boca aberta. Ele se afastou da rocha e flutuou lentamente em direção a elas, mas Gemma nem sequer percebeu o movimento. Estava concentrada nas garotas na enseada. Ou melhor, na garota que não estava cantando.

Penn. Gemma tinha certeza de que era ela, simplesmente pela maneira como se afastou das duas outras garotas. Os longos cabelos negros dela estavam soltos e o vento os soprava para frente. Ela andava com graciosidade e determinação espantosas, com o olhar fixo à frente.

A essa distância na escuridão, Penn provavelmente não a notou, mas Gemma sentia seus olhos a perfurarem, o que causava arrepios que se espalhavam por sua espinha.

— Alex — disse Gemma com uma voz que mal soava como sendo dela mesma. — Acho que a gente deveria ir embora.

— O quê? — Alex respondeu atordoado, e foi aí que Gemma percebeu que ele tinha nadado para muito longe dela.

— Vamos, Alex. Acho que as estamos incomodando. A gente tem de ir embora.

— Ir embora? — ele se virou para ela, parecendo estar confuso com a ideia.

— Alex! — disse Gemma, já quase aos gritos, mas ele parecia não ouvir nada. — Nós temos de voltar. Está tarde.

— Ah, claro — ele balançou a cabeça para esvaziá-la e depois nadou de volta para a praia.

Quando Gemma estava convencida de que Alex havia voltado ao normal, ela o seguiu.

Penn, Thea, Lexi e Arista estavam na cidade desde que começara a esquentar, e as pessoas achavam que elas eram as primeiras turistas da temporada. Mas ninguém sabia ao certo quem elas eram ou o que faziam ali.

Tudo o que Gemma sabia era que ela odiava quando as garotas vinham para a enseada. Isso atrapalhava seus mergulhos noturnos. Ela não ficava à vontade na água, não com as garotas ali, dançando e cantando e fazendo seja lá o que elas faziam.

2. Capri

A BATIDA DA PORTA DO CARRO A ASSUSTOU, E HARPER SE sentou e deixou de lado seu leitor digital. Ela pulou da cama e abriu a cortina a tempo de ver Gemma se despedir de Alex antes de entrar em casa.

Segundo o despertador na mesa de cabeceira, eram somente dez e meia da noite. Harper não tinha motivos para dar um flagra em Gemma, mesmo assim não gostava nada da situação.

Harper se sentou na cama e esperou que Gemma subisse as escadas. Isso levaria alguns minutos, pois seu pai, Brian, estava lá embaixo assistindo à TV. Ele normalmente esperava por ela, não que Gemma parecesse se importar. Ela saía de qualquer forma, mesmo quando Brian tinha de acordar às cinco da manhã para trabalhar.

Isso enlouquecia Harper, mas havia muito tempo ela desistira dessa briga. Seu pai havia estabelecido um limite para Gemma e, se ele se incomodasse em ter de esperar por ela, poderia adiantar o horário limite. Ao menos foi o que ele disse.

Brian e Gemma conversaram por alguns minutos, com Harper no andar de cima ouvindo a conversa abafada. Em seguida, ela ouviu passos na escada e, antes que Gemma conseguisse chegar ao próprio quarto, Harper abriu a porta de seu quarto e a chamou.

— Gemma — sussurrou Harper.

Gemma ficou do outro lado do corredor, de costas para Harper, e com a mão na porta de seu quarto. Sua saída de praia estava grudada na pele úmida e Harper conseguia ver o contorno do maiô através do tecido.

Com uma forte relutância, Gemma se virou para a irmã mais velha.

— Você não precisa esperar por mim, sabia? O papai já faz isso.

— Eu não estava esperando por você — mentiu Harper. — Eu, por acaso, estava acordada, lendo.

— Ah. Certo — Gemma revirou os olhos e cruzou os braços. — Então, desembucha. Diga o que eu fiz de errado.

—Você não fez nada de errado — disse Harper com um tom mais suave. Não era como se ela gostasse de gritar com Gemma o tempo todo. Ela não gostava, mas Gemma tinha o péssimo hábito de fazer coisas idiotas.

— Eu sei — respondeu Gemma.

— Eu só estava... — Harper passou os dedos pelo batente da porta do quarto e evitou olhar para Gemma, com receio de que ela tivesse um brilho crítico nos olhos. — O que você estava fazendo com Alex?

— O meu carro não pegava, então ele me levou para nadar na baía.

— Por que ele levou você até lá?

— Eu não sei. Porque ele é legal? — Gemma deu de ombros.

— Gemma! — resmungou Harper.

— O quê? — perguntou Gemma. — Eu não fiz nada.

— Ele é velho demais para você — suspirou Harper. — Eu sei que...

— Harper! Eca! — as bochechas de Gemma ficaram vermelhas e ela baixou o olhar. — Alex é tipo... um irmão ou algo assim. Não seja indecente. E ele é o seu melhor amigo.

— Não começa — Harper balançou a cabeça. — Eu tenho observado o joguinho de vocês dois nos últimos meses, e eu não ligaria para isso se ele não fosse embora para a universidade em breve. Não quero que você se magoe.

— Eu não vou me magoar. Não está acontecendo nada — insistiu Gemma. — Sabe, eu pensei que você fosse ficar feliz. Você sempre me diz para não nadar sozinha à noite e eu levei alguém comigo.

— Alex? — Harper levantou uma sobrancelha, e até Gemma teve de admitir que ele provavelmente não seria um guarda-costas muito eficiente. — Além disso, esses mergulhos noturnos não são seguros. Você simplesmente não deveria ir até lá.

— Eu estou bem! Não aconteceu nada!

— Não aconteceu nada *ainda* — contra-argumentou Harper. — Mas três pessoas desapareceram nos últimos dois meses, Gemma. Você precisa tomar cuidado.

— Eu tomo cuidado! — Gemma cerrou os punhos das duas mãos ao lado do corpo. — E não importa o que você diga, de qualquer maneira. Papai disse que posso ir desde que esteja em casa por volta das onze, e eu estou.

— Bem, o papai não deveria deixá-la ir.

— Algum problema, meninas? — perguntou Brian ao esticar a cabeça no fundo das escadas.

— Não — resmungou Harper.

— Eu vou tomar um banho e ir para a cama, se Harper não se importar — disse Gemma.

— Por mim tanto faz — Harper levantou os braços e encolheu os ombros.

— Obrigada — Gemma se virou e bateu a porta do quarto atrás de si.

Harper se recostou no batente da porta enquanto seu pai subia as escadas. Ele era um homem alto, com mãos grandes e fortes, desgastadas pelos anos de trabalho no estaleiro. Embora tivesse cerca de 40 anos, Brian estava em ótima forma e, exceto por algumas poucas mechas grisalhas no cabelo, não aparentava a idade que tinha.

Ao parar em frente ao quarto de Harper, Brian cruzou os braços e olhou para ela.

— O que foi isso?

— Sei lá — ela encolheu os ombros e baixou o olhar para os dedos dos pés, notando que o esmalte azul brilhante tinha começado a descascar.

— Você precisa parar de dizer a ela o que fazer — disse Brian em voz baixa.

— Eu não fiz isso!

— Ela vai cometer erros, como você também comete, mas vai ficar bem, como você também está.

— Por que sou eu a vilã? — Harper finalmente levantou o olhar para encarar o pai. — Alex é velho demais para ela e aquele lugar é perigoso. Eu não estou exagerando.

— Mas você não é o pai dela — disse Brian. — Eu sou. Você tem a sua própria vida para viver, deveria se preocupar com a sua faculdade no momento. Deixe que eu me preocupe com Gemma, tá? Eu posso cuidar dela.

— Eu sei — ela suspirou.

— Sabe mesmo? — perguntou Brian com sinceridade enquanto a olhava nos olhos. — Eu sei que deixei muitas responsabilidades com você desde que a sua mãe... — ele se interrompeu, deixando o assunto flutuar no ar. — Mas isso não significa que as coisas não vão dar certo sem você.

— Eu sei. Desculpe, papai — ela deu um sorriso forçado para ele. — Eu só fico preocupada.

— Bem, tente não ficar e durma bem esta noite, tá bom?

— Tudo bem — ela concordou com a cabeça.

Ele se inclinou e deu um beijo na testa de Harper.

— Boa noite, querida.

— Boa noite, papai.

Harper voltou para seu quarto e fechou a porta atrás de si. Seu pai estava certo e ela sabia disso, mas isso não mudava como Harper se sentia. Bem ou mal, Gemma tinha sido responsabilidade de Harper nos últimos nove anos. Ou, no mínimo, Harper se sentia responsável pela irmã.

Ela se sentou na cama e soltou um suspiro abatido. Seria impossível deixá-los.

Ela deveria estar animada para finalmente viver por conta própria, especialmente levando em consideração quanto ela havia batalhado por isso. Mesmo com o trabalho de meio-período na biblioteca e atuando como voluntária no abrigo de animais, Harper havia conseguido boas notas durante todo o ensino médio.

A bolsa que ganhou abriu portas que o orçamento do seu pai não conseguiria. Todas as universidades para as quais ela se candidatou a queriam. Ela poderia ter ido para qualquer uma, mas escolheu uma universidade estadual que ficava a apenas quarenta minutos de Capri.

Harper conseguia ver a luz do quarto de Alex através das cortinas. Ela pegou o celular da mesa de cabeceira com a intenção de enviar uma mensagem de texto para ele, mas mudou de ideia. Alex era seu amigo havia anos e, embora nunca tenha alimentado qualquer sentimento romântico com relação a ele, o flerte cada vez mais intenso com sua irmã mais nova a incomodava um pouco.

Os canos gemeram quando Gemma ligou a água quente no banheiro do outro lado da parede. Harper pegou o esmalte azul para retocar as unhas dos pés e ouviu Gemma cantar no chuveiro, a voz agradável como uma canção de ninar.

Harper desistiu da tarefa depois de pintar as unhas de um dos pés e se enrolou na cama. Alguns momentos depois de encostar a cabeça no travesseiro, ela desmaiou.

Quando Harper acordou de manhã, seu pai já tinha ido para o trabalho, e Gemma andava para lá e para cá na cozinha. Harper nunca deixou de estranhar o fato de Gemma acordar às sete da manhã, e era ela quem dormia mais tarde na família.

— Fiz uns ovos cozidos esta manhã — disse Gemma com a boca cheia de comida. Com base nas migalhas amarelas que saíam da boca dela, parecia que Gemma tinha acabado de comer um deles. — Cozinhei uma dúzia inteira, então você pode pegar alguns.

— Obrigada — Harper bocejou enquanto se sentava na mesa da cozinha.

Gemma ficou ao lado da máquina de lavar louças aberta e bebeu rapidamente um copo de suco de laranja. Quando terminou, ela o colocou na máquina, ao lado do seu prato sujo. Já estava vestida para sair, com jeans desbotados e uma camiseta, e o cabelo puxado para cima em um rabo de cavalo.

— Eu tenho de ir para o treino de natação — disse Gemma enquanto passava apressada.

— Por que tão cedo? — Harper se recostou na cadeira para ver através da porta enquanto Gemma calçava os sapatos. — Eu achava que o treino só começava às oito.

— É verdade, mas meu carro não pega, então vou pedalar até lá.

— Posso dar uma carona a você — ofereceu Harper.

— Não, tudo bem — Gemma pegou sua bolsa de ginástica e a vasculhou para ter certeza de que tinha tudo de que precisava. Ela tirou o iPod e o enfiou no bolso da calça jeans.

—Você não deveria ouvir música enquanto anda de bicicleta — lembrou Harper. — Não dá para ouvir o tráfego que vem em sua direção.

— Eu vou ficar bem — Gemma a ignorou e jogou os fones de ouvido em volta do pescoço.

— Hoje deve chover — disse Harper.

Gemma pegou um moletom cinza do cabideiro onde estava pendurado e o ergueu para que Harper o visse.

— Estou levando meu casaco — sem esperar que Harper dissesse mais alguma coisa, Gemma se virou e abriu a porta da frente. —Vejo você depois!

—Tenha um bom dia! — Harper gritou para ela, mas a porta já havia se fechado atrás de Gemma.

Harper se sentou na cozinha por alguns minutos, deixando-se despertar antes que o silêncio a incomodasse o suficiente para colocá-la em ação. Ela ligou o aparelho de som para a casa parecer menos vazia. O pai dela sempre deixava o rádio na estação de *rock* clássico e ela passou várias manhãs ouvindo Bruce Springsteen.

Quando abriu a geladeira para tomar o café da manhã, ela viu o saco de papel marrom com o almoço do pai. Ele o tinha esquecido. Mais uma vez. Ela teria de sair mais cedo do seu horário de almoço para levar o embrulho até o estaleiro.

Depois de terminar o café da manhã, Harper se apressou para realizar sua rotina matinal. Ela limpou a geladeira e jogou fora todas as sobras antigas antes de ligar a máquina de lavar louças e tirar o lixo. Era uma terça-feira, e o calendário de tarefas colorido que ela fez dizia *lavar roupas* e *banheiro* em letras de forma garrafais.

Como lavar roupa levava mais tempo, Harper começou com isso. No processo, descobriu que Gemma provavelmente pegara emprestada uma de suas blusas e derramara molho de cachorro-quente nela. Ela teria de se lembrar de ter uma conversa com Gemma a respeito disso mais tarde.

Limpar o banheiro era sempre um saco. O ralo do chuveiro estava sempre lotado com uma quantidade desproporcional do cabelo castanho--dourado de Gemma. Como o cabelo de Harper era mais escuro, mais grosso e mais longo, ela esperava encontrar mais dele, mas era sempre o de Gemma que entupia as tubulações.

Harper terminou as tarefas e depois foi tomar banho e se arrumar para o trabalho. A chuva que ela havia previsto no início da manhã estava caindo, uma chuva pesada, e Harper teve de correr até o carro para não se encharcar.

Como estava chovendo, a biblioteca onde ela trabalhava estava um pouco mais cheia do que o normal. Sua colega de trabalho, Marcy, conseguiu ficar com a parte de guardar os livros e reorganizar as prateleiras, e sobrou para Harper ajudar os frequentadores com os empréstimos.

Elas tinham um sistema automatizado, para que as pessoas pudessem retirar livros sem o envolvimento dos funcionários ou da bibliotecária, mas algumas pessoas nunca conseguiram pegar o jeito da coisa. Várias outras tinham dúvidas quanto a multas por atraso ou reservas de livros, e uma velhinha simpática precisava de ajuda para encontrar "aquele livro com o peixe ou talvez uma baleia, e a menina que se apaixona".

Na hora do almoço, a chuva havia parado, assim como o pequeno tumulto que passara pela biblioteca. Marcy ficara de propósito nos corredores da parte de trás, reorganizando livros, mas depois saiu do esconderijo e se sentou na cadeira ao lado de Harper, na recepção.

Embora Marcy fosse sete anos mais velha do que Harper e tecnicamente a chefe dela, Harper era a mais responsável das duas. Marcy amava livros. Era por isso que ela trabalhava nessa área, mas ficaria satisfeita em passar o resto da vida sem conversar com mais ninguém. Os jeans dela tinham um buraco no joelho e a camiseta dizia: *Eu ouço bandas que ainda nem existem.*

— Nossa, estou feliz que isso tenha acabado — disse Marcy enquanto estalava os elásticos.

— Se as pessoas não viessem aqui, você ficaria sem emprego — salientou Harper.

— Eu sei — ela encolheu os ombros e afastou a franja lisa do olho. — Às vezes eu penso que sou tipo aquele cara do *Além da imaginação.*

— Que cara? — perguntou Harper.

— Aquele cara. Burgess Meredith, eu acho — Marcy se recostou na cadeira enquanto quicava a bola de elásticos entre as mãos. — Ele só queria ler livros, e então ele finalmente consegue o que quer, e no fim todo mundo morre em um holocausto nuclear.

— Ele queria que todo mundo fosse pelos ares? — perguntou Harper enquanto olhava com uma expressão séria para a amiga. — *Você* queria que todo mundo fosse pelos ares?

— Não, ele não queria, nem eu quero — Marcy sacudiu a cabeça. — Ele só queria ficar em paz para conseguir ler, e aí ele consegue. Esta é a lição.

Mas então ele quebra os óculos e não consegue ler, e fica muito preocupado. É por isso que eu como tantas cenouras.

— *O quê?* — perguntou Harper.

— Para ficar com a vista boa — disse Marcy, como se fosse superóbvio. — Caso lancem bombas, eu não vou precisar me preocupar com os meus óculos e posso sobreviver à tempestade nuclear ou ao apocalipse zumbi ou seja lá o que for.

— Uau! Você realmente pensou muito sobre isso, ao que parece.

— Pensei mesmo — admitiu Marcy. — Todo mundo deveria pensar nisso. É muito importante.

— Nota-se — Harper empurrou a cadeira de volta para trás da mesa. — Ei, já que o movimento diminuiu, tudo bem se eu sair mais cedo para o almoço? Preciso levar a comida para o meu pai.

— Sim, claro — Marcy deu de ombros. — Mas ele vai ter de aprender a se lembrar disso por conta própria logo logo.

— Eu sei — suspirou Harper. — Obrigada.

Ela se levantou e voltou para o pequeno escritório atrás da recepção para pegar o lanche no frigobar. O escritório era da bibliotecária, mas ela estava em lua de mel por um mês, viajando ao redor do mundo. Isso deixou Marcy como responsável, o que significava que, na verdade, Harper era a responsável.

— Lá vão elas de novo — disse Marcy.

— Lá vão elas quem? — perguntou Harper, ao voltar e encontrar Marcy olhando pela grande janela da frente.

— *Elas* — Marcy acenou com a cabeça na direção da janela.

Como a chuva havia parado, as ruas estavam lotadas de turistas mais uma vez, mas Harper viu exatamente de quem Marcy estava falando.

Penn, Thea e Lexi desfilavam pelas calçadas. Penn ia à frente, as pernas longas cor de bronze, que pareciam se estender por um quilômetro abaixo da barra da saia curta, e os cabelos negros que caíam como seda pelas suas costas. Lexi e Thea seguiam logo atrás dela, mas Harper nunca soube quem era quem. Uma delas era loira, os cabelos literalmente cor de ouro, e a outra tinha cachos vermelhos flamejantes.

Harper sempre achou que sua irmã era a garota mais bonita de Capri, mas, desde que Penn e suas amigas chegaram à cidade, isso não chegava nem perto de ainda ser verdade.

Penn piscou para Bernie McAllister enquanto passava por ele, e ele teve de se apoiar em um banco para se equilibrar. Era um homem mais velho que raramente deixava a pequena ilha onde morava, logo depois da baía de Anthemusa. Harper o conhecia, pois Bernie trabalhara com o pai dela antes de se aposentar, e ele sempre gostou de Harper e Gemma, sempre oferecia balas a elas quando visitavam o estaleiro.

— Ah, isso não é nada legal — Marcy franziu a testa enquanto observava Bernie se apoiar no banco. — Elas quase provocaram um ataque cardíaco nele.

Harper estava prestes a atravessar correndo a rua para ajudá-lo quando Bernie finalmente pareceu se recompor. Depois de se endireitar, ele continuou a caminhar, aparentemente até a loja de artigos de pesca mais adiante na rua.

— Não havia quatro garotas no grupo? — perguntou Marcy, a atenção novamente voltada para as três garotas.

— Eu acho que sim.

Por dentro, Harper sentiu uma leve sensação de alívio ao saber que havia uma garota a menos. Ela nunca pensou que tivesse preconceitos contra ninguém, mesmo contra meninas bonitas, mas não conseguia evitar de achar que esta cidade e todas as pessoas nela estariam melhores se Penn e suas amigas fossem embora.

— Fico imaginando o que elas fazem aqui — disse Marcy enquanto elas entravam na Lanchonete da Pearl, em frente à biblioteca.

— O mesmo que todo mundo que está aqui faz — Harper tentou parecer pouco se importar com a presença delas. — Estamos nas férias de verão.

— Mas elas são tipo estrelas de cinema ou coisa assim — Marcy se virou para encarar Harper agora que Penn, Lexi e Thea haviam desaparecido dentro da lanchonete.

— Até estrelas de cinema tiram férias — Harper pegou sua bolsa debaixo da mesa. — Vou rapidinho até o estaleiro ver meu pai. Eu volto já já.

Harper saiu correndo com sua antiga Sable, na esperança de ir ao estaleiro e voltar sem pegar chuva. Ela tinha acabado de pular no carro e dar partida quando olhou para cima. Penn, Lexi e Thea estavam sentadas em uma mesa próxima à janela na Lanchonete da Pearl.

As outras duas garotas bebiam dos seus copos e se comportavam como clientes normais, mas Penn olhou para o lado de fora do vidro, os olhos escuros fixos em Harper. Os lábios volumosos dela se transformaram em um sorriso. Talvez um cara achasse esse gesto sedutor, mas Harper achou estranhamente ameaçador.

Ela trocou a marcha do carro e saiu em disparada tão rapidamente que quase fechou outro motorista, e Harper não costumava fazer essas coisas. Enquanto dirigia até o estaleiro e acalmava o coração disparado, ela pensou mais uma vez que seria muito melhor se Penn simplesmente fosse embora.

3. Perseguida

HARPER TINHA ESPERANÇA DE ESCAPAR DELE, MAS ultimamente parecia que nenhuma de suas idas ao estaleiro estaria completa sem que esbarrasse em Daniel. Ele morava em um barco que mantinha ancorado lá, embora fosse uma lancha pequena, que não era feita para ser habitada por mais de um ou dois dias.

Brian trabalhava no extremo da baía, na descarga das barcaças que chegavam. Como esse lado da baía de Anthemusa era utilizado para navios de carga, ele chamava menos a atenção dos turistas, e a maioria dos barcos particulares ficava ancorada mais perto da praia. Claro, havia alguns moradores que ainda mantinham barcos nesse canto do cais e, por acaso, Daniel era um deles.

Harper o conheceu quando estava a caminho de encontrar Brian no estaleiro. Aparentemente, Daniel acordou e decidiu fazer xixi da beirada do barco. Ela apenas levantou o olhar bem no momento errado e teve uma visão geral dos documentos dele.

Harper soltou um grito e Daniel imediatamente subiu suas calças. Foi aí que ele pulou do barco para se apresentar e pedir desculpas sem parar. Se ele não estivesse rindo todo o tempo, talvez ela tivesse realmente aceitado as desculpas dele.

Hoje, no momento em que Harper passava pelo barco dele – adequadamente batizado de Gaivota Suja –, Daniel estava de pé no cais, sem camisa, embora o ar estivesse gelado por causa do vento que soprava pela baía.

Como ele estava de costas, Harper conseguia ver a tatuagem que a cobria. As raízes começavam logo acima das calças, e o tronco crescia na direção dos ombros, sobre a coluna, e depois se torcia para o lado. Os galhos grossos e negros se estendiam, cobrindo o ombro e descendo pelo braço direito.

Ela colocou a mão ao lado do rosto para se proteger de olhar para ele. Daniel estar de calças e parecer estar estendendo roupas para secar não significava que não ficaria pelado a qualquer momento.

Por conta das suas tentativas de se proteger, Harper não via nada. Somente quando Daniel gritou "cuidado!", ela olhou para cima, e aí uma camiseta completamente encharcada acertou seu rosto.

A camiseta a desequilibrou e Harper caiu no estaleiro, aterrissando, sem cerimônia, de bunda no chão. Daniel saltou sobre a amurada da proa e passou para o estaleiro.

Harper arrancou imediatamente a camiseta do rosto, ainda sem saber exatamente o que ela era, exceto que estava molhada e veio de Daniel, de modo que só poderia supor que era algo horrendo.

— Desculpe por isso — disse Daniel, mas ele ria enquanto pegava a camiseta de onde Harper a atirou. —Você está bem?

— Sim, eu estou bem — vociferou Harper. Ele segurou a mão dela para ajudá-la, mas Harper a estapeou e se levantou sozinha. — Não graças a você.

— Eu sinto muito mesmo — repetiu Daniel. Ele continuou a sorrir para ela, mas conseguiu parecer envergonhado, então Harper decidiu odiá-lo um pouco menos. Mas só um pouco.

— O que era aquilo? — perguntou Harper enquanto limpava o rosto com a manga de sua camisa.

— Apenas uma camiseta — ele desfez o bolo de tecido e o segurou para revelar uma camiseta comum de algodão. — Uma camiseta limpa. Eu estava pendurado as minhas roupas para secar e o vento a pegou e a soprou até você.

— Você está pendurando roupas *agora*? — Harper apontou para o céu nublado. — É uma ideia totalmente idiota.

— Bem, eu ia ficar sem roupas limpas — Daniel deu de ombros e passou a mão no cabelo bagunçado. Harper nunca sabia se o cabelo dele era loiro ou simplesmente sujo. — Eu sei que algumas moças não ligariam se eu andasse sem roupas, mas...

— Ah, claro — Harper fez um som enojado com a garganta, o que só fez com que Daniel voltasse a rir.

— Olha, eu sinto muito — disse Daniel. — De verdade. Eu sei que você não acredita em mim, mas me deixe fazer as pazes com você.

— Você pode fazer as pazes comigo não me traumatizando sempre que eu passo por aqui — sugeriu Harper.

— Traumatizar? — Daniel sorriu com malícia e levantou uma sobrancelha. — Foi só uma camiseta, Harper.

— É, foi só uma camiseta *desta vez* — Harper olhou fixamente para ele. — Esses barcos não servem como moradia. Por que você não arruma um lugar de verdade para morar e acaba com esse problema?

— Falar é fácil — ele suspirou e desviou o olhar dela, observando a baía. — Mas você tem razão. Vou ser mais cuidadoso.

— É tudo que eu peço — disse ela, e começou a dar o fora.

— Harper — disse Daniel. Contrariando seu bom-senso, ela parou e se virou a fim de olhar para ele. — Por que não tomamos um café juntos qualquer dia desses?

— Não, obrigada — respondeu Harper rapidamente, talvez rápido demais, a julgar pela expressão magoada que atravessou o rosto de Daniel. Mas ele a apagou com a mesma rapidez, e sorriu para Harper.

— Tá certo — ele concordou com a cabeça. — Vejo você depois.

Harper se afastou dele sem dizer mais nada e o deixou sozinho no estaleiro. Ela realmente foi pega de surpresa pelo convite de Daniel, mas não se sentiu tentada. Nem um pouco.

Claro, Daniel era bonitinho, de um jeito sujo, meio estrela do rock, mas era alguns anos mais velho do que ela e não tinha uma vida minimamente resolvida.

Além disso, Harper fizera um pacto consigo mesma de não sair com ninguém até a faculdade. Ela estava muito concentrada em organizar sua vida e não tinha tempo a perder com rapazes. Esse tinha sido seu plano o tempo todo, mas ela renovou mesmo seu compromisso depois de mergulhar no mundo dos encontros no ano anterior.

Alex arrumou um encontro pra ela com seu amigo Luke Benfield e insistiu que a combinação seria bacana. Embora eles frequentassem a mesma escola, Harper nunca tinha tido aulas com Luke e não o conhecia bem, mas depois de muita insistência por parte de Alex, ela finalmente cedeu.

A única vez que Harper realmente viu Luke por aí foi quando ele veio à casa de Alex para uma festa de *Halo* ou algum outro evento esportivo. Harper geralmente não participava dessas atividades, então a interação dela com Luke havia sido mínima antes de saírem.

O encontro em si correu bem o suficiente para que ela concordasse em sair com Luke outras vezes. Ele era legal e engraçado, embora de forma abertamente nerd, mas era até bonito, à sua maneira. Quando o relacionamento evoluiu para os beijos é que as coisas começaram a desandar.

Harper tinha beijado somente um outro rapaz em uma festa do pijama na oitava série, por conta de um jogo da verdade ou desafio, mas, mesmo com sua pouca experiência, ela tinha certeza de que os beijos não deveriam ser como foram com Luke.

Eram babados e ávidos demais, como se ele tentasse devorar o rosto dela. Aí as mãos dele ficavam enlouquecidas de repente e, de início, ela não sabia se Luke estava tentando passar a mão nela ou tendo uma convulsão.

Quando ela teve certeza de que era a primeira opção, decidiu parar de sair com ele.

Ele era um cara bem legal, mas não havia nenhuma química entre os dois. Para acabar com tudo, Harper disse a Luke que precisava se concentrar na escola e na família, portanto não tinha tempo para um relacionamento. Ainda assim, as coisas entre eles ficaram meio estranhas quando Harper o encontrou novamente.

Isso só serviu para solidificar a visão dela sobre romances. Harper não tinha tempo nem necessidade de tanto drama.

Gemma se encostou na borda da piscina e tirou os óculos. Seu treinador, Levi, estava de pé acima dela e Gemma já sabia, pela expressão dele, que havia superado o seu tempo.

— Eu consegui, não consegui? — perguntou Gemma ao levantar a cabeça e sorrir.

— Conseguiu sim — disse o treinador.

— Eu sabia! — ela agarrou a borda da piscina e puxou seu corpo para fora da água. — Dava para sentir.

— Você foi muito bem — o treinador concordou com a cabeça. — Agora imagine só como você se sairia bem se não desperdiçasse sua energia nesses mergulhos noturnos.

Gemma gemeu e tirou a touca de natação para deixar os cabelos se soltarem. Ela olhou em torno da piscina vazia. Ninguém mais na equipe de natação praticava durante o verão, ninguém treinava tanto quanto ela.

Eles raramente falavam a respeito, não em termos oficiais, mas tanto Gemma quanto o treinador estavam de olho nas Olimpíadas. Ainda faltavam anos até lá, mas ela estava determinada a estar em sua melhor forma quando fosse o momento. Levi a levava para todas as competições que conseguia e ela quase sempre as vencia.

— Não é desperdício de energia — Gemma olhou para a água que escorria em volta de seus pés. — É algo divertido que faço. Eu preciso relaxar.

— É verdade — concordou o treinador. Ele cruzou os braços e segurou a prancheta junto ao corpo. — Você precisa se divertir e relaxar, e ser uma garota. Mas não precisa nadar à noite.

— Você nem saberia que eu nado se Harper não tivesse me dedurado — murmurou Gemma.

— Sua irmã se preocupa com você — disse o treinador com carinho. — Eu também. Não se trata de treinar. A baía é perigosa à noite. Outro garoto desapareceu na semana passada.

— Eu sei — suspirou Gemma.

Ela já tinha ouvido Harper falar a respeito dezenas de vezes. Um menino de 17 anos estava hospedado em uma casa de praia com os pais. Ele saiu para encontrar alguns amigos e acender uma fogueira e nunca mais voltou.

A história em si não parecia tão ruim, mas Harper prontamente lembrou Gemma dos dois outros meninos que haviam desaparecido nos últimos meses. Eles saíram em uma noite e simplesmente não voltaram para casa.

Geralmente, era depois que Harper contava essas histórias que ela corria até Brian e começava a exigir que ele mantivesse Gemma em casa. Mas Brian não o fazia. Mesmo depois de tudo o que aconteceu com a mãe delas – ou talvez por causa disso mesmo –, ele achava mais importante que as meninas tivessem a chance de viver suas vidas.

— Você só precisa ter cuidado — disse o treinador a ela. — Não vale a pena jogar tudo isso fora por um erro bobo.

— Eu sei — disse Gemma, dessa vez com mais convicção. Depois de todo o sacrifício e trabalho duro, ela não deixaria que nada saísse do seu controle.

— Tudo bem — disse o treinador. — Mas, Gemma, este realmente foi um ótimo tempo. Você deveria ficar orgulhosa.

— Obrigada. Vou me sair ainda melhor amanhã.

— Não force demais a barra — disse o treinador, que mesmo assim sorriu para ela.

— Tá bom — ela sorriu de volta e apontou para o vestiário atrás de si. — Vou para o chuveiro agora.

— Hoje à noite tente se divertir com algo que não envolva água, tá? Amplie seus horizontes para além do meio aquático. Vai fazer bem a você.

— Sim, senhor — Gemma fez uma continência para ele enquanto andava de costas até o vestiário, e ele riu.

Ela tomou um banho rápido, apenas para enxaguar o cloro do cabelo. Todo aquele tempo na água deveria deixar a pele dela absurdamente ressecada, mas Gemma usava óleo de bebê sempre que se secava. Era a única coisa que a impedia de se transformar em um jacaré.

Depois de se vestir, ela saiu para destravar sua bicicleta. A chuva havia recomeçado e caía duas vezes mais forte do que mais cedo. Gemma colocou o capuz sobre a cabeça e estava se arrependendo da decisão de ir para o treino de bicicleta quando ouviu uma buzina atrás dela.

— Quer uma carona? — perguntou Harper enquanto abaixava o vidro da janela do carro para chamar a irmã.

— E a minha bicicleta? — perguntou Gemma.

— Você pode pegá-la amanhã.

Gemma pensou por um segundo antes de correr e pular no carro da irmã. Ela jogou a bolsa de ginástica no banco de trás e afivelou o cinto de segurança.

— Eu estava a caminho de casa depois do trabalho e pensei em passar por aqui e ver se você precisava de uma carona — disse Harper enquanto saía do ginásio.

— Obrigada — Gemma virou as passagens de ar para que o calor soprasse diretamente nela. — A chuva esfria bastante o tempo.

— Como foi o treino de hoje?

— Bom — Gemma deu de ombros. — Eu superei a minha melhor marca.

— É mesmo? — Harper parecia realmente animada, e sorriu para a irmã. — Isso é fantástico! Parabéns!

— Obrigada — Gemma se recostou no assento. — Você sabe qual é a boa de hoje à noite?

— Qual? — perguntou Harper. — Papai vai fazer uma pizza para o jantar e eu pensei em ir até a casa de Marcy para assistir a um documentário chamado *Café quente*. Quais eram os seus planos?

— Eu não sei. Nada. Eu acho que vou ficar em casa hoje.

— Você quer dizer ficar *em casa*? — perguntou Harper. — Sem mergulhos noturnos?

— Sim.

— Ah — Harper fez uma pausa, surpresa. — Isso vai ser legal. O papai vai gostar.

— Acho que sim.

— Eu posso ficar em casa, se você quiser — ofereceu Harper. — Posso alugar uns filmes para assistirmos juntas.

— Não, tudo bem — Gemma olhou pela janela do carro enquanto Harper as levava para casa. — Eu estava pensando em ver se o Alex quer passar lá e jogar *Red Dead Redemption* depois do jantar.

— Ah — Harper exalou profundamente, mas não disse nada.

Ela não ficava muito satisfeita com a amizade deles, mas já tinha dito o que pensava a respeito. Além disso, era melhor que Gemma ficasse em casa e jogasse videogame com o garoto da casa ao lado em vez de percorrer toda a cidade no meio da noite.

— Agora são somente três — disse Gemma, o que tirou Harper dos seus pensamentos.

— O quê? — Harper se virou e viu Penn, Thea e Lexi andando pela rua.

Caía uma chuva torrencial, mas elas não vestiam nenhum casaco e não pareciam se importar. Se fosse qualquer outra pessoa, Harper teria oferecido uma carona, mas em vez disso acelerou o carro de propósito à medida que passava por elas.

— Só tem três garotas — Gemma se virou para a irmã. — O que aconteceu com a quarta?

— Eu não sei — Harper balançou a cabeça. — Talvez esteja doente.

— Não, eu acho que não — Gemma repousou a cabeça no assento e se inclinou para trás. — Qual era o nome dela?

— Arista, eu acho — disse Harper, pensativa. Ela tinha ouvido Marcy falar o nome dela, depois de ter ouvido de Pearl, que geralmente era bastante rigorosa quando se tratava de fofocas da cidade.

— Arista — repetiu Gemma. — Que nome mais idiota.

— Tenho certeza de que muita gente acha nossos nomes idiotas — salientou Harper. — Não é legal tirar sarro de algo que as pessoas não podem controlar.

— Não estou tirando sarro dela. Eu apenas comentei — Gemma se virou para observar as figuras de tamanho decrescente das três meninas. — Você acha que elas a mataram?

— Não diga uma coisa dessas — disse Harper, embora a ideia realmente houvesse passado por sua mente. — É assim que os boatos começam.

— Eu não estou espalhando um boato — Gemma revirou os olhos. — Estou perguntando o que você acha.

— É claro que eu não acho que elas a mataram — Harper esperava ter soado mais convencida do que se sentia. — Provavelmente ela está doente ou voltou para casa, algo assim. Tenho certeza de que está tudo bem.

— Mas há algo estranho com essas garotas — disse Gemma de maneira pensativa, como se falasse mais para si mesma do que para Harper. — Tem alguma coisa muito esquisita.

— Elas são apenas garotas bonitas. Só isso.

— Mas ninguém sabe de onde elas vieram — insistiu Gemma.

— Estamos na alta temporada. Ninguém sabe de onde ninguém é — Harper entrou em uma esquina e se virou para a irmã com a intenção de repreendê-la por alimentar fofocas.

— Cuidado! — Gemma gritou e Harper meteu o pé no freio bem a tempo de evitar atropelar Penn e Thea.

Por um minuto, nem Harper nem Gemma disseram nada, não que Harper conseguisse ouvir qualquer outra coisa além das batidas do próprio coração. Penn e Thea simplesmente ficaram paradas diante da Sable, olhando para elas através do para-brisa.

Quando Lexi bateu na janela do lado de Gemma, elas gritaram, surpresas. Gemma voltou a olhar para Harper, como se não soubesse o que fazer.

— Abra a janela — disse Harper às pressas, e Gemma obedeceu. Ela se inclinou para a frente e forçou um sorriso para Lexi. — Desculpe por isso. Não vimos vocês aí.

— Sem problemas — Lexi abriu um largo sorriso, ignorando a chuva que caía sobre seus cabelos loiros. — A gente estava em busca de informações.

— Informações? — perguntou Harper.

— Sim, nós meio que nos perdemos e queríamos voltar para a baía — Lexi apoiou os braços delgados no carro e olhou para Gemma. — Você sabe como chegar à baía, não sabe? Nós sempre a vemos lá.

— Sim — Gemma apontou diretamente para frente. — Sigam adiante por três quarteirões e depois entrem à direita na avenida da praia. Ela vai levá-las direto para lá.

— Obrigada — disse Lexi. — Você virá para a baía hoje à noite?

— Não — Gemma e Harper disseram em uníssono, e Gemma lançou um olhar para a irmã antes de continuar. — Não tem graça nadar com toda essa chuva.

— Por que não? A água continua molhada — Lexi riu da própria brincadeira, mas Gemma não disse nada. — Enfim. Tenho certeza de que vamos ver você por lá, de qualquer maneira. Vamos ficar de olho em você.

Ela piscou para Gemma e, em seguida, se endireitou e se afastou do carro. Gemma fechou a janela, mas Penn e Thea demoraram a sair da frente do carro. Por um momento, Harper teve medo de ter de colocar o carro em marcha a ré para sair de perto delas.

Quando elas finalmente saíram do caminho, Harper teve de lutar contra o impulso de sair correndo delas. Ela ainda acenou com a mão para as garotas, mas Gemma continuou rígida no banco, se recusando a reconhecer a presença das meninas.

— Isso foi bizarro — disse Harper enquanto elas se afastavam e o seu coração começava a desacelerar.

— E sinistro — acrescentou Gemma. Ao notar que Harper não acrescentou nada, Gemma olhou para ela. — Ah, fala sério. Você tem de admitir que isso foi sinistro. Por que outro motivo você não ofereceu uma carona para elas?

Harper agarrou o volante e inventou uma desculpa qualquer.

— Elas pareciam estar curtindo o aguaceiro.

— Tanto faz — Gemma revirou os olhos. — Elas surgiram do nada. Você viu! Elas estavam atrás de nós e, de repente, apareceram na nossa frente. Elas são tipo... sobrenaturais.

— Elas pegaram um atalho — argumentou Harper desajeitadamente enquanto parava na garagem, ao lado do surrado Ford F150 do pai.

— Harper! — reclamou Gemma. — Dá para parar de ser racional por um segundo e admitir que essas garotas causam arrepios em você?

— Não há nada para admitir — mentiu Harper. Ela desligou o carro e mudou de assunto. —Você vai pedir para o papai arrumar o seu carro?

—Amanhã, quando não estiver chovendo — Gemma pegou a bolsa de ginástica do banco de trás. Ela pulou do carro e correu para dentro de casa, e Harper correu atrás dela.

Assim que pararam na entrada da garagem, Harper teve a estranha sensação de que estavam sendo seguidas, e não conseguiu se livrar dela.

Quando Harper entrou em casa, trancou a porta da frente atrás de si e ouviu Gemma e Brian conversarem sobre o dia deles.

A casa já cheirava à pizza, graças ao molho caseiro de Brian. Mas, apesar do ambiente acolhedor, Harper não se conteve. Ela olhou através do olho mágico da porta e esquadrinhou a rua ao redor, mas não viu nada. Levou cerca de quinze minutos para que ela sossegasse, e ainda assim não conseguia se convencer de que não estavam sendo observadas.

4. Mãe

— Desculpe querida, mas este é um projeto que vai durar o dia inteiro — disse Brian, com a cabeça debaixo do capô do Chevy de Gemma. Ele estava com os braços pretos, provavelmente sujos de óleo ou outros fluidos do carro, e havia manchado sua antiga camisa de trabalho.

— Eu entendo — disse Harper. Ela não esperava uma resposta diferente, mas isso não a impediu de perguntar.

— Talvez outra hora.

Brian não levantou o olhar para ela. Toda a atenção dele parecia se concentrar no motor, mas ele sempre conseguia achar algo para ocupar seu tempo aos sábados e não ter de acompanhar Harper e Gemma.

— Tudo bem — Harper suspirou e girou as chaves do carro dela na mão. — Acho que nós vamos indo, então.

A porta de tela bateu e Harper olhou para Gemma, que tinha acabado de sair. Gemma usava óculos *oversized*, mas seus lábios estavam pressionados em uma linha fina, então Harper sabia que ela estava olhando para o pai.

— Ele não vem, não é? — perguntou Gemma enquanto cruzava os braços.

— Não hoje — disse Harper com cuidado para tentar acalmar a irmã.

— Desculpe querida — Brian tirou a cabeça debaixo do capô e apontou para o sol que brilhava acima dele. — Eu quero cuidar disso enquanto o tempo ainda está firme.

— Tanto faz — disse Gemma com desprezo, e foi na direção do carro de Harper.

— Gemma! — gritou Harper, mas a irmã apenas balançou a cabeça.

— Deixe ela ir — Brian disse a Harper.

Gemma entrou no carro e bateu a porta com estardalhaço. Harper sabia que ela estava chateada e até compreendia, mas isso não significava que Gemma devesse ser tão grossa.

— Desculpe, papai — Harper sorriu para ele com cansaço. — Ela está... — ela acenou com as mãos no ar, sem saber exatamente como descrever Gemma.

— Não, está tudo bem — Brian apertou os olhos e observou o sol por um instante, depois se voltou novamente para o carro. Ele tinha uma chave inglesa em uma das mãos e batia com ela distraidamente contra o carro. — Ela está certa. Eu sei disso e você sabe disso. Mas eu...

Ele não disse nada e afrouxou os ombros. A expressão dele se contraiu e ficou mais rígida enquanto tentava segurar suas emoções. Harper odiava ver o pai assim e desejava poder dizer algo para fazê-lo se sentir melhor.

— Eu entendo, papai — insistiu Harper. — De verdade — ela estendeu a mão e tocou no ombro dele, antes de ser interrompida pelo forte barulho de uma buzina de carro.

— Ela está nos esperando, Harper! — Gemma gritou de dentro do carro.

— Desculpe — Harper recuou, indo para seu próprio carro. — Eu preciso ir. Voltaremos mais tarde.

— Não tenha pressa — disse Brian. Ele se inclinou sobre o motor e ficou de costas para Harper. — Divirta-se.

Harper queria falar mais com o pai, mas, pela maneira como Gemma estava agindo, ela não queria forçar a barra. Gemma era impaciente de qualquer forma, e, combinado com o fato de estar chateada, a irmã poderia ser absolutamente impossível.

— Você é tão grossa — disse Harper assim que entrou no carro.

— *Eu* sou grossa? — perguntou Gemma, incrédula. — Não sou eu que estou em falta com a mamãe.

— Shhiii! — Harper deu a partida no carro e ligou o rádio, na esperança de abafar Gemma para que Brian não a ouvisse. — Ele vai ficar para consertar o *seu* carro.

— Não, não é isso — Gemma sacudiu a cabeça. Ela se recostou no assento, os braços cruzados com firmeza sobre o peito. — Ele poderia trabalhar no meu carro qualquer outro dia. Ele vai ficar pelo mesmo motivo que fica todos os sábados.

— Você não sabe como são essas coisas para ele.

Enquanto se afastava da casa, Harper olhou no espelho retrovisor. Brian estava em pé na calçada, com uma aparência perdida pouco característica.

— E ele não sabe como são para nós — reagiu Gemma. — A questão é que é difícil para todos nós, mas nós fazemos funcionar.

— Cada pessoa lida com as coisas à sua própria maneira — disse Harper. — Não podemos obrigá-lo a visitá-la. Eu não sei nem por que isso a está incomodando tanto hoje. Já faz mais de um ano que ele não a vê.

— Eu não sei — admitiu Gemma. — Às vezes, simplesmente me aborrece. Talvez hoje seja porque ele usou a *mim* como desculpa para não ver a mamãe.

— Quer dizer, por ele estar consertando o seu carro?

— Sim.

— Ainda assim, ela vai ficar feliz de nos ver — Harper olhou para Gemma e tentou sorrir para ela, mas a irmã estava com o olhar perdido na direção da janela. — Não importa se mais ninguém vem ou não. Estamos fazendo o melhor que podemos por ela, e ela sabe disso.

Todos os sábados em que o clima permitia, Harper e Gemma dirigiam por vinte minutos até a casa de repouso em Briar Ridge. Era a clínica mais próxima com especialistas em traumatismo cranioencefálico, e era ali que a mãe delas morava nos últimos sete anos.

Um dia, nove anos atrás, Nathalie levava Harper de carro para uma noite da pizza quando um motorista bêbado bateu na lateral do carro delas. Harper ganhou uma cicatriz enorme que descia por sua coxa, e sua mãe Nathalie ficou em coma por quase seis meses.

Harper havia se convencido de que a mãe iria morrer, mas Gemma nunca perdeu a esperança. Quando Nathalie finalmente saiu do coma, mal se lembrava de como falar ou dos cuidados básicos de higiene. Ela ficou no hospital por muito tempo para reaprender a fazer tudo. Com o tempo, algumas de suas lembranças voltaram.

No entanto, ela nunca mais foi a mesma. Suas habilidades motoras estavam muito debilitadas e sua capacidade de lógica e de memória foram drasticamente prejudicadas. Nathalie sempre fora carinhosa e amorosa, mas, depois do acidente, ela se esforçava para sentir empatia pelas pessoas.

Depois de uma breve, porém caótica, temporada em casa, Brian teve de transferir Nathalie para a casa de repouso em Briar Ridge.

Do lado de fora, a casa parecia uma moradia comum. Era bonita, sem exageros, e, mesmo no interior, não era muito diferente. Nathalie dividia uma acomodação com outros dois companheiros de quarto e tinha uma equipe disponível vinte e quatro horas por dia.

Assim que Harper parou na entrada da garagem, Nathalie irrompeu pela porta da frente e correu em direção a elas. Isso era um bom sinal. Às vezes, quando elas chegavam, Nathalie só ficava no quarto, chorando baixinho o tempo todo.

— Minhas meninas estão aqui! — Nathalie juntou as mãos, mal conseguindo se conter até elas saírem do carro. — Eu disse que elas viriam hoje!

Nathalie abraçou Harper e a apertou com tanta força que chegou a doer. Quando Gemma deu a volta no carro, Nathalie a puxou para o abraço, segurando-as muito próximas e de maneira desconfortável.

— Estou tão feliz que minhas meninas estejam aqui — murmurou Nathalie. — Faz tanto tempo desde a última vez em que as vi.

— Também estamos felizes de ver você — disse Gemma depois de conseguir se libertar do abraço de Nathalie. — Mas nós estivemos aqui na semana passada.

— Estiveram mesmo? — Nathalie estreitou os olhos e observou as meninas como se não acreditasse inteiramente nelas.

— Sim, nós a visitamos todos os sábados — Harper a lembrou.

Nathalie franziu a testa, confusa, e Harper prendeu a respiração, imaginando se havia feito a coisa certa ao corrigir a mãe. Quando Nathalie ficava confusa ou frustrada, tinha a tendência de ser dominada pelo seu temperamento.

— Você está ótima hoje — disse Gemma, se apressando em mudar de assunto.

— É mesmo? — Nathalie olhou para sua camiseta do Justin Bieber e sorriu. — Eu realmente adoro o Justin.

Enquanto as feições de Harper lembravam as do pai, Gemma havia herdado a aparência de Nathalie. Ela era magra e bonita, e parecia mais uma modelo do que uma mãe. Deixava o cabelo castanho ficar longo, o que encobria as cicatrizes do acidente esculpidas em seu couro cabeludo. Alguns cachos estavam unidos em tranças apertadas e uma mecha da franja estava enfeitada com miçangas rosa choque.

— Vocês duas estão tão lindas! — Nathalie admirava as filhas e tocou o braço nu de Gemma. — Você está tão bronzeada! Como conseguiu esse bronzeado tão intenso?

— Eu passo muito tempo dentro da água — disse Gemma.

— Certo, certo, certo — Nathalie fechou os olhos e esfregou as têmporas. — Você é uma nadadora.

— Sou, sim — Gemma sorriu e concordou com a cabeça, orgulhosa por sua mãe ter se lembrado de algo que já havia dito milhares de vezes.

— Muito bem, entrem! — Nathalie apagou a expressão de dor do rosto e indicou a casa com a mão. — Eu disse a eles que vocês viriam hoje, então eles me deixaram assar biscoitos! Nós devíamos comê-los enquanto ainda estão quentes.

Ela passou o braço em volta dos ombros de Gemma e entrou com ela na casa. A equipe as cumprimentou e, a esta altura, sabiam mais sobre a vida de Gemma e Harper do que Nathalie.

Não que Nathalie não tentasse aprender sobre suas filhas. Ela simplesmente não conseguia se lembrar.

Nathalie disse que ela mesma havia feito os biscoitos, mas a embalagem de biscoitos pré-assados estava ao lado da travessa na qual ela os despejou.

Ela fazia isso com frequência, por razões que Harper não entendia inteiramente. Nathalie contava pequenas mentiras, fazendo afirmações que Harper e Gemma sabiam que não eram verdadeiras.

No começo, elas apontavam essas falhas. Harper explicava com calma como elas sabiam que não era verdade, mas Nathalie ficava irada quando era descoberta em uma mentira. Uma vez, ela arremessou um copo em Gemma e errou a mira, mas o copo se espatifou contra a parede e cortou o tornozelo da filha.

Então, agora elas simplesmente sorriam e comiam os biscoitos enquanto Nathalie falava sobre como os preparava. Ela pegou a travessa de biscoitos e levou as meninas para seu quarto.

— É muito melhor aqui — disse Nathalie enquanto fechava a porta atrás delas. — Sem ninguém para nos observar.

Nathalie se sentou em sua cama de solteiro e Gemma se acomodou ao lado dela. Harper ficou de pé, pois nunca se sentia muito à vontade no quarto da mãe.

Havia pôsteres cobrindo a parede, principalmente do Justin Bieber, o queridinho atual de Nathalie, mas havia também um cartaz do último *Harry Potter* e um pôster de um cachorrinho abraçado a um patinho. A cama era lotada de bichinhos de pelúcia, e as roupas que transbordavam do cesto tinham mais cor e brilho do que o guarda-roupa de um adulto comum.

— Vocês querem ouvir música? — perguntou Nathalie. Antes que uma delas conseguisse responder, ela pulou da cama e foi até o aparelho de som. — Eu acabei de arrumar uns CDs novos. O que vocês duas gostam de ouvir? Eu tenho de tudo.

— O que você quiser está bom — disse Gemma. — Viemos aqui para visitar você.

— Vocês podem escolher alguma coisa — Nathalie sorriu, mas havia algo de triste em seu sorriso. — Eles não me deixam ouvir música muito alta, mas ainda podemos ouvir baixinho.

— Justin Bieber? — sugeriu Harper, não porque ela quisesse ouvir, mas porque sabia que era algo que Nathalie teria.

— Ele é o melhor, não é? — Nathalie soltou um gritinho quando apertou o botão e a música saiu dos alto-falantes.

Ela pulou na cama ao lado de Gemma, o que fez os biscoitos saltarem para fora da travessa. Gemma os pegou e os organizou da mesma forma que sua mãe tinha feito, mas Nathalie nem percebeu.

— Então, mamãe, como vão as coisas? — perguntou Harper.

— Na mesma — Nathalie deu de ombros. — Eu queria era morar com vocês.

— Eu sei — disse Harper. — Mas você sabe que é melhor para você ficar aqui.

— Talvez você possa nos visitar — disse Gemma. Era uma oferta que ela fazia havia anos, mas Nathalie não ia para casa havia muito, muito tempo.

— Eu não quero visitar — ela fez beicinho, esticando o lábio inferior e puxando a bainha da camiseta. — Aposto que vocês se divertem o tempo todo. Ninguém nunca diz a vocês o que fazer.

— Harper me diz o que fazer o tempo todo — riu Gemma. — E, é claro, tem o papai.

— Ah. É mesmo — disse Nathalie. — Eu tinha me esquecido dele — ela enrugou a testa, concentrada. — Qual é mesmo o nome dele?

— Brian — Harper sorriu para evitar franzir a testa e engoliu em seco. — O nome do papai é Brian.

— Eu achava que era Justin — ela gesticulou com a mão e ignorou o assunto. —Vocês querem ir ao show comigo se eu conseguir entradas?

— Eu acho que não — disse Harper. — Há muita coisa para resolvermos.

A conversa continuou assim por algum tempo. Nathalie perguntou sobre a vida das garotas e elas contaram coisas que já haviam dito centenas de vezes antes. Quando elas foram embora, Harper se sentia como sempre: esgotada, porém aliviada.

Ela amava a mãe, assim como Gemma a amava, e ambas estavam contentes de tê-la visto. Mas Harper não conseguia evitar de se perguntar o que qualquer uma delas ganhava com isso.

5. Observar estrelas

A LATA DE LIXO CHEIRAVA COMO UM ANIMAL MORTO. GEMMA torceu o nariz e tentou evitar engasgar enquanto jogava a sacola na lata atrás de sua casa. Ela não fazia ideia do que seu pai ou Harper havia jogado fora, mas era muito fedorento.

Ela se afastou enquanto sacudia a mão na frente do rosto. Gemma respirou o ar fresco da noite tão profundamente quanto conseguiu.

Ela olhou para a casa do vizinho. Ela se pegava olhando para lá cada vez mais ultimamente, como se de maneira inconsciente estivesse à procura de Alex. Dessa vez, ela teve sorte. Em meio ao brilho da luz do seu quintal, ela viu Alex esparramado no gramado enquanto olhava para o céu.

— O que você está fazendo? — perguntou Gemma enquanto caminhava até o quintal de Alex, sem esperar por um convite.

— Estou observando as constelações — disse Alex, mas ela já sabia a resposta antes de perguntar. Desde que o conhecia, ele passava mais tempo com a cabeça nas estrelas do que aqui na terra.

Alex estava deitado de costas, os dedos entrelaçados atrás da cabeça, com um cobertor velho esticado debaixo dele. A camiseta do Batman ficava um pouco pequena nele, uma herança da época anterior ao seu recente surto de crescimento. Os músculos dos braços e os ombros largos de Alex repuxavam o tecido. A camiseta estava um pouco esticada, então Gemma conseguia ver um indício da barriga dele acima do jeans, mas ela rapidamente desviou o olhar e fingiu que não percebeu.

— Se importa se eu me juntar a você?

— Não. É claro que não — Alex se apressou em abrir espaço para ela no cobertor.

— Obrigada.

O cobertor não era muito grande, então Gemma ficou ao lado dele quando se sentou. Ao se deitar, a cabeça dela bateu no cotovelo de Alex.

Para evitar isso, Alex moveu o braço, que ficou entre os dois. Agora, o braço dele estava encostado no dela, e Gemma tentou não pensar em quão quente a pele dele era.

— Então... para que exatamente você está olhando? — perguntou Gemma.

— Eu já mostrei as constelações a você antes — disse Alex, e ele tinha mostrado várias vezes. Mas a maioria delas foi quando Gemma era mais nova e não prestava tanta atenção nas palavras dele quanto agora.

— Eu só imaginei se você estava observando alguma coisa em específico.

— Não, na verdade, não. Eu simplesmente amo as estrelas.

— É para isso que você vai para a faculdade?

— Estrelas? — perguntou Alex. — Mais ou menos, eu acho. Quero dizer, não é como se eu fosse ser um astronauta ou coisa do tipo.

— Por que não? — ela inclinou a cabeça para que pudesse olhar para ele.

— Eu não sei — ele mudou de posição sobre o cobertor e sua mão roçou a de Gemma. — Viajar no espaço é um sonho incrível, realmente, mas eu prefiro ficar no chão e fazer diferença. Quero estudar e acompanhar o clima e a atmosfera. Isso pode salvar vidas, se as pessoas souberem das tempestades com mais antecedência.

— Você prefere ficar aqui e olhar para o céu em vez de estar lá em cima porque assim pode ajudar as pessoas? — perguntou Gemma.

Ela olhou para ele, surpresa com o quanto ele havia crescido. Não apenas a linha demarcada da mandíbula ou a trilha de pelos escuros que ela viu na barriga dele. Mas alguma coisa havia mudado *dentro* dele. Em algum momento, Alex deixou de ser o menino obcecado por jogos e se tornou alguém preocupado com o mundo ao seu redor.

— Sim — ele sacudiu os ombros e se virou para encará-la. Eles estavam deitados sobre o cobertor e olharam um para o outro por um minuto, e aí Alex sorriu. — O que foi? Por que você está me olhando desse jeito?

— Eu não estou olhando para você de jeito nenhum — disse Gemma, mas desviou o olhar, com medo de que ele pudesse ver algo em seu rosto.

— Você acha esquisito, não é? — perguntou Alex, ainda com os olhos nela. — Você me acha um nerd por observar os padrões do clima.

— Não, não é nisso que estou pensando, de forma alguma — ela sorriu de vergonha do que estava pensando na verdade. — Quero dizer, você *é* um nerd. Mas não era nisso que eu estava pensando.

— Eu sou um nerd — concordou Alex, e Gemma riu. E então, sem pensar, ele disse — Você é muito bonita.

No instante em que disse isso, ele se afastou dela com rigidez.

— Desculpe. Eu nem acredito que disse isso. Não sei por que disse isso — disse Alex em um único fôlego apressado. — Desculpe!

Gemma ficou parada por um minuto, olhando para as estrelas, enquanto Alex se contorcia de constrangimento ao seu lado. Ela não disse nada logo de cara, porque não sabia o que dizer ou o que fazer com a confissão repentina dele.

—Você... você acabou de dizer que sou bonita — disse Gemma, por fim, com um tom de questionamento.

— É, eu não... — Alex se sentou, como se tentasse criar uma distância entre eles. — Eu não sei por que disse isso. Simplesmente saiu da minha boca.

— Saiu da sua boca? — implicou Gemma e se sentou ao lado dele. Ele se inclinou para a frente com os braços pousados sobre os joelhos e ficou de costas para ela.

— É — suspirou ele. —Você riu, e eu apenas achei que estava muito bonita, e por algum motivo eu... eu simplesmente falei. Foi como se eu tivesse esquecido como controlar a minha boca ou algo assim.

— Espere — ela sorriu o tipo de sorriso que não conseguiria conter. —Você me acha bonita?

— Bem, sim — ele suspirou de novo e coçou o braço. — É claro que eu acho. Quero dizer, você é *muito* bonita.Você sabe disso — ele elevou o olhar para o céu e praguejou bem baixinho. — Eu não sei por que eu disse isso para você.

— Está tudo bem — Gemma se aproximou de Alex, sentada ao seu lado, mas um pouco atrás dele, para que seu ombro pressionasse o do rapaz. — Eu também acho você bonito.

—Você me acha bonito? — Alex sorriu e se virou a fim de olhar para ela, então o rosto dele ficou bem na frente do dela.

— Sim — Gemma assegurou com um sorriso.

— Eu sou um garoto. Garotos não são bonitos.

—Você é — o sorriso dela enfraqueceu e deu lugar a um olhar meio tenso e cheio de esperança.

Os olhos escuros de Alex examinaram o rosto dela, e ele empalideceu. Alex parecia absolutamente aterrorizado e, embora o momento fosse perfeito, Gemma começou a pensar que ele não aguentaria.

Então ele se inclinou e seus lábios pressionaram suavemente os dela. O beijo foi curto e doce, quase inocente, mas fez parecer que havia fogos de artifício dentro dela.

— Desculpe — disse Alex quando parou de beijá-la, e desviou o olhar.

— Por que está pedindo desculpas? — perguntou Gemma.

— Eu não sei — riu ele. Alex balançou a cabeça e olhou para ela, que sorria para ele. — Não quero me desculpar.

— Nem eu.

Alex se inclinou para beijá-la novamente, mas, antes que conseguisse, Brian gritou da casa por trás deles.

— Gemma!

Foi o que bastou para acabar com o clima. Alex pulou para longe de Gemma como se tivesse levado um choque.

Gemma se levantou mais devagar do que Alex, e deu um sorriso de desculpas para ele.

— Desculpe.

— É, não, está tudo bem — Alex coçou a parte de trás da cabeça e se recusou a sequer olhar na direção de Gemma ou do pai dela.

— Vejo você depois? — perguntou Gemma.

— Sim, sim, é claro — ele concordou rapidamente com a cabeça.

Gemma voltou correndo para casa onde seu pai estava, segurando a porta dos fundos aberta. Quando ela entrou, Brian ficou do lado de fora por mais um minuto para observar Alex enquanto ele desajeitadamente tentava dobrar o cobertor.

— Papai! — Gemma gritou com ele.

Brian esperou um segundo antes de entrar. Ele fechou a porta dos fundos atrás de si e a trancou, depois desligou a luz externa. Quando ele entrou na cozinha, Gemma andava de um lado para o outro e mastigava as unhas dos dedos.

— Você não precisa me vigiar, sabia?

— Você saiu há quinze minutos para pôr o lixo lá fora — Brian se encostou no balcão. — Eu simplesmente fui ver se você não tinha sido sequestrada ou atacada por guaxinins raivosos.

— Bem, eu não fui — Gemma parou de andar e deu um suspiro profundo.

— Você quer me contar o que estava acontecendo lá fora?

— Não! — ela arregalou os olhos.

— Olhe, Gemma, eu sei que você tem 16 anos e vai começar a namorar — ele mudou de posição para se equilibrar em outro pé. — E Alex não chega a ser um mau garoto, mas ele é mais velho e você é muito nova para algumas coisas...

— Papai, nós só nos beijamos. Tá? — o rosto de Gemma ficou retorcido de incômodo por discutir o assunto com o pai.

— Então você... está saindo com ele agora? — perguntou Brian com cautela.

— Eu não sei — ela deu de ombros. — Apenas nos beijamos.

— E é só o que você deve fazer — disse Brian. — Ele vai embora daqui a alguns meses e você é jovem demais para se comprometer de verdade com qualquer coisa. Além disso, você precisa se concentrar na natação.

— Papai, por favor — disse Gemma. — Me deixe primeiro entender como isso vai funcionar, tá?

— Tudo bem — disse Brian, relutante. — Mas se ele tocar em você, eu o mato. E se ele magoar você, eu o mato.

— Eu sei.

— Será que ele sabe disso? — Brian gesticulou para indicar a casa de Alex. — Porque posso ir lá e dizer isso para ele eu mesmo.

— Não, papai! — Gemma levantou as mãos. — Está tudo certo. Agora, se você não se importar, eu vou para a cama, tenho que acordar cedo amanhã para nadar.

— Amanhã é domingo. A piscina está fechada.

— Eu vou para a baía. Não fui hoje e quero ficar na água.

Brian concordou com a cabeça e deixou a conversa morrer, então Gemma correu para seu quarto. A luz brilhava debaixo da porta do quarto de Harper, um sinal de que ela ainda estava acordada, provavelmente lendo um livro. Gemma entrou sorrateiramente no quarto, em silêncio para não alertar Harper.

Harper poderia ter conseguido ver Gemma e Alex se beijarem pela janela do quarto, ou poderia ter ouvido Gemma e o pai falarem a respeito. E a última coisa que Gemma queria fazer era discutir de novo com Harper, especialmente quando não fazia ideia de como ela mesma se sentia quanto a isso.

Gemma fechou a porta do quarto e se jogou na cama. Havia estrelas de plástico coladas no teto e apenas algumas delas ainda emitiam um brilho enfraquecido. Ela as observou e sorriu, porque a faziam se lembrar de Alex.

Harper foi quem colocara as estrelas lá quando Gemma tinha oito anos e sofria de um grave terror noturno. No entanto, Alex tinha ajudado nisso ao mapear as constelações com tanta precisão quanto conseguiu.

Era tão estranho pensar nele agora. Gemma estava tão acostumada a tê-lo por perto como o amigo nerd de sua irmã. Mas agora, quando pensava em Alex, seu coração batia mais depressa e uma sensação de calor crescia em sua barriga.

Os lábios dela ainda formigavam por causa do beijo, e Gemma se perguntou quando poderia beijá-lo novamente. Ela ficou acordada até tarde, repetindo sem parar em sua cabeça tudo o que acontecera. Quando finalmente adormeceu, tinha um sorriso no rosto.

O despertador ao lado da cama a acordou aos solavancos pela manhã. O sol começava a raiar e emitia uma luz laranja e brilhante através das cortinas. O botão de soneca era tentador, mas ela já havia perdido um dia inteiro de natação, então realmente tinha de compensar isso.

Quando Gemma estava acordada e pronta, toda a cidade de Capri estava banhada no sol quente. Tanto Harper quanto seu pai ainda estavam dormindo, e ela deixou um bilhete na geladeira para lembrá-los de que ela ia para a baía de Anthemusa.

Ela deixou rolar uma música da Lady Gaga bem alta no iPod e pulou na bicicleta. Ainda era cedo, então o resto da cidade estava dormindo. Gemma preferia assim, quando as ruas não estavam completamente lotadas de turistas.

A ida até a baía pareceu mais rápida do que o normal. Pedalar parecia ainda mais fácil. Gemma se sentia flutuando em uma nuvem. Aquele simples beijo de Alex tinha deixado o mundo inteiro mais leve, de alguma maneira.

Como ela estava de bicicleta, não poderia nadar na área dos ciprestes, como sempre fazia. A bicicleta não conseguia percorrer o caminho até lá e não havia lugar para deixá-la. Em vez disso, Gemma desceu até as docas, perto de onde seu pai trabalhava.

Teoricamente, as pessoas não deveriam nadar lá, pois era perigoso com todos aqueles barcos, mas ela não pretendia realmente fazer isso. Depois de trancar a bicicleta, ela mergulharia e nadaria até um lugar mais seguro. Ninguém estaria acordado tão cedo para flagrá-la, de qualquer maneira.

Gemma deixou a bicicleta próxima a um poste no estaleiro. Depois de tirar a roupa e ficar de maiô, ela colocou o short jeans, a regata e os chinelos na mochila que trouxe consigo. Gemma passou a corrente da bicicleta pelas correias e a prendeu, travando tudo bem firme.

Ela correu até o fim do estaleiro e mergulhou. O ar da manhã ainda estava um tanto frio e a água, um pouco gelada, mas Gemma não se importava. Ela não ligava para a temperatura ou para como a água estava. Gemma nunca se sentia mais em casa do que quando estava na água.

Ela nadou tanto tempo quanto pôde, mas, no fim da manhã, a baía começou a ficar muito cheia. O dia prometia ser lindo e quente, por isso a praia estava lotada. As águas mais próximas do cais estavam cheias de barcos a caminho do mar, então Gemma sabia que tinha de voltar ou correria o risco de ser atingida por uma hélice.

A escada ao fim do estaleiro não tinha alguns degraus, então ela se esforçou para sair da água. Gemma estava prestes a sair pela beirada da doca quando alguém colocou uma mão na frente de seu rosto. As unhas eram longas e bem-cuidadas, pintadas de vermelho sangue, e a pele cheirava a coco.

Com água salgada escorrendo pelo rosto, Gemma olhou para cima e viu Penn de pé bem em sua frente, com a mão estendida para ela.

— Precisa de uma mãozinha? — perguntou Penn, com um sorriso que lembrava a Gemma um animal faminto.

6. Acuada

Penn era quem estava mais perto de Gemma, mas as outras duas garotas se posicionavam bem atrás dela. Gemma nunca estivera a tão pouca distância de qualquer uma delas, e sua beleza era ainda mais intimidante de perto. Penn era perfeita. Parecia uma modelo cheia de maquiagem na capa de uma revista feminina.

— Você precisa de ajuda? — perguntou Penn com mais clareza, como se achasse que Gemma era surda, já que ela não havia feito nada além de ficar de queixo caído.

— Não, eu estou bem — Gemma sacudiu a cabeça.

— Como quiser — Penn deu de ombros e se afastou para que Gemma pudesse subir.

Gemma desejou ter feito algo mais gracioso, já que havia recusado a ajuda, mas sem o degrau mais alto na escada ela só conseguiu jogar o corpo sobre o cais. Gemma tinha plena consciência de que provavelmente parecia um peixe se debatendo, e ficou de pé o mais rápido que conseguiu.

— Nós vemos você nadar por aí com bastante frequência — disse Penn.

Gemma a tinha ouvido falar uma vez, mesmo assim a voz de Penn a surpreendeu. Ela tinha aquela voz sensual e infantilizada que normalmente enlouquecia Gemma, mas havia algo de sedoso nela, o que tornava as palavras de Penn estranhamente belas e sedutoras.

Na verdade, apenas ouvir Penn falar eliminou alguns dos sentimentos negativos que Gemma sentia com relação a elas. As três garotas ainda a assustavam, mas o medo havia diminuído.

— Desculpe — Penn sorriu, revelando dentes branquíssimos que pareciam afiados de uma maneira fora do normal. — Você provavelmente não tem ideia de quem somos. Eu sou Penn e estas são minhas amigas Lexi e Thea.

— Olá — Lexi acenou para Gemma. Os cabelos loiros dela brilhavam como ouro na luz do sol, e os olhos tinham o mesmo tom azulado do oceano.

— Oi — disse Thea. Embora ela estivesse sorrindo, parecia irritada por simplesmente falar com Gemma. Ela olhou para o oceano e passou a mão pelas ondas vermelhas do seu cabelo.

— E você é Gemma, certo? — perguntou Penn quando Gemma ficou em silêncio.

— Sim, sou eu — Gemma concordou com a cabeça.

— Nós a vimos por aí e gostamos do seu estilo — continuou Penn.

— Obrigada? — questionou Gemma, sem saber ao certo o que pensar.

Ela colocou os braços em torno de si, se sentindo nua perto das três garotas. Gemma sabia que era bonita e, às vezes, quando estava arrumada, se achava absolutamente maravilhosa. Mas, ao lado de Penn, Lexi e Thea, ela se sentia desajeitada e sem graça.

A água pingava do seu corpo sobre as tábuas de madeira debaixo de seus pés, e ela só conseguia pensar em chegar até onde estavam suas roupas e vesti-las.

— A gente adora nadar no oceano à noite — disse Penn. — É uma experiência realmente emocionante.

— É *maravilhoso* — Lexi se intrometeu na conversa, um pouco empolgada demais. Penn lançou um olhar para Lexi e ela baixou os olhos.

— Hum... é — embora Gemma concordasse com elas, tinha medo de admitir. Parecia que Penn estava armando algum tipo de armadilha que ela não compreendia.

— Nós adoraríamos se você viesse nadar conosco — disse Penn ao se voltar para Gemma e dar um sorrio mais aberto.

— Eu... eu acho que não. Sinto muito — Gemma não conseguiu pensar em uma desculpa para dar, mas não aceitaria um convite para fazer qualquer coisa com elas de jeito nenhum.

— E um mergulho à tarde, então? — perguntou Penn. — A gente estava pensando em dar um mergulho agora mesmo. Não é verdade?

— Eu estou de biquíni por baixo do vestido — disse Lexi, e apontou para a saída de praia justa que usava.

— Bem, eu acabei de sair da água — disse Gemma. — E vou me vestir agora.

Ela apontou para sua bicicleta e, ao perceber sua chance de escapar, caminhou até ela. Gemma esperava que elas desistissem depois que recusou a oferta, mas, ao que parecia, foi só uma ilusão. Penn a seguiu pelo estaleiro.

— Eu sei que você ama nadar e eu realmente iria adorar se você se juntasse a nós — disse Penn. — Se hoje não for um bom dia, me avise quando puder.

— Eu não sei — Gemma se atrapalhou com a trava da bicicleta. Penn estava atrás dela e lançava uma sombra sobre Gemma enquanto a garota estava agachada ao lado da bicicleta. — Eu tenho de treinar muito.

— Não dá para treinar o tempo todo — disse Penn. — Ninguém é de ferro.

— Eu não treino o tempo todo — insistiu Gemma.

Depois de finalmente conseguir destravar a bicicleta, ela a pegou e se levantou. No entanto, sua pressa para se vestir tinha acabado. Ela só queria jogar a mochila no ombro, saltar na bicicleta e se afastar de Penn e do sorriso faminto dela.

— Você realmente precisa vir nadar com a gente — a voz de Penn era suave como seda, mas o que ela disse claramente era uma ordem. Os olhos escuros de Penn se fixaram nos de Gemma, ardendo com uma intensidade que a deixou sem fôlego.

Um respingo atrás delas tirou a concentração de Penn momentaneamente, mas foi o suficiente para que Gemma recuperasse o fôlego e desviasse o olhar.

Daniel estava no estaleiro um pouco mais à frente delas, e a água escorria por seu peito nu e pelo longo calção de banho. Gemma o conhecia de quando visitou o pai no estaleiro, mas não tinha nenhum motivo para se sentir mal em sua presença como Harper.

— Há algo errado? — perguntou Daniel enquanto limpava a água do rosto. Sem esperar a resposta, ele começou a caminhar até onde Penn, Lexi e Thea haviam cercado Gemma.

— Está tudo bem — disse Lexi alegremente, e sorriu para ele. — Você pode ficar tranquilo.

— Acho que não — Daniel ignorou Lexi e continuou a andar. Quando se aproximou o suficiente, ele tirou Lexi do caminho e olhou para Gemma. — Você está bem?

— Nós dissemos que ela está bem — disse Penn friamente.

— Eu não perguntei nada a você — Daniel lançou um olhar para Penn antes de se virar para Gemma e tranquilizar seu olhar. Gemma estava de pé enquanto pingava e agarrava a mochila contra o peito. — Venha. Por que você não vem para o meu barco e se seca?

— Vá cuidar da sua vida — disse Lexi mais uma vez, mas ela parecia mais confusa do que furiosa. Como se não entendesse como ele conseguia ignorá-la.

Daniel fez um gesto para que Gemma o acompanhasse. Enquanto Gemma corria até ele, não conseguia afastar a sensação de que Penn queria arrancar a cabeça de Daniel, em um sentido muito literal. Após escapulir das garotas, Daniel passou o braço em torno de Gemma. Não foi um gesto romântico, e sim protetor.

Enquanto eles caminhavam para o barco de Daniel, Gemma sentia os olhos de Penn a queimarem pelas costas. Lexi a chamou, dizendo que elas a veriam de novo e havia algo na voz dela que parecia uma canção.

Gemma quase se virou para voltar até elas depois de ouvir Lexi, mas o braço de Daniel ao seu redor a impediu.

Depois de chegarem ao barco, Daniel ajudou Gemma a subir nele. Como Penn, Lexi e Thea ainda estavam paradas no cais e os observavam, ele sugeriu que fossem para a cabine. Gemma não costumava subir em barcos com caras mais velhos que mal conhecia, mas, dadas as circunstâncias, ela achou que esta era a opção mais segura.

O barco dele era bem pequeno, por isso os alojamentos eram muito apertados. Havia uma cama de solteiro em frente a uma pequena mesa com bancos almofadados de ambos os lados. Uma cozinha americana, com um frigobar e uma pia ínfima. Um banheiro e alguns armários para guardar coisas na outra extremidade, e era só.

A cama estava desarrumada e as roupas, espalhadas por cima dela. A louça suja estava na pia e havia algumas latas de refrigerante e garrafas de cerveja vazias em cima do balcão e da mesa. Uma pilha de livros e revistas repousava ao lado da cama.

— Sente-se — Daniel indicou a cama com um gesto, já que os bancos ao lado da mesa estavam quase todos cobertos com roupas e livros.

— Tem certeza? — perguntou Gemma. — Eu estou molhada.

— Não, tudo bem. É um barco. Tudo sempre está molhado — ele pegou algumas toalhas e jogou uma para ela. — Aí está.

— Obrigada — ela passou a toalha no cabelo e se sentou novamente na cama. — E não só por isso. Obrigada por... bem, por me salvar, eu acho.

— Sem problemas — Daniel deu de ombros e se encostou na mesa da cozinha. Ele esfregou uma toalha no peito e depois passou a mão pelo cabelo curto, deixando-o bagunçado e espirrando água salgada. — Você parecia estar tão apavorada.

— Eu não estava *apavorada* — disse Gemma de maneira defensiva.

— Eu não a criticaria se estivesse — Daniel se recostou ainda mais e olhou através de uma das janelas atrás dele na cabine. — Aquelas garotas me dão arrepios.

— Foi o que eu disse! — gritou Gemma, animada de saber que alguém concordava com ela. — Minha irmã me disse que eu estava sendo maldosa.

— Harper? — Daniel voltou novamente o olhar para Gemma. — Ela gosta dessas garotas?

— Eu não acho que ela *goste* delas, especificamente. — Gemma sacudiu a cabeça. — Ela acha que eu deveria ser respeitosa com todo mundo.

— Ora, essa é uma boa filosofia — ele se esticou e abriu o frigobar. — Quer um refrigerante?

— Claro.

Depois de pegar duas latas de refrigerante de uva, Daniel entregou uma a Gemma e ficou com a outra. Ele saltou para cima da mesa e se sentou com as pernas cruzadas. Gemma cobriu os ombros com a toalha e abriu o refrigerante.

Ela olhou em volta da cabine, examinando os pouco móveis de Daniel.

— Há quanto tempo você mora aqui?

— Há tempo demais — disse ele, depois de tomar um grande gole de refrigerante.

— Eu acho que gostaria de morar em um barco algum dia, em algo como uma casa flutuante.

— Eu definitivamente recomendo que você more em um lugar maior, se conseguir — Daniel fez um gesto que mostrava o espaço apertado. — E pode ser um pouco complicado ficar aqui quando o mar fica agitado. Mas eu estou aqui há tanto tempo que duvido que conseguisse dormir em terra firme. Eu preciso da água para dormir.

— Isso deve ser bacana — ela sorriu melancolicamente enquanto imaginava como era dormir na baía. —Você sempre amou o oceano?

— Hum... eu não sei — Daniel enrugou a testa como se nunca tivesse pensado nisso antes. — Eu acho que sempre gostei.

— Como você acabou morando em um barco, então?

— Não é uma história muito romântica — ele a avisou. — Meu avô morreu e deixou este barco para mim. Fui despejado do meu apartamento e precisava de um lugar para ficar. E aqui estamos nós.

— Gemma! — alguém gritou de fora do barco, e Daniel e Gemma trocaram um olhar confuso. — Gemma!

— É a sua irmã? — perguntou Daniel.

— Eu acho que sim. Gemma deixou o refrigerante de lado e foi até o convés para ver por que Harper estava se comportando daquela maneira.

Harper estava no cais ao lado da bicicleta de Gemma e segurava a corrente da bicicleta na mão. Seu cabelo escuro estava preso em um rabo de cavalo, que balançava para frente e para trás enquanto ela olhava ao redor freneticamente.

— Gemma! — gritou Harper mais uma vez, e sua voz vacilante denunciava seu temor.

Gemma foi até a amurada e baixou o olhar para a irmã.

— Harper?

— Gemma! — Harper se virou para encará-la, o alívio tomando conta dela até ela ver Daniel em pé no barco, atrás da irmã. — Gemma! O que você está fazendo?

— Eu estava só me secando — disse Gemma. — Por que você está tão apavorada?

— Eu vim ver se você ia voltar para casa para almoçar e achei a bicicleta com a corrente solta no estaleiro, como se algo tivesse acontecido enquanto você a estava travando, e eu não conseguia achar você, e agora você está no barco *dele*! — Harper bateu o pé na direção do barco de Daniel, segurando a corrente da bicicleta firmemente na mão cerrada. — O que você estava fazendo?

— Me secando — repetiu Gemma, começando a ficar irritada com o escândalo da irmã.

— Por quê? — Harper exigiu saber e apontou para Daniel. — Ele não é flor que se cheire!

— Obrigado — Daniel disse com ironia, e Harper olhou para ele.

— Olha, eu vou pegar a minha bicicleta e nós vamos para casa, e então lá você pode agir como uma completa idiota — disse Gemma.

— Eu não estou agindo como uma idiota! — gritou Harper, e depois parou e respirou fundo. — Mas você tem razão. Nós *vamos* conversar sobre isso em casa.

— Ufa — suspirou Gemma. Ela pegou a toalha que estava em volta dos ombros e a entregou a Daniel. — Obrigada.

— Sem problemas. E desculpe por ter causado problemas para você.

— Idem — disse Gemma, enquanto dava um sorrisinho de desculpas.

Gemma jogou a mochila no cais e depois saltou sobre a amurada. Ela pegou a corrente de Harper, apanhou a mochila e foi até sua bicicleta para vestir as roupas novamente antes de ir para casa.

— Você é um pervertido nojento — Harper rosnou e apontou um dedo para Daniel. — Gemma tem só 16 anos e, mesmo que você tenha algum tipo de complexo de Peter Pan, ainda é um homem de 20 anos. Você é velho demais para mexer com ela.

— Ah, por favor — Daniel revirou os olhos. — Ela é apenas uma criança. Eu não dei em cima dela.

— Não foi o que pareceu daqui — Harper cruzou os braços. — Eu deveria denunciar você por viver neste barco idiota e por seu comportamento abominável de sair com garotas menores de idade.

— Faça o que achar que deve fazer, mas eu não sou um tarado — ele se recostou na amurada e baixou o olhar para Harper. — Aquelas garotas estavam perturbando a sua irmã e eu me meti para livrá-la delas.

— Que garotas? — perguntou Harper.

— Aquelas garotas — Daniel fez um gesto vago no ar. — Eu acho que a líder delas se chama Penn ou alguma coisa assim.

— Aquelas garotas lindas? — Harper ficou tensa.

Ela não achava que Daniel havia feito alguma coisa com Gemma, não de verdade, mas à menção de Penn, o estômago dela embrulhou.

— Acho que sim — Daniel deu de ombros.

— Elas estavam mexendo com Gemma? — ela olhou para a irmã, que estava vestindo sua camiseta regata e parecia ilesa. — Como?

— Eu não sei exatamente — ele sacudiu a cabeça. — Mas elas a tinham cercado e sua irmã parecia assustada. Eu não confio nelas e não queria que ficassem perto de Gemma. Eu a chamei para se esconder no meu barco até elas irem embora, e você apareceu, tipo, dez minutos depois. Foi tudo que aconteceu.

— Ah — Harper se arrependeu de ter gritado com Daniel, mas não queria dar o braço a torcer. — Bem. Obrigada por proteger a minha irmã, mas você não deveria tê-la trazido para o seu barco.

— Eu não planejo fazer disso um hábito.

— Que bom — Harper trocou o pé de apoio e tentou continuar parecendo indignada. — Eu acho que ela está saindo com alguém, de qualquer forma.

— Harper, eu já disse a você, eu não quero ficar com a sua irmã — Daniel deu um sorriso irônico. — Mas, se eu não fosse esperto o suficiente, acharia que você está com ciúmes.

— Ah, por favor — Harper torceu o nariz. — Não seja nojento.

Daniel riu do protesto de Harper e, por algum motivo, ela começou a corar.

Gemma passou acelerada em sua bicicleta e gritou uma despedida para Daniel enquanto se afastava. Depois que a irmã foi embora, Harper não tinha nenhum motivo verdadeiro para continuar no estaleiro, mas ficou para trás por um momento, tentando pensar em algo para atacar Daniel. Quando não conseguiu pensar em nada, ela se virou e saiu, com plena consciência de que ele a observava se afastar.

7. Piquenique

Capri foi fundada por Thomas Thermopolis, no norte de Maryland, em 14 de junho de 1802. Sendo assim, a cidade realizava uma celebração em sua homenagem todo dia 14 de junho. A maioria das lojas da cidade fechava para participar, como fariam com qualquer outro feriado importante. A festa não passava de um grande piquenique com alguns brinquedos e barracas, mas todo mundo aparecia para comemorar, tanto os moradores quanto os turistas.

Alex convidou Gemma para ir com ele, e ela não sabia exatamente o que isso significava. Como ele havia convidado somente *ela*, sem incluir Harper, Gemma estava inclinada a pensar que isso tinha algum significado, mas estava com muito receio de perguntar.

A viagem de carro foi embaraçosa, quase cômica. Nenhum dos dois disse nada, Alex apenas gaguejou alguns comentários sobre como ele esperava que se divertissem.

Quando chegaram, ele deu a volta no carro para abrir a porta para Gemma, e foi então que ela finalmente começou a relaxar. Alex nunca havia aberto a porta para ela antes. Algo definitivamente havia mudado.

O Piquenique de Aniversário da Cidade acontecia no parque, no centro de Capri. Eram montados alguns brinquedos, como uma xícara-maluca e uma roda-gigante. O chapéu mexicano ficava no meio, alinhado com os outros jogos de parques de diversão. Havia mesas e toalhas de piquenique espalhadas ao longo do resto da área, separadas por algumas barraquinhas de comidas e bebidas.

— Você quer jogar alguma coisa? — perguntou Alex para Gemma enquanto passavam pelo chapéu-mexicano. Ele apontou para a barraca de argolas. — Você pode ganhar um peixinho dourado.

— Eu acho que não seria justo com o peixinho — disse Gemma. — Eu tive uma dezena deles e todos morreram alguns dias depois que os ganhei.

— Ah, é — Alex deu um sorriso torto. — Eu lembro que você obrigava o seu pai a enterrá-los no quintal.

— Eles eram os meus bichinhos de estimação e mereciam um enterro adequado.

— É melhor eu ter cuidado quando estiver perto de você — Alex deu um passo para trás com cautela, mantendo distância. — Você é uma assassina de peixinhos dourados. Eu não sei do que você é capaz.

— Pare com isso! — riu Gemma. — Eu não os matei de propósito! Eu era nova. Acho que dei comida demais para eles. Mas foi por amor.

— Isso é ainda mais assustador — implicou ele. — Você pretende me matar de carinho?

— Talvez — ela estreitou os olhos e tentou parecer ameaçadora, o que o fez rir.

Alex voltou a se aproximar de Gemma. A mão dele roçou a dela, e Gemma aproveitou a oportunidade para entrelaçar seus dedos nos dele. Ele não fez comentários, mas segurou a mão dela também. Arrepios quentes serpenteavam dentro dela, e Gemma tentou não sorrir demais por conta do efeito daquele simples toque.

— Então, nada de peixinhos dourados — disse Alex. — Que tal ursinhos de pelúcia? Animais de pelúcia estão seguros perto de você?

— Provavelmente — concedeu ela. — Mas você não precisa ganhar nada para mim.

— Quer dar um passeio? — perguntou Alex enquanto a observava.

— Sim — ela concordou com a cabeça e ele sorriu.

— Tá bom, mas se você quiser alguma coisa, é só falar e deixar comigo. Eu vou ganhar qualquer coisa que seu coração desejar.

Gemma não queria que Alex ganhasse nada para ela, porque isso significaria que ele teria de parar para jogar e soltar a mão dela. Gemma estava satisfeita de passear com Alex o dia inteiro. Simplesmente estar com ele a encantava de uma maneira que ela não achava que fosse possível.

Eles caminharam um pouco além do chapéu-mexicano quando se depararam com Bernie McAllister. Ele estava parado na barraca de estourar balões com um dardo para ganhar um prêmio. Apesar do calor, ele vestia um casaco e apertava os olhos para os balões, sob sobrancelhas cinzentas.

— Sr. McAllister — Gemma sorriu e parou quando chegaram perto dele. — O que o traz à terra firme?

— Ah, você sabe — disse ele, com a voz melodiosa que carregava um leve sotaque britânico. Ele apontou para os balões com seus dardos de plástico. — Eu venho ao Piquenique de Aniversário da Cidade há cinquenta e quatro anos e ganho umas bugigangas baratas nestes jogos. Eu não queria perder esse.

— Entendi — riu Gemma.

— E você, Srta. Fisher? — perguntou Bernie enquanto olhava para ela e para Alex. — O seu pai sabe que você saiu com um garoto?

— Sim, ele sabe — garantiu Gemma e apertou a mão de Alex.

— É bom mesmo — Bernie lançou sobre eles um olhar severo até Alex baixar o olhar. — Eu ainda me lembro de quando você era deste tamanho — ele esticou a mão até o joelho — e achava os garotos nojentos — ele fez uma pausa para avaliá-la e sorriu. —Vocês, crianças, crescem tão rápido.

— Desculpe. Não era a minha intenção.

— A vida é assim — ele fez um gesto com a mão e ignorou as desculpas dela. — Como está o seu pai? Ele está aqui?

— Não, ficou em casa hoje — o sorriso de Gemma vacilou. Seu pai raramente saía para coisas deste gênero desde o acidente de carro de sua mãe. — Mas ele está bem.

— Ótimo. O seu pai é um bom homem, que trabalha muito duro — Bernie acenou com a cabeça. — Faz tempo demais desde a última vez que o vi.

— Eu vou contar a ele que você disse isso — disse Gemma. — Quem sabe ele não vai até a ilha para visitar você?

— Eu gostaria disso — Bernie manteve os olhos em Gemma enquanto sorria, os dele embaçados pela catarata e um pouco tristes. Aí, ele balançou a cabeça e voltou para o jogo. — De qualquer forma, vou deixar vocês crianças voltarem para seu programa.

— Certo, boa sorte no jogo — disse Gemma enquanto ela e Alex começavam a caminhar. — Foi bom encontrar você.

Quando estavam longe o suficiente, Alex perguntou a ela:

— Este era o Bernie da Ilha de Bernie, certo?

— Exatamente.

Bernie morava em uma pequena ilha a poucos quilômetros da baía de Anthemusa. As únicas coisas que existiam lá era a cabana e o ancoradouro que Bernie contruíra havia cerca de cinquenta anos para ele e sua esposa. A esposa faleceu pouco depois, mas Bernie ficou por lá mesmo assim.

Como ele era a única pessoa que morava na ilha, o povo de Capri começou a chamá-la de Ilha de Bernie. Esse não era o nome oficial da ilha, mas era por ele que todo mundo a conhecia.

Depois do acidente de carro da mãe de Gemma, o pai dela passou por uma situação difícil. Ele costumava levar Gemma e Harper para a Ilha de Bernie, e Bernie tomava conta delas enquanto o pai saía para lidar com as coisas por conta própria.

Bernie sempre foi gentil com elas, e não do jeito assustador de um homem velho. Ele era engraçado e deixava as meninas soltas na ilha. Foi então que Gemma realmente desenvolveu seu amor pela água. Ela passou longas tardes de verão na baía, nadando ao redor da ilha.

Na verdade, se não fosse por Bernie e sua ilha, talvez ela não tivesse se tornado a nadadora que era hoje.

— O que está acontecendo entre Alex e a sua irmã? — perguntou Marcy, e Harper levantou a cabeça para ver Gemma e Alex de mãos dadas enquanto passavam pelo chapéu-mexicano.

— Eu não sei — Harper deu de ombros.

Até Marcy se distrair, Harper e ela estavam jogando tiro ao alvo ao lado de uma mesa de piquenique.

— Você não sabe? — Marcy se virou novamente para Harper.

— Não, Gemma tem sido muito vaga quanto aos detalhes — Harper tentou acertar no alvo com a intenção de continuar o jogo, mesmo que Marcy estivesse ligada em outra coisa. — Eu sei que eles se beijaram um dia desses, porque o meu pai os viu, mas, quando perguntei a respeito para Gemma, ela não quis me contar nada. Acho que eles estão saindo.

— Sua irmã está namorando o seu melhor amigo e você não sabe o que está acontecendo? — perguntou Marcy.

— Gemma nunca gostou de me falar sobre seus namorados — suspirou Harper. Gemma tivera apenas dois, mas sempre foi discreta quanto às suas paixões. — E, na verdade, eu não perguntei a Alex sobre isso. Eu acho meio esquisito tocar no assunto.

— Porque você tem uma quedinha por ele — disse Marcy.

— Pela milionésima vez, eu não gosto do Alex — Harper revirou os olhos. — Aliás, é a sua vez.

— Não mude de assunto.

— Não mudei — Harper se sentou novamente à mesa de piquenique atrás delas, uma vez que Marcy claramente não planejava jogar até que elas discutissem. — Eu nunca tive nada além de sentimentos platônicos por Alex. Ele é um nerd e é só um amigo.

— Garotos e garotas não podem ser amigos — insistiu Marcy. — Você realmente precisa assistir a *Harry e Sally*.

— Irmãos e irmãs podem ser apenas amigos, e Alex é como um irmão para mim — explicou Harper. — E é por isso mesmo que essa situação é estranha para mim, porque um cara que é tipo um irmão para mim está saindo com a minha irmã de verdade.

— Isso é nojento.

— Obrigada. Podemos voltar a jogar agora? — perguntou Harper.

— Não, esse jogo é um tédio e eu estou morrendo de fome — Marcy tinha uma arma de brinquedo na mão e a jogou sem cuidado para o lado. — Vamos comer um queijo derretido.

— Foi você quem escolheu esse jogo — disse Harper ao se levantar da mesa de piquenique.

— Eu sei, mas não tinha percebido como ele é chato.

Marcy andou pelo parque e empurrou as pessoas que estavam em seu caminho. Harper andava mais lentamente atrás dela e olhava para trás a fim de ver se conseguia pegar um vislumbre de Gemma e Alex juntos.

Originalmente, Gemma iria com Marcy e Harper para o piquenique, mas Alex ligara de manhã a fim de convidá-la para ir com ele. Foi então que Harper tentou conversar com Gemma sobre Alex, mas a irmã se recusou a contar todos os detalhes.

Harper estava ocupada demais os procurando, não prestou atenção para onde ia e esbarrou em alguém, derrubando um sorvete de sua mão e o espalhando por toda a camisa.

— Ai, meu Deus, eu sinto muito — disse Harper apressadamente enquanto tentava limpar o sorvete de chocolate da camisa do sujeito.

— Você realmente me odeia, não é? — perguntou Daniel, e Harper percebeu com espanto que era ele quem estava coberto de sorvete. — Quero dizer, destruir o sorvete de alguém? Isso é crueldade.

As bochechas dela ficaram coradas.

— Eu não tinha visto você aqui. Sinceramente — ela limpou a camisa dele de maneira ainda mais frenética, como se pudesse evitar uma mancha se a esfregasse com força o suficiente.

— Ah, agora eu entendi o seu plano e é muito mais sério do que eu pensava — Daniel sorriu com ironia. — Você estava à procura de uma desculpa para passar a mão em mim.

— Estava nada! — Harper imediatamente parou de tocar nele e deu um passo para trás.

— Ótimo. Porque você tem de jantar comigo antes.

— Eu estava só... — ela fez um gesto que apontava para a camiseta e suspirou. — Me desculpe.

— Eu estou coberto de chocolate. Por que você não me pede desculpas enquanto pegamos alguns guardanapos? — sugeriu Daniel.

Harper o acompanhou até uma barraquinha, onde ele arranjou um monte de guardanapos. Depois de pegar um punhado da mão dele, Harper caminhou até um bebedouro e Daniel a seguiu.

— Eu sinto muito — repetiu Harper. Ela molhou os guardanapos no bebedouro enquanto ele limpava a camisa.

— Não era minha intenção fazer você se desculpar sem parar. Eu sei que foi um acidente.

— Eu sei, mas... — ela sacudiu a cabeça. — Eu nem sequer agradeci direito por você ter ajudado a minha irmã no outro dia e já o ataquei com o seu próprio sorvete.

— Isso é verdade. Você é uma ameaça e deve ser contida.

— Eu sei que você está implicando comigo, mas estou me sentindo mal.

— Não, estou falando muito sério. Eu deveria denunciar você pelo seu comportamento abominável — disse Daniel com uma expressão séria enquanto dizia a Harper a mesma coisa que ela havia dito a ele no dia anterior.

— Você está me fazendo sentir ainda pior — Harper baixou o olhar para os sapatos e enrolou o guardanapo molhado nas mãos.

— Esse é o meu plano — disse Daniel. — Eu gosto de fazer as garotas se sentirem culpadas o suficiente para saírem comigo.

— Genial — Harper apertou os olhos para Daniel, sem saber se ele estava brincando ou não.

— É o que as moças me dizem — ele deu um sorriso malicioso para ela e seus olhos castanhos estavam brilhando.

— Tenho certeza disso — disse ela, cética.

— Você me deve um sorvete, sabia?

— Ah, certo, é claro — ela procurou por trocados nos bolsos. — Quanto ele custou? Eu posso dar a você o dinheiro.

— Não, não — ele acenou com a mão e a interrompeu enquanto tirava algumas notas amassadas do bolso. — Não quero o seu dinheiro. Quero que você tome um sorvete *comigo*.

— Eu, é... — Harper teve dificuldades em encontrar um motivo para negar o convite.

— Eu já entendi — os olhos dele reluziram com um toque de mágoa, mas Daniel os baixou antes que Harper pudesse ter certeza disso. Seu sorriso desapareceu e ele enfiou as mãos nos bolsos.

— Não, não, não é que eu não queira — disse Harper rapidamente, e ela ficou surpresa por realmente dizer o que sentia.

Entre as reações carinhosas às suas agressões verbais e ajudar sua irmã, Daniel começou a ocupar um espaço em seu coração. E era exatamente por isso que ela não poderia aceitar sua oferta.

Embora ele fosse charmoso, ainda morava em um barco e, pela barba rala em seu queixo, parecia não se barbear havia dias. Ele era imaturo e provavelmente também era preguiçoso, e ela ia embora para a faculdade em poucos meses. Ela não precisava se misturar com um preguiçoso em um barco só porque ele era um tanto engraçado, e bonito de uma maneira meio suja.

— Minha amiga está à minha espera em algum lugar — Harper continuou a explicar e apontou vagamente para a multidão no meio da qual Marcy provavelmente estava, comendo queijo. — Eu estava atrás dela quando esbarrei em você. Minha amiga nem sabe onde estou. Então... preciso procurar por ela.

— Eu entendo — Daniel concordou com a cabeça e o sorriso voltou ao seu rosto. — Então você vai ficar me devendo essa.

— Devendo? — ela ergueu uma sobrancelha. — Devendo um sorvete?

— Ou qualquer outra refeição de igual valor — ele apertou os olhos enquanto pensava nas possibilidades. — Talvez um iogurte. Ou um café grande. Mas não uma refeição completa, com batatas fritas e salada — ele estalou os dedos enquanto pensava em algo. — Sopa! Uma tigela de sopa pode servir também.

— Então, devo a você uma refeição equivalente a um sorvete? — perguntou Harper.

— Sim. E você pode me pagar assim que puder — disse Daniel. — Amanhã ou depois de amanhã ou até mesmo na semana que vem. O que for melhor para você.

— Tá bom. Acho que... estamos combinados.

— Ótimo — disse ele quando Harper começou a se afastar. — Eu vou cobrar. Você sabe disso, não sabe?

— Sim, eu sei — disse Harper, e uma parte dela realmente esperava que ele o fizesse.

Ela abriu caminho através da multidão e não demorou muito para que encontrasse Marcy. Ela estava sentada em uma mesa de piquenique com Gemma e Alex, o que seria bom se o amigo de Alex, Luke Benfield, não tivesse se juntado a eles.

Na verdade, Harper desacelerou o passo quando viu Luke. E não somente porque as coisas entre eles eram estranhas. Sempre que Luke e Alex se juntavam, tendiam a entrar no modo "nerds da informática" e conversavam usando apenas termos de tecnologia que Harper não entendia.

— Então, quando você vai fazer uma gentileza para Gemma e ganhar um prêmio para ela? — Marcy perguntava a Alex quando Harper chegou à mesa.

— Hum... — as bochechas de Alex ficaram levemente coradas por causa da pergunta e ele esfregou as mãos nervosamente.

— Eu disse a ele para *não* ganhar nada para mim — interrompeu Gemma para salvá-lo do constrangimento. — Sou uma garota moderna. Posso ganhar eu mesma meus prêmios.

— Você provavelmente tem mais chances, já que é uma atleta — disse Marcy enquanto metia um pedaço de queijo quente na boca. — O Alex parece jogar como uma garota.

Luke riu disso, como se tivesse alguma chance de se sair melhor do que Alex. Ele girou o enorme anel do Lanterna Verde que usava no dedo e riu tanto que chegou a roncar um pouco.

— Olha quem fala, Marcy — disse Harper, e se sentou no banco ao lado dela, na frente de Luke. — Eu vi a sua mira na barraca de tiro ao alvo. Alex derrotaria você de lavada.

Gemma dirigiu a ela um sorriso agradecido por ter ajudado Alex. Harper percebeu que a irmã colocou a mão na perna dele e a apertou para tranquilizá-lo.

— Aliás, onde você estava? — Marcy olhou para Harper, sem se incomodar com os comentários da amiga. — Você simplesmente desapareceu.

— Eu encontrei um conhecido — Harper evitou a pergunta e voltou a atenção para Gemma e Alex. — Como está o piquenique de vocês?

— Legal — disse Luke. — Mas eu deveria ter passado mais protetor solar. — Sua pele pálida parecia refletir a luz, e seus cachos vermelhos estavam arrepiados. — Não estou acostumado com tanto sol.

— Você mora em uma caverna, Luke? — perguntou Marcy. — Eu só perguntei porque você é magro e pálido, e parece que seus pais o deixam preso em um porão.

— Não — Luke fez uma cara feia e apontou com a mão para a bandeira canadense na camisa de Marcy. — Eu achei que os canadenses fossem legais.

— Eu não sou canadense — Marcy o corrigiu. — Eu só uso esta camisa para expressar o meu antipatriotismo.

— Você é uma garota realmente encantadora, sabia disso, Marcy? — disse Alex.

— Eu faço o que posso — Marcy deu de ombros.

Como o parque estava lotado com praticamente todo mundo da cidade, emitia o som característico de conversas e música. Mas, um tanto repentinamente, a área em torno das mesas de piquenique pareceu silenciar, como se todo mundo conversasse baixinho e aos sussurros.

Harper olhou em volta para ver se algo havia acontecido e, na mesma hora, viu o motivo do silêncio. A multidão havia se separado e aberto caminho para Penn, Lexi e Thea, que iam direto na direção de Harper e Gemma.

Penn usava um vestido com um decote tão profundo que seus seios só faltavam pular para fora. Quando ela parou na extremidade da mesa de piquenique, colocou as mãos nos quadris e sorriu para eles.

— Como vão vocês? — perguntou Penn enquanto examinava a mesa.

— Ótimos — Luke disse com entusiasmo, alheio à tensão que pairava sobre eles. — Eu, eu estou me divertindo. Vocês estão ótimas. Quero dizer, parece que vocês estão se divertindo.

— Ora, muito obrigada — Penn olhou para ele e lambeu avidamente os lábios enquanto sorria.

— Você também está ótimo — acrescentou Lexi.

Ela se aproximou e tocou um de seus cachos, puxando-o como uma mola para que se encolhesse de volta. Luke baixou o olhar e riu de um jeito que lembrava a risada de um colegial.

— Vocês querem alguma coisa? — perguntou Gemma.

Harper notou que, quando os olhos escuros de Penn se fixaram nos de Gemma, a irmã ergueu o queixo mais alto, como se a desafiasse de alguma maneira. Em seguida, Harper viu algo que fez seu sangue gelar: os olhos de Penn mudaram, passando de quase pretos para uma cor dourada e estranha, que lembrava a Harper os olhos de um pássaro.

Seus estranhos olhos de pássaro continuaram fixos em Gemma, mas a expressão dela não se alterou, como se ela não tivesse percebido a mudança surpreendente nos olhos de Penn.

Tão abruptamente quanto mudaram, os olhos de Penn voltaram à sua cor normal e sem vida. Harper piscou e olhou ao redor, mas ninguém pareceu notar a mudança. Eles apenas olhavam para Penn, como se estivessem hipnotizados, e Harper se perguntou se não tinha apenas imaginado aquilo.

— Não — Penn ergueu um dos ombros para dar uma encolhida de ombros sedutora. — Eu só queria parar para dar um alô. Nós ainda não conhecemos muita gente aqui na cidade e estamos sempre à procura de novos amigos.

No entanto, Thea não parecia querer fazer novos amigos. Ela ficou de lado, um pouco atrás de Penn e Lexi. Enrolava seu longo cabelo vermelho e não olhava para ninguém na mesa.

— Você já tem amigas — disse Harper a Penn e acenou para Lexi e Thea.

— Mas sempre se pode ter mais, não é? — perguntou Penn, e Lexi piscou para Luke, fazendo-o rir de novo. — E nós definitivamente gostaríamos de ter uma amiga como Gemma.

Harper estava prestes a perguntar a Penn o que exatamente ela quis dizer com isso, imaginando o que diabos elas poderiam querer com sua irmãzinha, mas Marcy a cortou.

— Espere — disse Marcy com a boca cheia de queijo. — Não havia mais uma garota? — ela engoliu a comida e ficou olhando para elas. — O que vocês fizeram com ela? Vocês a comeram? E depois a vomitaram, porque vocês obviamente são bulímicas.

Penn lançou um olhar tão ferino para Marcy que a fez se encolher de terror. Ela baixou os olhos e puxou o palito com queijo para mais perto de si, como se achasse que Penn poderia roubá-lo.

— Vocês já visitaram as barracas? — perguntou Harper, na tentativa de evitar que Penn assassinasse Marcy. Depois daquele olhar, Harper achou melhor manter a conversa banal em vez de confrontar Penn quanto ao seu interesse por Gemma.

A expressão gélida de Penn evaporou instantaneamente e ela voltou a dar seu sorriso açucarado. Harper percebeu que os dentes da garota eram excepcionalmente afiados. Na verdade, se Harper não fosse esperta, diria que os incisivos tinham realmente crescido e ficado mais afiados do que alguns segundos antes.

— Não, nós acabamos de chegar — explicou Penn com sua voz melosa e doce. — Ainda não tivemos a oportunidade de conferir nada.

Ao falar, ela afastou um pouco do desconforto que Harper sentia quando notou seu sorriso. Até mesmo Marcy pareceu também relaxar um pouco e enfrentar o olhar de Penn novamente.

— Eu realmente *adoraria* ganhar um ursinho de pelúcia — disse Lexi, a voz cada vez mais melodiosa conforme ela falava.

Alex e Luke olhavam para ela e o queixo de Luke caiu, como se ele estivesse admirado. Harper estava com os braços sobre a mesa diante de si e se inclinou para a frente.

Ela não conseguiria explicar, mas se tocou que estava prestando atenção a cada palavra, como se Lexi fosse a pessoa mais fascinante que já tinha ouvido. Até mesmo as pessoas ao redor pareciam se aproximar e se aglomerar em torno deles para chegar mais perto de Lexi.

— O que você acha? — Lexi inclinou a cabeça e olhou para Luke. — Você conseguiria ganhar um ursinho para mim?

— Claro! — Luke gritou com emoção e se levantou tão rapidamente que quase caiu do banco. — Quero dizer, sim. Eu adoraria ganhar um ursinho para você.

— Oba! — Lexi sorriu e enlaçou seu braço no dele.

As pessoas abriram caminho para elas novamente, conforme Lexi e Luke caminhavam em meio à multidão em direção ao chapéu-mexicano. Thea os seguiu, mas Penn ficou para trás, sorrindo para as pessoas na mesa. Alex tinha o olhar fixo em Lexi e a observou até ela desaparecer no meio da multidão, e Gemma teria percebido isso se não estivesse ocupada fazendo a mesma coisa.

— Bem, vou deixar vocês aproveitarem o resto da tarde — disse Penn. Teoricamente, Penn falou com todos na mesa, mas olhava apenas para Gemma. — Vejo você por aí.

— Divirta-se — murmurou Alex, suas palavras saindo um pouco confusas. Penn riu e depois se virou e foi embora.

— Isso foi esquisito — disse Harper depois que Penn se afastou.

Ela balançou a cabeça para desfazer esse nevoeiro que não compreendia. Era quase como se tivesse sonhado com aquilo, como se Penn nunca tivesse realmente estado lá.

— Eu acho mesmo que elas a mataram — Marcy estreitou os olhos e balançou a cabeça para si mesma. — Tem algo a respeito dessas garotas em que eu simplesmente não confio.

8. A enseada

Assim que o sol se pôs, Gemma pulou em sua bicicleta e partiu para a baía. Fazia três dias desde a última vez em que treinara na piscina com o treinador Levi e isso a deixava especialmente ansiosa para entrar na água. Gemma evitara sair tarde nos últimos dias, a pedido de Harper, então sentia que merecia um mergulho noturno.

Embora houvesse tido um dia maravilhoso com Alex no piquenique, mal conseguia esperar para nadar. Na verdade, o dia tinha sido mais do que maravilhoso. Ele foi… mágico, à sua maneira. Eles passaram parte da tarde com Harper e Marcy, e as coisas tinham ido surpreendentemente bem, uma vez que Gemma não sabia como Harper iria reagir ao vê-la com Alex. Aparentemente, a irmã parecia não ver problemas nisso.

Depois de algum tempo, Alex e Gemma saíram sozinhos novamente e foi ainda melhor. Ele fazia pequenas coisas que deixavam seu coração palpitando. Ele tropeçava nas próprias palavras quando tentava impressioná-la e sorria para Gemma de uma maneira que ela nunca o havia visto sorrir antes.

Ela achava que o conhecia havia tempo o suficiente para saber de todos os seus sorrisos, mas não este. Este era pequeno, quase como um malicioso, mas que surgia em seus olhos.

Alex a deixou em casa às oito e a acompanhou até a porta. Ela sabia que Harper e seu pai estavam lá dentro e ele também, então achou que Alex não iria beijá-la. Mas ele a beijou. Não por muito tempo e não com muita intensidade, mas havia algo mais delicado naquele beijo. Ele a beijou de um jeito quase respeitoso e cauteloso. Gemma tinha beijado somente dois rapazes antes de Alex e um deles tinha sido na primeira série, em um jogo de verdade ou desafio. O único beijo *de verdade* tinha sido com seu namorado de três semanas, e ele a beijava com tanta selvageria que ela tinha medo de ficar com marcas no rosto.

Os beijos de Alex eram o contrário disso. Eles eram doces e perfeitos e faziam o coração dela acelerar sempre que pensava neles.

Ela não entendia como não tinha percebido antes o quanto Alex era incrível. Se ao menos tivesse notado mais cedo, eles poderiam estar juntos há meses e meses, um tempo que ela poderia ter passado roubando seus beijos maravilhosos.

Na baía, ela foi de bicicleta até o estaleiro como sempre fazia, pois aquele era o melhor lugar para estacionar. Quando passou pelo barco de Daniel, o Gaivota Suja, ela ouviu a música do Led Zeppelin tocar bem alto.

Se o barco estivesse em silêncio, ela poderia ter parado para agradecê-lo novamente por tê-la ajudado no outro dia, mas não queria perturbá-lo.

Ela se sentia mal quando Harper gritava com Daniel, e Gemma ainda não entendia o que sua irmã tinha contra ele. É verdade, Daniel parecia ser um preguiçoso. Mas só porque ele não tinha uma vida regrada, isso não significava que não fosse um cara legal.

Sempre que Gemma passava por lá para levar o almoço do pai, Daniel a saudava, e uma vez ele a ajudou a arrumar a corrente de sua bicicleta, quando ela se soltou.

Gemma travou sua bicicleta e tirou a saída de praia na extremidade do estaleiro. Ela pulou na água e nadou até a baía.

Havia mais gente na praia e nos barcos do que o usual para aquela hora da noite, efeitos da festa que acontecera mais cedo. Ela teria de nadar para mais longe, até a enseada, próximo à boca do oceano, para ficar longe deles.

De certa maneira, era melhor assim. Ela precisava nadar uma distância maior para compensar os dias sem treinos sérios.

Depois de ter ido longe o suficiente para não conseguir mais ouvir as pessoas na praia, ela virou de costas e flutuou na água, deixando as ondas sutis a balançarem. Gemma olhou para o céu noturno, maravilhada com sua beleza. Ela compreendia inteiramente por que Alex amava tanto as estrelas.

Harper não gostava de nadar tanto quanto a irmã, mas Gemma meio que duvidava que alguém gostasse tanto quanto ela. Nas vezes em que Harper foi nadar com ela, sempre se assustava quando Gemma boiava assim. Harper estava convencida de que a maré a arrastaria e que Gemma se perderia para sempre no mar.

Gemma nunca acreditou de verdade que isso pudesse acontecer, mas, mesmo que acontecesse, a ideia nunca a tinha assustado. Na realidade, ser arrastada para o oceano era mais um sonho do que algo que a amedrontasse.

— *Gemma* — o nome dela flutuou pelo ar, como uma canção.

No início, ela achou que estava ouvindo coisas. O som do rádio de alguém na praia misturado com as ondas da arrebentação. Mas, em seguida, ela ouviu novamente, dessa vez mais alto.

— *Gemma* — alguém estava entoando o nome dela.

Com os pés novamente na água, ela olhou em volta à procura da origem da voz, mas era muito fácil de detectar. Gemma tinha deixado a correnteza levá-la e não percebeu quanto havia se aproximado da enseada. Ela estava a apenas cerca de seis metros de lá, e a caverna brilhava por conta de uma fogueira acesa no centro.

Embora ela não estivesse prestando muita atenção enquanto nadava por ali, tinha certeza de que a fogueira não estava acesa alguns momentos antes. E Penn, Lexi e Thea definitivamente não estavam lá.

Gemma já as tinha encontrado o suficiente nos últimos dois dias e, se tivesse imaginado que elas estariam ali, nunca teria ido tão longe e se arriscado a esbarrar nelas.

Thea estava agachada ao lado da fogueira, sua sombra crescendo atrás dela. Penn girava e dançava em um círculo lento e gracioso, no ritmo de uma música que só ela conseguia ouvir. E Lexi estava parada bem na beira da costa, tão perto que a água espirrava sobre seus pés.

Era Lexi quem chamava o nome dela, mas ela não estava apenas o dizendo. Ela o cantava como Gemma nunca tinha ouvido ninguém cantar antes. Era lindo e mágico. Soava como a sensação dos beijos de Alex, mas ainda melhor.

— *Gemma* — cantou Lexi novamente. — *Venha, viajante fatigado, eu o levarei através das ondas. Não se preocupe, pobre viajante, pois a minha voz é o caminho.*

Gemma ficou paralisada na água, completamente hipnotizada pela música de Lexi. Era como se Lexi a tivesse enfeitiçado de alguma maneira, e toda a inquietação que Gemma sentia quanto às garotas desapareceu. Tudo o que ela conseguia sentir era a beleza e o calor da canção, nítida e clara, a percorrer o seu corpo.

— Gemma — chamou Penn. Sua voz sensual não era nem de longe tão doce quanto a de Lexi, mas ainda assim havia algo atraente nela. Ela parou de dançar e ficou ao lado de Lexi. — Por que você não se junta a nós? Nós estamos nos divertindo muito aqui. Você iria adorar.

— Tá — Gemma se ouviu dizer.

Em algum lugar no fundo da mente dela, os alarmes dispararam, mas todos eles se silenciaram no momento que Lexi começou a cantar novamente. Quando Gemma nadou em direção a elas, o medo foi totalmente bloqueado. Juntar-se a elas não parecia nem ao menos uma escolha. Seu corpo se movia em direção a elas por conta própria, aparentemente.

Quando Gemma chegou à praia, Lexi estendeu a mão e a ajudou a sair da água e ir até a enseada. A única maneira de chegar à caverna era pela baía. Ela não tinha conexões ou aberturas que dessem na terra, mas, de alguma maneira, todas as três garotas estavam perfeitamente secas.

— Tome — Penn dançava com um xale em torno de si, feito de algum tipo de substância dourada e transparente, e ela o colocou sobre os ombros de Gemma. — É para aquecê-la.

— Eu não estou com frio — disse Gemma, e era mesmo verdade. Para começar, a noite estava quente, e a fogueira dentro da caverna a deixava ainda mais calorenta.

— Mas é bem melhor com ele, não é? — Lexi perguntou, sua voz como um ronronar suave no ouvido de Gemma.

Lexi colocou o braço em torno dela, e alguma coisa em seu toque fez os pelos da nuca de Gemma se arrepiarem. Gemma se afastou dela instintivamente, mas Lexi começou a cantar de novo e Gemma derreteu em seus braços.

— Venha e junte-se a nós — Penn manteve os olhos em Gemma e deu um passo para trás, em direção à fogueira.

— Vocês estão dando uma festa? — perguntou Gemma.

Gemma não se moveu, então Lexi pegou sua mão e a levou até a fogueira. Ela a conduziu para uma grande pedra ao lado de Thea e a empurrou com delicadeza para que Gemma se sentasse. Thea olhou para ela, as chamas refletiam em seus olhos, como se viessem diretamente deles.

— É uma celebração — riu Lexi, e se ajoelhou ao lado de Gemma.

— O que vocês estão celebrando? — perguntou Gemma enquanto olhava para Penn. Ela estava do outro lado da fogueira, na frente de Gemma, e sorriu para ela.

— Um banquete — respondeu Penn, e tanto Lexi quanto Thea riram de um jeito que fazia Gemma se lembrar do ruído de um corvo.

— Um banquete? — Gemma olhou ao redor da caverna, mas não viu sinais de comida. — De quê?

— Não se preocupe com isso — Lexi a orientou.

— Você vai ter tempo de sobra para comer depois — disse Thea, com um sorriso malicioso.

Aquilo foi o máximo que Gemma ouviu Thea falar na vida, e percebeu que havia algo errado na voz dela. Thea tinha uma voz áspera, como o sussurro rouco de Kathleen Turner. Não era repulsivo, mas não era muito normal.

Ela tinha um tom de voz oposto ao de Lexi e Penn. Se a voz de Lexi e Penn era como mel, a de Thea era como dentes afiados. Era espinhosa e um pouco assustadora.

— Eu não estou com fome — disse Gemma, o que fez as garotas caírem na risada novamente.

— Você é uma garota realmente bonita — comentou Lexi depois que parou de rir. Ela se inclinou para se aproximar de Gemma, pousou a mão na perna da garota e olhou para ela. — Você sabe disso, certo?

— Acho que sim — Gemma apertou mais o xale em torno de si, aliviada por se cobrir com ele. Ela não sabia como receber o elogio de Lexi, mas ele a fez se sentir lisonjeada e perturbada.

— Você é um peixe grande em um lago pequeno, não é? — Penn andava a passos lentos do outro lado da fogueira e mantinha os olhos fixos em Gemma.

— Como assim? — perguntou Gemma.

— Você é linda, inteligente, ambiciosa, destemida — explicou Penn. — E esta cidade é apenas um balneário turístico. Uma cidade pequena que secaria se não fossem os turistas barulhentos que causam um caos todos os verões.

— Aqui é bacana fora de temporada — a defesa de Capri feita por Gemma soou fraca mesmo para seus ouvidos.

— Eu duvido — Penn sorriu com ironia. — Mas, mesmo que seja, você é muito mais do que esta baía jamais será. Eu a vi na água. Você nada com força e graciosidade, e com uma determinação desenfreada.

— Obrigada — disse Gemma. — Eu tenho treinado bastante. Quero ir para as Olimpíadas.

— As Olimpíadas não são nada comparadas ao que você pode fazer — zombou Penn. — Você tem uma aptidão natural que é quase impossível de conseguir. Acredite em mim, eu sei. Nós procuramos.

Gemma achou aquilo estranho em um nível alarmante. Para acalmá-la, Lexi começou a cantar novamente. Ela fez pouco mais do que cantarolar dessa vez, mas foi o suficiente para manter Gemma sentada na pedra. Ainda assim, ela continuou preocupada, mesmo que não tivesse fugido.

— Por que vocês me chamaram aqui? — perguntou Gemma. — E por que vocês queriam tanto que eu nadasse com vocês naquele dia?

— Eu acabei de dizer a você — disse Penn. — Você é algo raro e especial.

— Mas... — Gemma franziu as sobrancelhas, pois sabia que havia algo errado que ela não conseguia identificar. — Você é muito mais atraente do que eu. Você é mais tudo o que disse que eu sou. Para quê você precisa de mim?

— Não seja boba — Penn fez um gesto com a mão. — E não se preocupe com nada disso.

— Não se preocupe com nada — acrescentou Lexi e, assim que ela falou, Gemma sentiu suas preocupações evaporarem, como se nunca sequer as tivesse tido.

— Nós queríamos que você viesse e se divertisse — Penn sorriu para Gemma. — Nós queríamos conhecer melhor umas às outras.

— O que vocês querem saber? — perguntou Gemma.

— Tudo! — Penn esticou os braços ao lado do corpo. — Conte-nos tudo!

— Tudo? — Gemma baixou o olhar para Lexi com incerteza.

— Sim, como o que você está fazendo com aquele bobalhão com quem fica — disse Thea do lado dela, e Gemma se virou para olhar para ela. — Ele não serve para você.

— Bobalhão? — Gemma se enfureceu quando percebeu que Thea falava de Alex. — Alex é um cara fantástico. Ele é doce e divertido, e me trata bem.

— Quando se tem a nossa aparência, todos os caras tratam você bem — respondeu Thea com um olhar calmo. — Você percebe que isso não significa nada. Rapazes são superficiais e é só.

— Você não conhece o Alex — Gemma sacudiu a cabeça. — Ele é a pessoa mais verdadeira que conheço.

— Por que não conversamos sobre garotos outro dia? — interveio Penn. — Eles são drama demais para esta noite. Lexi, por que você não alivia o clima?

— Ah, claro — Lexi pegou um pequeno frasco de cobre da frente de seu vestido. — Vamos beber.

— Sinto muito, eu não bebo — Gemma sacudiu a cabeça.

— Penn me disse que você não tem medo de nada — disse Thea para provocá-la. — E agora você está com medo de uma bebidinha?

— Eu não estou com medo — Gemma se irritou. — Mas vou ser expulsa da equipe de natação se me pegarem bebendo. Eu trabalhei muito para conseguir isso e depois jogar fora.

— Ninguém vai pegar você — garantiu Penn.

— Vocês podem ir em frente e beber — disse Gemma. — Sobra mais para vocês.

— *Gemma* — disse Lexi, com a voz novamente melodiosa. Ela estendeu o frasco, mas Gemma hesitou em pegá-lo. — *Beba.*

Gemma não teve escolha. Ela não conseguia sequer pensar em outra opção. Seu corpo se moveu automaticamente e pegou o frasco de Lexi, abriu a tampa e o levou aos lábios. Tudo aconteceu da mesma forma que ela respirava. Movimentos sem raciocínio, motivo ou controle.

O líquido era espesso e deixava um gosto amargo e salgado na língua. Ele queimava enquanto descia pela garganta, quase tão ruim quanto a vez em que ela comeu raiz forte demais. Quando ela o engoliu, quase engasgou. Parecia muito forte e quente para ser engolido, mas ela forçou a descida.

— É horrível! — Gemma tossiu e limpou a boca. — O que é isso?

— Meu coquetel especial — disse Penn com um sorriso.

Gemma segurou o frasco longe de si, sem querer ficar perto daquela coisa. Thea o arrancou das mãos dela e se moveu rapidamente, como se Gemma fosse tentar impedi-la. Ela jogou a cabeça para trás e engoliu o líquido em alguns grandes goles. Simplesmente ver Thea beber daquele jeito fez Gemma engasgar de verdade dessa vez.

Penn soltou um grito agudo. Ela correu até Thea e deu um tapa no seu rosto, o que fez o frasco voar longe. O líquido bordô se espalhou por todas as paredes da enseada, mas o desperdício não parecia incomodar Penn.

— Isso não é para você! Você sabe disso!

— Eu *precisava* disso! — rosnou Thea.

Ela limpou a boca e depois lambeu a mão para ter certeza de que tinha conseguido beber cada gota que podia. Por um segundo, Gemma teve medo de que Thea rastejasse no chão e lambesse a bebida naquela sujeira.

— O que era aquilo? — perguntou Gemma, as palavras saindo como um balbucio.

A caverna se inclinou repentinamente para o lado e Gemma agarrou Lexi para não cair no chão. Tudo ao seu redor oscilava. Ela ouviu Penn falar, mas a voz dela soava como se viesse de debaixo da água.

— Isso não é... — Gemma lutava para conseguir falar. — O que vocês fizeram?

— Você vai ficar bem — disse Lexi. Ela tentou colocar o braço em volta de Gemma, talvez na tentativa de confortá-la, mas Gemma o afastou.

Ela se levantou e quase caiu para a frente na fogueira, mas Penn a segurou. Gemma tentou lutar contra ela, mas não tinha mais forças. Toda a sua energia havia deixado seu corpo e ela não conseguia manter os olhos abertos. O mundo estava sumindo em volta dela.

— Você vai me agradecer por isso depois — disse Penn em seu ouvido e essa foi a última coisa que Gemma ouviu.

9. Perdida

— Onde está a sua irmã? — Brian abriu com violência a porta do quarto de Harper e bateu a maçaneta no gesso da parede.

— O quê? — Harper esfregou os olhos e se virou na cama para encarar o pai. — Do que você está falando? Que horas são?

— Eu acabei de acordar para ir trabalhar e Gemma não está aqui.

— Você procurou no quarto dela? — perguntou Harper, ao lentamente despertar.

— Não, Harper, eu achei melhor ver no seu quarto primeiro — rebateu Brian.

— Desculpe, papai, eu acabei de acordar — ela se sentou e passou os pés sobre a beirada da cama. — Ela saiu para nadar ontem à noite. Provavelmente apenas perdeu a noção da hora.

— Até as cinco da manhã? — perguntou Brian, com uma inconfundível preocupação na voz.

Mas Harper sabia que ele havia passado por isso antes. Quando ela e sua mãe se envolveram no acidente de carro. Elas tinham saído para uma volta rápida à noite e Brian não teve notícias delas até que o hospital ligou para ele na manhã seguinte e disse que sua mulher estava em coma.

— Ela está bem — disse Harper rapidamente, na esperança de amenizar os temores do pai. — Tenho certeza de que ela apenas se distraiu. Você conhece a Gemma.

— Sim, eu conheço, e é por isso que estou preocupado.

— Não fique. Gemma está bem — Harper passou a mão nos cabelos desgrenhados pelo sono e tentou acalmar Brian. — Tenho certeza de que ela está com Alex ou cochilando na praia, ou coisa assim.

— Você acha que me dizer que ela está com Alex vai fazer eu me sentir melhor? — perguntou Brian, embora ele realmente parecesse ter se acalmado um pouco. Estar com um rapaz era uma alternativa muito melhor do que estar ferida ou morta.

— Ela está bem — repetiu Harper. —Vá se arrumar para trabalhar. Eu vou procurar por ela.

— Harper, eu não tenho como trabalhar quando minha filha está desaparecida — Brian sacudiu a cabeça.

— Ela não está desaparecida — insistiu Harper. — Ela só ficou fora de casa até muito tarde. Não é nada demais.

— Eu vou dar uma volta e procurar por ela — disse Brian enquanto saía do quarto.

— Papai, você não pode faltar ao trabalho. Já faltou muito quando cortou seu braço em fevereiro. Você não pode perder o seu emprego.

— Mas... — a voz de Brian sumiu aos poucos, pois ele sabia que Harper estava certa.

— Tenho certeza de que Gemma está bem — disse Harper. — Ela provavelmente vai chegar a qualquer momento. Vá trabalhar. Me dê uma chance de procurar por ela e, se eu não conseguir encontrá-la nas próximas duas horas, vou buscar você. Está bem?

Ele ficou parado e indeciso na porta do quarto de Harper, pálido e abatido. Brian nitidamente queria localizar a filha, mas sabia que Harper provavelmente estava certa. Ele não poderia arriscar seu emprego e o sustento de sua família simplesmente porque Gemma passou tempo demais fora de casa.

— Tá certo — ele cerrou os lábios. — Veja se consegue encontrá-la. Mas se você não souber dela até às sete, venha me buscar, tá?

— Sim, é claro — Harper assentiu com a cabeça. — Eu ligo para você assim que a encontrar.

Depois que Brian se virou e saiu do quarto, Harper deixou o pânico tomar conta dela. Ela não queria que o pai se preocupasse sem necessidade, mas isso não significava que ela mesma não estava com medo. Não era típico de Gemma passar da hora de voltar para casa. Gemma gostava de forçar a barra das regras, mas raramente as quebrava.

Harper foi até sua cama e puxou as cortinas para observar a casa de Alex. O carro dele estava na garagem, e isso significava que ele não estava com Gemma. Harper pegou o celular da mesa de cabeceira e discou o número dele mesmo assim.

— Alô? — Alex atendeu, grogue, após o quinto toque.

— A Gemma está com você? — lançou Harper enquanto andava de um lado para o outro no quarto.

— O quê? — perguntou Alex, e a voz dele subitamente ficou mais clara. — Harper? O que está acontecendo?

— Nada — ela respirou fundo e abafou a urgência em suas palavras. Ela não precisava assustá-lo também. — Eu só queria saber se Gemma está com você.

— Não — disse Alex. Pela janela, Harper viu a luz do quarto dele acender do outro lado. — Eu não a vi nem falei com ela desde que a deixei em casa ontem à noite. Ela está bem?

Harper segurou o telefone longe da boca e praguejou baixinho. Alex nunca ficaria fora de casa com Gemma a noite toda e ela deveria saber disso.

Se Gemma tivesse estado com Alex, ele teria insistido que ela chegasse em casa na hora certa. Não só porque era o certo, mas também porque ele tinha medo de provocar a ira de Harper e Brian.

— É, não, quero dizer, eu tenho certeza de que ela está bem — respondeu Harper rapidamente. — Mas eu tenho de ir, tá, Alex?

— O quê? Não, não está bem. Onde está Gemma?

— Eu não sei. É por isso que tenho de ir. Vou procurar por ela. Quero dizer, eu sei que ela está bem, mas preciso encontrá-la.

— Eu vou com você — ofereceu Alex. — Vou vestir minhas calças e encontro você lá fora.

— Não, não — ela balançou a cabeça, mesmo que ele não pudesse vê-la. — Você fica aqui, caso ela volte. Você pode ficar de olho na casa.

— Tem certeza?

— Tenho, sim — suspirou Harper. — Fique de olho e, se ela entrar em contato com você, me avise, tá?

— Tá, eu posso fazer isso. E diga a ela para me ligar assim que você a encontrar.

— Combinado.

Harper desligou o telefone sem esperar que ele dissesse mais alguma coisa. Ela sabia onde deveria procurar e isso embrulhou seu estômago. Gemma fora até a baía à noite, sozinha, e não tinha retornado.

Ainda de pijama, Harper calçou os chinelos e desceu as escadas. Ela se movimentou depressa, na esperança de não ter tempo para pensar sobre todas as coisas horríveis que poderiam ter acontecido com Gemma. Afogamento. Sequestro. Assassinato. Droga, dava para ter acontecido até um ataque de tubarão.

— Você a encontrou? — gritou Brian de dentro do banheiro. Ele ouviu Harper descer correndo as escadas.

— Ainda não! — Harper gritou de volta para ele e pegou as chaves do carro na estante ao lado da porta. — Eu vou sair agora. Ligo para você depois! — ela correu até o carro em vez de conversar com o pai por mais tempo.

Enquanto corria pela cidade, Harper olhava ao redor sempre que conseguia. Gemma poderia ter apenas se machucado no caminho até a baía. Mas, de alguma forma, Harper sabia que não era o que tinha acontecido. O ronco aterrorizado de seu estômago insistia que outra coisa havia ocorrido, algo pior.

Como Gemma tinha saído de bicicleta na noite anterior, Harper foi até o estaleiro onde a irmã geralmente estacionava. Ela desceu correndo as tábuas de madeira gastas enquanto rezava para que a bicicleta não estivesse lá. Se não estivesse, significava que Gemma havia saído dali, que ela tinha ido para outro lugar.

Assim que ela viu a bicicleta, acorrentada e com a mochila de Gemma, seu coração ficou apertado. Gemma ainda estava na água, como tinha estado nas últimas oito ou nove horas.

A menos que…

Harper se virou e encontrou o Gaivota Suja ancorado no mesmo lugar de sempre, a poucos metros de onde Gemma havia deixado a bicicleta.

— Daniel! — Harper gritou e correu para o barco dele. — Daniel! — ela estendeu a mão até a amurada e tentou subir. — Daniel!

— Harper? — perguntou Daniel. Ele abriu a porta da cabine e saiu enquanto abotoava a calça jeans que tinha acabado de vestir.

Harper estava tentando subir pela amurada, mas o barco estava muito longe da doca. O pé dela escorregou da margem e um de seus chinelos caiu e espirrou água. Ela teria caído logo em seguida se Daniel não tivesse se aproximado e agarrado o braço dela.

Ele passou um braço forte em volta dos ombros de Harper e a levantou, a erguendo sobre a amurada. Para isso, Daniel teve de prensá-la contra seu peito nu. Harper estava gelada por conta do pânico e do ar matinal, e a pele dele estava quente contra a dela.

— O que você está fazendo aqui? — perguntou Daniel quando a soltou.

— Gemma está aqui? — perguntou Harper, mas, pela expressão confusa no rosto dele, ela já sabia a resposta.

— Não — ele balançou a cabeça e franziu as sobrancelhas preocupado. — Por que ela estaria aqui?

— Ela não voltou para casa ontem à noite. E… — Harper apontou para a bicicleta acorrentada ao cais. — A bicicleta dela ainda está aqui e ela tem treino de natação daqui a duas horas. Gemma *nunca* falta aos treinos — um arrepio percorreu seu corpo e seu estômago embrulhou. — Tem alguma coisa errada.

— Eu vou ajudar você a encontrá-la — disse Daniel. — Deixe-me pegar uma camisa e sapatos.

— Não — ela sacudiu a cabeça. — Eu não tenho tempo para esperar.

—Você obviamente está enlouquecida de preocupação — ele apontou para ela, que tremia. —Você precisa de alguém com a cabeça mais tranquila. Eu vou com você.

Harper pensou em contra-argumentar, mas apenas balançou a cabeça. A ânsia de entrar em pânico tomava conta dela e estava difícil evitar os soluços de choro. Ela realmente precisava de alguém menos desesperado para ajudá-la.

Daniel desceu para o convés e voltou um minuto depois. Um minuto que, para Harper, pareceu durar horas. Horas que ela passou olhando para o mar escuro ao seu redor enquanto se perguntava se o corpo de Gemma estaria flutuando lá, em algum lugar.

— Pronto — disse ele enquanto vestia uma camiseta. — Vamos embora.

Ele saltou para a doca primeiro e depois pegou a mão de Harper para ajudá-la a sair do barco. Quando ele pescou o chinelo dela na água, Harper protestou, mas Daniel insistiu que ela iria demorar ainda mais se tivesse de mancar por aí sem ele.

— Onde você quer procurar? — perguntou Daniel, enquanto eles caminhavam para a doca, de volta para a terra firme.

— Eu acho que nós precisamos verificar a costa — ela engoliu em seco ao perceber o que estava sugerindo. — Ela pode ter sido arrastada...

— Ela gosta mais de alguma área específica? — perguntou Daniel. — Talvez algum lugar onde ela teria ido para descansar, se estivesse muito cansada para voltar para casa?

— Eu não sei — Harper sacudiu a cabeça e encolheu os ombros. — Achei que ela pudesse ter vindo para o seu barco, já que confia em você. Mas... eu não sei. Não faço a menor ideia do que ela poderia fazer a noite toda na água. Bem, eu tenho algumas ideias — ela fungou e esfregou a testa. — As únicas coisas que consigo imaginar não são bonitas, no entanto. Ela não tem bons motivos para estar aqui. Gemma só ficaria se algo ruim acontecesse ou se alguém a machucasse.

— Ei — Daniel tocou no braço dela, o que fez Harper olhar para ele. — Nós vamos encontrá-la, tá? Apenas pense para onde ela iria se estivesse tudo bem. O que Gemma faz aqui? Para onde ela vai?

— Eu não sei — repetiu Harper, exasperada e aterrorizada. Ela desviou o olhar e observou a baía enquanto tentava pensar. — Ela adora vir nadar aqui à noite. Ela gosta de passar por aquela rocha lá.

Ela apontou para uma enorme rocha na água do outro lado da baía, a mesma onde Gemma apostara corrida com Alex. Harper e Gemma competiram algumas vezes até a mesma rocha, e Gemma sempre saía vencedora.

— Ela gosta mais do outro lado da baía? — perguntou Daniel.

— Mais ou menos — admitiu Harper. — Os turistas e os barcos não vão até lá por causa de todas aquelas pedras, e ela gosta de quão deserto fica.

— Então, se ela fosse parar para descansar, seria ali.

— É! — ela assentiu com entusiasmo, ao perceber o que isso significava. — Quando vem dirigindo, ela estaciona ali, perto dos ciprestes.

Seria mais rápido dirigir do que andar até lá, então Harper correu de volta para o carro, com Daniel a seguindo. Para contornar a baía, Harper dirigiu o mais rápido que conseguia, o que significava ultrapassar alguns sinais e cortar caminho pela grama.

Depois de chegar à praia, ela estava agradecida por Daniel ter resgatado seu chinelo. A costa estava coberta de pedras pontiagudas e teria sido quase impossível andar com os pés descalços. Ou pelo menos teria sido assim para ela. Harper sabia que as pedras não teriam conseguido intimidar Gemma.

Ela chegou até a margem, depois das árvores, para ter uma visão clara de toda a costa até a enseada. Daniel veio atrás dela e apontou para um volume escuro mais adiante.

— O que é aquilo? — perguntou ele, mas Harper não esperou para responder.

Ela saiu tão rápido que tropeçou nas pedras algumas vezes e caiu uma vez, ralando o joelho. Daniel foi atrás dela o mais rápido que pôde, mas se movia em um ritmo mais cauteloso.

Quando ela estava perto o suficiente para ter certeza, Harper começou a chamar o nome de Gemma. Ela conseguia ver que era sua irmã, deitada de costas e enroscada em algo semelhante a uma rede de pesca dourada. Mas Gemma não respondeu.

10. Ressaca

— GEMMA! — HARPER GRITOU E CAIU AO LADO DELA, ignorando as rochas que machucavam sua pele. — Gemma, acorde!

— Ela está viva? — perguntou Daniel, em pé atrás de Harper e olhando para Gemma.

A situação não parecia boa. A pele de Gemma estava sem cor, de modo que ela parecia quase azul. Hematomas e arranhões cobriam os braços dela e havia sangue seco na têmpora. Os lábios estavam rachados e secos e havia algas emaranhadas nos cabelos.

E então, embora Harper realmente não achasse que isso iria acontecer, Gemma gemeu e virou a cabeça para o lado.

— Gemma — Harper passou a mão no cabelo da testa da irmã, e os olhos dela se abriram com leves piscadelas.

— Harper? — Gemma perguntou, e suas palavras saíram em um resmungo.

— Ah, graças a Deus — Harper soltou um suspiro profundo, e lágrimas encheram seus olhos aliviados. — O que aconteceu com você?

— Eu não sei.

Estremecendo enquanto se mexia, Gemma tentou se levantar, mas as pedras eram muito irregulares. Quando ela começou a tropeçar, Daniel colocou o braço por baixo das pernas dela e a ergueu. Gemma se jogou e tentou se agarrar nele para obter apoio, mas seus braços estavam presos na malha que envolvia seu corpo.

—Vamos levá-la de volta para o carro — sugeriu Harper, e Daniel concordou com a cabeça.

Depois que a percepção de que Gemma estava viva havia assentado, Harper quis chorar e gritar com ela. Mas Gemma ainda parecia tão fraca e fora de si que Harper não teve vontade de interrogá-la.

Harper tinha estacionado o mais perto que pôde, o que significava que havia parado na grama rebelde da praia, ao longo da costa. Daniel colocou

Gemma de pé, depois de chegarem ao gramado, e ela conseguiu se levantar por si só. A malha estava muito enrolada em volta dela, e Harper e Daniel ajudaram Gemma a retirá-la.

— O que é isso? — perguntou Harper. — Você ficou presa em uma rede de pescadores? Foi isso que aconteceu?

— Isso não é uma rede — Daniel sacudiu a cabeça. Depois de soltarem Gemma da malha, ele a percorreu com as mãos enquanto admirava sua estranha textura. — Ao menos não se parece com nenhuma que eu já tenha visto.

— Não, isso não é uma rede — Gemma apoiou a mão no carro para se firmar e se recostou nele. — É um xale ou coisa assim.

— Um xale? — perguntou Harper. — Onde você arrumou um xale?

Gemma fez uma careta, hesitando antes de relutantemente admitir.

— Penn.

— *Penn*? — Harper estava quase gritando. — O que diabos você estava fazendo com Penn?

— Você realmente deveria ficar longe dessas garotas — disse Daniel solenemente. — Elas são... Há algo de errado com elas.

— Pode acreditar, eu sei — Gemma murmurou.

— Então o que você estava fazendo com elas? — perguntou Harper. — O que você fez ontem à noite?

— A gente pode conversar sobre isso depois? — implorou Gemma. — Minha cabeça está latejando. Meu corpo inteiro dói. E eu estou com uma sede inacreditável.

— Você precisa ir ao hospital? — perguntou Harper.

Gemma sacudiu a cabeça.

— Não, eu só preciso ir para casa.

— Se você está bem, então vai me contar o que está acontecendo — Harper cruzou os braços.

— Eu estava nadando ontem à noite e... — a voz de Gemma enfraqueceu e ela olhou para o sol nascente sobre a baía, como se tentasse se lembrar exatamente do que havia acontecido na noite anterior. — Eu fui até a enseada e Penn, Lexi e Thea estavam... dando uma festa lá.

— Elas estavam dando uma *festa*? — perguntou Harper, e agora ela estava totalmente chocada. — Você foi a uma festa com essas garotas ontem à noite?

— É — respondeu Gemma, em dúvida. — Quero dizer, sim. Eu acho.

— Você acha? — Harper balançou a cabeça.

— Sim, elas me convidaram para me juntar a elas, e eu só tomei uma bebida. Mas devia ser muito forte. Foi só uma bebida, eu juro.

— Você bebeu? — os olhos de Harper se arregalaram um bom tanto. — Gemma! Você pode ser expulsa da equipe de natação por causa disso. E o seu treino é daqui a uma hora, e você claramente não vai conseguir lidar com isso hoje. No que você estava pensando?

— Eu não estava pensando! — gritou Gemma. — Eu sinceramente não sei no que estava pensando! Não faço a menor ideia do que aconteceu ontem à noite. Eu me lembro de tomar uma bebida e depois acordei nas rochas. Não sei o que aconteceu e sinto muito.

— Entre no carro — disse Harper com os dentes cerrados, muito aborrecida até para gritar.

— Eu sinto muito mesmo — repetiu Gemma.

— Entre no carro! — gritou Harper e Daniel se retraiu.

— Obrigada por... me ajudar — murmurou Gemma para Daniel e baixou o olhar para os próprios pés.

— Sem problemas — disse ele. Ela tentou abrir a porta do carro e quase caiu, então Daniel foi até Gemma e segurou a porta para ela. — Descanse um pouco e beba muito líquido. Ressacas são uma droga, mas você vai sobreviver.

Gemma deu um sorriso murcho para ele e entrou no carro. Depois que ela estava em segurança lá dentro, Daniel fechou a porta e voltou a atenção para Harper. Os braços dela estavam cruzados enquanto ela observava a irmã com raiva e descrença, mas quando Daniel olhou para ela, Harper sorriu timidamente.

— Eu realmente sinto muito por arrastar você para me ajudar a pegar minha irmã bêbada. Quero dizer, obrigada. Eu estou agradecida, me desculpe por incomodá-lo.

— Não, não foi incômodo algum — Daniel deu um sorriso malicioso. — Eu só estava pensando comigo mesmo o tédio que é dormir até *depois* que o sol se levanta.

— Me desculpe — disse Harper mais uma vez. — Eu provavelmente deveria deixá-lo voltar a dormir.

— Tudo bem. — Daniel concordou com a cabeça e se afastou do carro. — Mas pegue leve com ela, tá? Gemma é apenas uma criança. E crianças fazem besteiras às vezes.

— *Eu* não fazia — Harper contornou a frente do carro até o lado do motorista.

— É mesmo? — ele parou para arquear uma sobrancelha. — Você nunca fez uma besteira?

— Não desse tipo — ela apontou para o carro, onde Gemma estava com a testa encostada no vidro. — Eu nunca passei a noite inteira fora de casa nem fiquei bêbada. Talvez eu tenha perdido a hora da escola uma vez.

— Ah, uau — Daniel sorriu e parecia realmente surpreso. — Na verdade, isso é meio triste. Quer dizer, que bom que você não bebe. Mas uma vida sem *nenhum* erro? Não soa nem um pouco divertido.

— Eu me diverti — disse Harper irritada, e Gemma gemeu no carro, interrompendo a discussão com Daniel. — Mas realmente preciso ir para casa.

— Certo, é claro — ele acenou e se afastou. — Não vou atrasá-la para o seu dever.

— Obrigada — Harper sorriu para ele.

Assim que ela entrou no carro, seu sorriso e qualquer sensação de felicidade evaporaram. O alívio de encontrar a irmã viva se transformou em uma fúria descontrolada.

— Eu não entendo como você pôde fazer isso! — disse Harper enquanto dava a partida no carro e se afastava da baía. — Papai quase faltou ao trabalho para procurar por você. Ele poderia ter perdido o emprego por causa disso.

— Desculpe — Gemma apertou bastante os olhos e esfregou a testa, como se quisesse que Harper simplesmente parasse de falar.

— Desculpas não são o suficiente, Gemma! — gritou Harper. — Você poderia ter morrido! Você consegue entender isso? Você quase *morreu*. Eu nem ao menos sei o que aconteceu ou como você ainda está viva. Como você pôde fazer isso? Como você pôde se colocar nesta situação?

— Eu não sei! — Gemma ergueu a cabeça. — Quantas vezes eu tenho de dizer a você que eu não sei?

— Quantas vezes for preciso até tudo começar a fazer sentido! — gritou Harper de volta. — Você não é assim. Você odeia aquelas garotas e odeia beber. Por que estava com elas? Por que se arriscaria por pessoas de quem nem gosta?

— Harper! — explodiu Gemma. — Eu não me lembro de ontem à noite. Não tenho nenhuma resposta, não importa quantas vezes ou de quantas maneiras diferentes você me pergunte. Eu já disse tudo o que sabia!

— Você sabe que vai ficar de castigo, não é? — perguntou Harper. — Você *nunca* mais irá àquela baía novamente. Vai ter sorte se papai deixá-la ir durante o dia.

— Eu sei — Gemma suspirou e recostou a cabeça na janela novamente.

— E eu não sei quando você vai poder ver Alex novamente — continuou Harper. — Ele também estava preocupadíssimo com você.

— Estava? — ela olhou para Harper e ficou um pouco mais iluminada. — Como ele sabia que eu tinha desaparecido?

— Eu achei que você poderia estar com Alex, então liguei para ele e perguntei se sabia onde você estava. Precisa ligar para ele quando voltarmos.

— Humm — Gemma fechou os olhos. — Talvez você devesse ligar para ele. Não estou me sentindo bem para conversar agora.

Harper olhou novamente para a irmã e abrandou seu tom, preocupada. Se Gemma não queria falar nem mesmo com Alex, então algo definitivamente tinha de estar errado.

— Você tem certeza de que está bem? — perguntou Harper. — Eu posso levá-la para o hospital agora mesmo.

— Não, eu só estou de ressaca e com alguns machucados. Vou ficar bem.

— Talvez você devesse tirar uns raios X — disse Harper. — Esses hematomas podem ser piores do que parecem. E eu nem sei como você os arrumou.

— Eu estou bem — insistiu Gemma. — Por favor, me leve pra casa. Eu só quero dormir.

Harper ainda não estava muito animada com a ideia, mas Gemma provavelmente estava certa. Como Harper teve a oportunidade de liberar um pouco da sua raiva, ela decidiu deixá-la para lá. Se Gemma estava passando mal, não precisava que Harper gritasse com ela. Então, por ora, Harper iria apenas cuidar dela.

Quando chegaram em casa, Gemma foi até a cozinha e encheu um copo com água gelada da torneira. Ela começou a beber um copo atrás do outro, engolindo tão rapidamente que a água escorria pelo seu queixo.

— Você tem certeza de que está bem? — perguntou Harper, em dúvida enquanto observava a irmã.

— Sim — Gemma concordou com a cabeça e limpou a boca com as costas da mão. — Só estou com muita sede. Mas estou melhor agora — ela colocou o copo na pia e forçou um sorriso para Harper.

— Então se sente. Você precisa se limpar.

Gemma puxou uma cadeira da mesa da cozinha e ficou aliviada ao se sentar. Harper entrou no banheiro e pegou uma toalha molhada, antisséptico e curativos. Quando voltou, ela se ajoelhou no chão diante de Gemma e inspecionou os cortes e arranhões.

Nenhum deles parecia muito profundo, o que era a única parte boa. Quando Harper limpou um corte na coxa da irmã, Gemma estremeceu. Harper lançou para ela um olhar de desculpas e esfregou o machucado com mais cuidado.

— Você não se lembra onde arrumou esses machucados? — Harper olhou para Gemma, em busca de qualquer pista sobre o que havia acontecido.

— Não.

— Então você não sabe se as garotas fizeram isso com você? — perguntou Harper, e Gemma balançou a cabeça. — Então a Penn pode ter espancado você? E mesmo que não tenha, elas deixaram você à beira da morte na baía, e você nem sabe por quê?

Só de pensar nisso, Harper foi tomada por uma raiva tão intensa que não percebeu quão forte estava esfregando os cortes de Gemma.

— Harper! — Gemma fez uma cara feia e puxou a perna.

— Desculpe — Harper parou de limpar o corte e tomou muito mais cuidado ao colocar um curativo nele. — Talvez devêssemos chamar a polícia para pegar essas garotas.

— E dizer o quê? Que eu acidentalmente bebi demais e não me lembro do que aconteceu? — perguntou Gemma, cansada.

— Bem... — Harper deu de ombros. — Não sei. Acho que eu deveria fazer alguma coisa.

— Você está fazendo o suficiente — Gemma tentou tranquilizá-la. — E, neste momento, eu só preciso dormir um pouco.

— Você não quer tomar banho primeiro? — perguntou Harper quando Gemma se levantou.

— Depois que eu acordar.

Gemma se agarrou à mesa para se equilibrar e lentamente se pôs sobre os próprios pés. Seu cabelo estava pegajoso do sal e da sujeira e, quando Gemma passou por ela, Harper arrancou algumas algas do emaranhado do cabelo.

Gemma conseguiu subir as escadas, mas Harper a seguia de perto, caso ela escorregasse. Gemma rapidamente trocou o maiô por uma roupa de baixo limpa e uma camiseta, e depois caiu na cama.

Quando Gemma já estava deitada, sã e salva, Harper foi para seu quarto para dar telefonemas. Ela deixou as portas dos dois quartos abertas, para ficar de olho em Gemma, e falou baixinho ao telefone para não perturbá-la.

Primeiro, ela teve de ligar para o pai e dizer a ele que Gemma estava bem. Ele pareceu ficar tão animado quanto Harper, e depois ficou tão irritado quanto ela quando descobriu *por que* Gemma tinha passado a noite toda fora. Brian raramente ficava aborrecido com elas, então era fácil esquecer quão aterrorizante ele poderia ser quando estava com raiva.

Os outros telefonemas foram mais rápidos. Ela disse a Alex que Gemma estava bem e ligou para o treinador, a fim de avisar que Gemma não compareceria ao treino de natação. Depois disso, Harper decidiu ligar para o trabalho e avisar que ia faltar. Mesmo que provavelmente fosse apenas uma ressaca, Harper não se sentia bem em deixar Gemma sozinha.

Com os telefonemas realizados, Harper se sentou no chão do corredor, à direita do quarto de Gemma. De lá, ela conseguia ver a irmã dormir.

Gemma estava de costas para ela, e a fina coberta que a cobria subia e descia a cada respiração.

Mesmo que Gemma não estivesse doente, Harper não sabia se deveria ter ido ao trabalho. Encarar a possibilidade de perder Gemma tornava difícil ficar longe dela.

Às vezes, Harper ficava tão envolvida com cuidar de tudo, do pai e da casa, e ter certeza de que Gemma estava protegida e se comportando bem, que ela se esquecia de que realmente amava a irmã. A verdade é que Harper estaria perdida sem Gemma.

11. Devoradora

Gemma acordou no fim da tarde, depois que a febre finalmente cedeu e os pensamentos dela estavam um pouco mais nítidos. Tivera sonhos bizarros e dolorosamente vívidos, mas, no instante em que acordou, ela se esqueceu de todos. Gemma só sabia que eles a fizeram se sentir repulsiva e aterrorizada.

Harper ficou louca com ela, o que fez Gemma se sentir ainda pior. Harper e seu pai se preocupavam muito, e Gemma nunca quis fazer nada para trair a confiança deles. Passar a noite toda fora a colocaria de castigo por todo o verão e a faria ser banida da baía de Anthemusa, além de assustar imensamente as duas pessoas com quem ela mais se importava.

A pior parte era que ela nem sequer sabia *por que* havia feito aquilo. Ela não conseguia se lembrar de nada depois de beber do frasco. Era tudo preto até a manhã, quando Harper a encontrou na praia. Mas, mesmo antes disso, antes que ela tivesse bebido qualquer coisa, suas memórias pareciam estranhas e distorcidas.

Gemma se lembrava de ter ido até a enseada. Em sua mente, ela conseguia ver o que havia feito, mas era como assistir a um programa de TV. Todos os movimentos e ações foram realizados pelo corpo dela, mas aquela não era ela.

Ir até a enseada e ficar com Penn, aquelas não eram suas decisões. Gemma nunca iria beber, muito menos por causa da pressão de garotas como Lexi. Ela se lembrava de ter bebido, mas não era ela. *Ela* nunca faria aquilo.

Mas fez. Ou de que outra maneira ela teria acabado arrastada até a praia, de ressaca?

No entanto, ter ficado bêbada não explicava por completo a noite. As coisas estavam esquisitas antes que ela bebesse do frasco, e Gemma nunca tinha ouvido falar que álcool fosse tão espesso daquele jeito. Aquilo tinha a consistência de mel, mas o gosto era muito diferente.

Talvez não fosse álcool, mas definitivamente era alguma coisa. Poderia ter sido misturado com uma droga ou um veneno. Ou talvez com uma poção. Gemma não ficaria nem um pouco surpresa se Penn fosse, na verdade, uma bruxa.

De qualquer forma, elas tinham batizado a bebida com alguma coisa. Gemma provavelmente nunca saberia exatamente o que era, mas isso não importava tanto. Elas lhe deram algo e ela não tinha ideia do porquê.

Para piorar, Gemma não sabia o que as garotas haviam feito com ela depois disso. Todos os arranhões provavelmente provinham de ter sido jogada no oceano. Depois que ela desmaiou, elas devem ter simplesmente a atirado na baía.

Será que tinham? Se ela estivesse inconsciente ao cair na água, não teria se afogado? Ou sido arrastada para o mar? Como ela foi parar na praia com apenas alguns arranhões e machucados? Por que não estava morta?

— Droga — suspirou Harper e entrou no quarto de Gemma, tirando-a de seus pensamentos. — Marcy acabou de me ligar. Há alguma confusão acontecendo na biblioteca e eu preciso ir ajudá-la.

Gemma se sentou na cama. Seu corpo já parecia bem melhor do que naquela manhã. Todas as dores haviam desaparecido e até mesmo a vermelhidão e o inchaço tinham sumido em torno dos cortes e das contusões. Exceto por estar grudenta e suja, ela não se sentia tão mal.

— Você vai ficar bem, sozinha aqui por uma hora, mais ou menos? — perguntou Harper.

— Sim — Gemma concordou com a cabeça. — Eu estou bem. Acho que vou tomar um banho. Vá fazer o que precisa. Eu não quero ser mais inconveniente para você do que já fui.

— Tá certo — Harper mordeu o lábio e parecia hesitante em sair. — Vou levar o meu celular e você me liga se precisar de mim. Estou falando sério, tá?

— Tudo bem — Gemma concordou com a cabeça novamente. — Mas eu vou ficar bem.

Depois que Harper saiu, Gemma sentiu o alívio tomar conta dela. Harper cuidar dela daquele jeito só piorava sua culpa, mas mais do que isso, Gemma queria uma oportunidade de acalmar a mente e tentar entender as coisas sozinha. Era difícil pensar quando Harper vinha a toda hora conferir se ela estava bem e a interrogava sobre o que acontecera.

Gemma sabia que Harper tinha boas intenções e que, na verdade, a culpa era dela por a irmã sentir necessidade de estar tão intensamente envolvida. Mas, às vezes, ela só precisava de espaço para respirar.

As coisas começaram a ficar complicadas depois que Harper e sua mãe haviam sofrido o acidente de carro. Embora tenha sido Harper quem se machucou, ela repentinamente se tornou ultraprotetora com Gemma.

E Gemma não ligava, pelo menos não no início. Ela precisava daquilo. Quando a mãe delas ficou em coma, Gemma se sentiu totalmente perdida.

Em retrospecto, ela era meio filhinha da mamãe, e não sabia como teria superado se Harper não tivesse tomado uma atitude.

Com o tempo, porém, ela aprendeu a lidar com isso sozinha. Foi aí que começou a se dedicar à natação. Ela sempre amou a água, mas, depois do acidente, não se cansava mais dela. Era o único lugar onde ela realmente se sentia livre e, às vezes, quando Harper estava de mau humor, era o único lugar onde Gemma conseguia realmente respirar.

Agora, por causa de seu erro idiota com Penn, não só Harper ficaria mais rígida, como Gemma também não poderia ir até a baía para relaxar. Pelo menos ainda havia os treinos de natação. E banhos demorados.

Gemma pensou em tomar um banho na banheira agora, mas sua pele parecia muito suja. Levariam apenas alguns segundos antes que ela nadasse em uma banheira de lama. Seria melhor tomar uma chuveirada.

Enquanto esperava que a água esquentasse, ela ligou o som no banheiro. O álbum do Springsteen de seu pai explodiu no som e Gemma vasculhou a pilha de CDs na estante em busca de sua própria música. Os CDs no banheiro eram principalmente de Harper, de bandas como Arcade Fire e Ra Ra Riot.

Mas, por alguma razão, os CDs de Gemma não soavam bem. Ela não queria ouvir nada daquilo. Tudo parecia... *errado*, de alguma maneira. Depois de desligar o aparelho de som, Gemma decidiu simplesmente abrir mão da música.

Antes de entrar no chuveiro, ela tirou a roupa e ficou de calcinha. Em frente ao espelho, Gemma se virou para os lados para conseguir ver todas as feridas em sua pele.

Um grande hematoma se estendia da lombar e subia por suas costas até as omoplatas. Tinha uma cor roxa escura com a borda verde, e Gemma a tocou com hesitação. Estava dolorido, com certeza, mas não doeu tanto quanto ela imaginava que iria.

Em todo caso, um banho quente iria fazê-la se sentir melhor, então ela parou de verificar seu corpo e pulou no chuveiro. Assim que a água quente percorreu a sua pele, ela se sentiu ainda melhor. Quase revigorada.

Gemma não se conteve e começou a cantar enquanto lavava o cabelo. A princípio, ela cantou a música mais recente da Katy Perry, mas havia uma canção diferente presa na cabeça dela. Era uma música que ela nem sabia como conhecia.

Com o condicionador nos cabelos, ela parou para pensar. Não conseguia entender muito bem, mas estava na ponta da língua.

— Venha... — Gemma franziu as sobrancelhas enquanto tentava se lembrar da letra. — Eu mostrarei o caminho... Para o meu oceano... — ela balançou a cabeça. — Não, não é isso.

Suspirando, ela decidiu começar a cantar, na esperança de que a música surgisse conforme cantasse, e, quase como mágica, foi o que aconteceu. A letra estava nos lábios dela, e ela cantou em voz alta.

— *Venha, viajante fatigado, eu o levarei através das ondas. Não se preocupe, pobre viajante, pois a minha voz é o caminho.*

E então uma sensação estranha se apossou dela. A sensação a fez se lembrar de como se sentia quando tinha um frio na barriga, como quando Alex a beijava, mas aquilo estava sobre sua pele. A sensação se moveu até a perna dela, da coxa até as pontas dos dedos. Ela passou a mão na perna para acompanhar o caminho da sensação estranha, e sentiu uma ondulação na pele debaixo de seus dedos.

Ela gritou e olhou para baixo. Ela meio que esperava ver algo agarrado a sua perna, como algas marinhas ou até mesmo uma sanguessuga, mas não havia nada. Apenas a pele dela, que parecia ser a mesma de sempre.

Na verdade, ela parecia um pouco normal demais. Os hematomas em sua pele haviam desaparecido, e os cortes estavam quase curados. Gemma esticou o pescoço para tentar ver suas costas, mas não conseguia.

Seu cabelo estava lavado e ela já tinha limpado a pele com uma bucha, então decidiu sair do banho. Ela pretendia esfregar mais forte, mas algo estranho estava acontecendo e ela preferia lidar com isso quando estivesse vestida.

Quando foi pendurar a bucha na torneira, do mesmo jeito que sempre fazia depois do banho, para que a esponja secasse, percebeu algo grudado no material rosa. Ela o tirou da esponja e o ergueu para a luz a fim de inspecioná-lo.

Era uma espécie de escama iridescente e verde, grande demais para ser dos peixes pequenos e comuns que ela via na baía. Aquilo viera de algo enorme, pelo menos de algum ser do tamanho de Gemma. Mas tinha uma cor diferente de qualquer outra que ela já tinha visto em um peixe. Evidentemente, havia peixes tropicais em todos os tipos de cores deslumbrantes, mas Capri ficava ao norte demais para que houvesse os peixes realmente bonitos.

— Gemma! — Alex chamou, e a interrompeu enquanto examinava a escama misteriosa, e ele começou a bater na porta do banheiro.

— Alex? — Gemma perguntou, surpresa, e pegou uma toalha para enrolar em torno de si, mesmo que Alex estivesse escondido em segurança do outro lado da porta. — O que você está fazendo aqui?

— Eu só... — ele parou de falar aos poucos, sua voz completamente perdida através da porta.

— O quê? — perguntou Gemma.

— Eu precisava ver você.

— O quê? Por quê? Aconteceu alguma coisa?

— Não, eu... — Alex soltou um suspiro alto. — Harper me disse que você tinha desaparecido e eu queria ter certeza de que você estava bem. Eu estava dando um tempo para você descansar, mas acabei de ouvi-la cantar, então achei que poderia estar acordada.

Gemma lançou um olhar envergonhado para a janela aberta do banheiro. As persianas estavam fechadas, mas o painel estava aberto, Alex poderia facilmente tê-la ouvido.

Depois que a vergonha inicial passou, ela franziu as sobrancelhas e se virou para a porta fechada.

— E aí você simplesmente entrou na minha casa? — isso não parecia nem um pouco com algo que Alex faria. Ele sempre foi educado, até demais.

— Não, eu bati primeiro, mas você não respondeu e depois parou de cantar — explicou Alex. — Eu ouvi você gritar e achei que poderia haver algo errado.

— Ah — ela sorriu ao perceber que ele estava preocupado com o bem-estar dela. — Acabei de sair do chuveiro. Deixe só eu me vestir, depois converso com você.

Felizmente, Gemma trouxera para o banheiro a roupa que ia usar, e se vestiu às pressas. A visita surpresa de Alex quase a fez se esquecer do machucado em suas costas, mas ela se lembrou dele depois de se vestir.

Gemma virou as costas para o espelho e levantou a blusa. Quando ela olhou por cima do ombro, seu queixo caiu. O enorme machucado havia praticamente desaparecido. Havia apenas uma mancha no meio de suas costas e até mesmo a cor havia esmaecido de um roxo profundo para um cinza suave.

— Não pode ser possível — Gemma ficou de boca aberta diante do reflexo.

— Você disse alguma coisa? — perguntou Alex do corredor.

— Ah... não — ela abaixou a blusa, como se ele conseguisse vê-la através da porta. — Eu só estava falando sozinha. Vou sair em um segundo.

Apressadamente, ela correu os dedos pelos cabelos para penteá-lo. Mesmo o cabelo dela não parecia tão embaraçado quanto normalmente era. Toda aquela água salgada e cloro haviam danificado o seu cabelo, e fazia anos que ele não ficava tão sedoso.

No entanto, ela não tinha tempo para se preocupar com isso. Alex estava à sua espera e ela queria se apressar e vê-lo enquanto ainda podia. Quando Harper chegasse em casa do trabalho, ela iria mandá-lo embora, e Gemma não fazia ideia de quando teria um minuto sozinha com ele de novo.

— Na verdade, foi bom você ter passado aqui — disse Gemma enquanto abria a porta do banheiro. Ela esperava que Alex estivesse no corredor à sua espera, mas ele não estava.

— Por quê? — perguntou Alex, a voz dele vindo do quarto dela.

— Porque eu provavelmente vou ficar de castigo a partir de agora até o fim dos tempos.

Ela entrou no quarto e tentou não transparecer quanto ficava nervosa de tê-lo ali. Não era um nervoso ruim, mas esta era a primeira vez que ela recebia em seu quarto um rapaz que namorava. Esta não era a primeira vez que Alex visitava seu quarto, mas era diferente, de alguma forma. Antes, ela não tinha vontade de beijá-lo.

Ela olhou em volta rapidamente para ter certeza de que não havia nada constrangedor à vista. O maiô sujo estava amarrotado no chão e a cama estava desarrumada, mas não havia nada tão ruim. Talvez o pôster do Michael Phelps na parede, mas Alex não poderia culpá-la por isso.

Alex estava de pé ao lado da cama e admirava a foto na mesa de cabeceira que retratava ela, Harper e a mãe delas. Assim que Gemma entrou no quarto, Alex se virou para ela e seus olhos castanhos se arregalaram. Sua boca se abriu, mas as palavras não saíam. Ele tentou colocar a foto de volta na mesa de cabeceira, mas não estava prestando atenção e ela caiu no chão.

— Desculpe — Alex se atrapalhou para pegá-la e Gemma riu.

— Está tudo bem.

— Não, me desculpe — ele olhou para ela com um sorrisinho tímido. — Eu sou tão desajeitado. Você me deixa...

— O quê? — ela se aproximou da cama, e os olhos dele continuaram fixos nos dela.

— Eu não sei — ele riu e franziu a testa, confuso. — É que... às vezes, eu não consigo pensar perto de você.

— Não consegue pensar? — perguntou Gemma em dúvida e se sentou na cama. — Você é a pessoa mais inteligente que conheço. Como pode parar de pensar?

— Eu não sei.

Ele se sentou ao lado de Gemma, ainda olhando para ela, mas algo em seu olhar havia mudado de lisonjeiro para irritante. Havia algo muito intenso no olhar dele, e Gemma colocou o cabelo atrás da orelha e desviou o olhar de Alex.

— Me desculpe por não ter ligado hoje — disse ela.

— Tudo bem — disse Alex rapidamente e depois balançou a cabeça, como se não fosse isso o que queria dizer. — Eu não estava... — ele desviou o olhar, mas apenas por um momento, e depois os olhos dele se fixaram novamente nos dela. — Onde você estava?

— Você não acreditaria em mim se eu contasse — ela sacudiu a cabeça.

— Eu acreditaria em qualquer coisa que você dissesse — respondeu Alex, e a sinceridade em sua voz fez Gemma olhar para ele.

— O que está acontecendo com você?

— Como assim?

— Quero dizer... — ela apontou para ele com um gesto. — Isto. A maneira como você está olhando para mim. A maneira como você está falando comigo.

— Eu não estou falando com você do mesmo jeito de sempre? — Alex recuou um pouco, genuinamente surpreso com a observação dela.

— Não.Você está todo... — Gemma deu de ombros, incapaz de encontrar as palavras certas para explicar. — Não parece você.

— Desculpe — o rosto de Alex se contorcia enquanto ele se esforçava para descobrir o que ela queria dizer. — Eu acho que... Eu estava com medo de manhã. Harper não quis me dizer o que estava acontecendo e eu fiquei com medo de que algo tivesse acontecido com você.

— Eu realmente sinto muito por isso — disse Gemma ao decidir que deveria ser isso que estava acontecendo. Ele estava preocupado com ela, então compensava com um olhar exagerado, como Harper fazia às vezes. — Eu nunca quis assustar você. Nem ninguém.

— Mas agora você vai ficar de castigo? — perguntou Alex.

— Sim, com certeza — suspirou ela.

— Eu não vou poder ver você? — perguntou ele, parecendo tão triste por conta da situação quanto ela. — Não sei se consigo lidar com isso.

— Esperemos que dure apenas algumas semanas. Talvez menos se eu me comportar bem — ela deu um pequeno sorriso. — E talvez você possa passar aqui de vez em quando enquanto Harper e meu pai estiverem no trabalho, como agora.

— Quanto tempo temos até Harper voltar?

Gemma olhou para o relógio e percebeu que, infelizmente, Harper já tinha saído havia uma hora.

— Não muito.

— Então precisamos aproveitar ao máximo esse tempo que temos — disse Alex decidido.

— Como assim?

— Isto — ele se inclinou e se aproximou dela, pressionando os lábios contra os dela.

De início, ele a beijou da mesma forma doce de sempre: carinhoso, comedido, cuidadoso. Mas algo mudou. Uma ânsia tomou conta dele, e Alex enroscou os dedos nos cabelos dela, apertando-a contra si.

Quando essa mudança aconteceu, quando Alex começou a beijá-la com uma insistência quase forçosa, Gemma começou a ficar alarmada. Ela quase o empurrou para sugerir que eles diminuíssem o ritmo, mas era como se algo tivesse despertado dentro dela, uma fome que ela nem sabia que tinha.

Ela o empurrou para a cama enquanto continuava a beijá-lo. As mãos dele percorriam o corpo dela, primeiro sobre suas roupas, mas depois passaram por debaixo da blusa, onde a contusão deveria estar. Em todos os lugares em que a pele dele tocava a dela, aquela mesma sensação que Gemma sentira no chuveiro ondulava em seu corpo.

Os beijos foram se tornando cada vez mais frenéticos, como se Alex achasse que iria morrer se não a tivesse. Gemma estava faminta por ele, da forma mais primitiva. Ela o queria, precisava dele, mal conseguia esperar para devorá-lo. A sensação se alastrou por Gemma como um incêndio e, em alguma parte obscura de sua mente, ela percebeu que o que queria fazer com ele não tinha nada a ver com paixão.

— Ai! — Alex estremeceu e parou de beijá-la.

— O quê? — perguntou Gemma.

Ela estava deitada em cima dele, ambos sem fôlego. Os olhos de Alex estavam mais claros agora, não mais enevoados de paixão. A mão dele segurava o flanco dela, puxando-a para ele, mas Alex a soltou e tocou o próprio lábio. A mão voltou com uma gota de sangue na ponta do dedo.

— Você... me mordeu? — disse Alex, confuso.

— Eu mordi você? — ela se sentou, ainda com as pernas em volta de Alex.

Ao passar a língua nos dentes, eles pareceram repentinamente mais afiados para ela. Os caninos estavam tão afiados que Gemma quase feriu a própria língua neles.

— Está tudo bem — Alex esfregou a perna dela, tentando confortá-la. — Foi um acidente e eu estou bem.

O estômago dela roncou com um estrondo audível. Gemma pôs a mão sobre ele, como se isso fosse silenciá-lo.

— Eu estou *morrendo de fome* — disse ela, parecendo confusa com a afirmação.

— Eu ouvi — riu Alex.

Ela balançou a cabeça e não soube explicar. Beijá-lo a tinha deixado incrivelmente faminta, de alguma maneira. E, embora ela não se lembrasse de tê-lo mordido, não estava convencida de que isso fora um acidente.

— Harper deve chegar em casa em breve — disse Gemma ao procurar uma desculpa para acabar com o encontro. Ela saiu de cima de Alex e se sentou na cama.

— Sim, é claro — ele se sentou depressa e sacudiu a cabeça, como se fosse tirar algo da mente.

Nenhum dos dois disse nada por um minuto. Ambos só olhavam para o chão e pareciam confusos por suas ações recentes.

— Ouça, eu... eu sinto muito — disse Alex.

— Pelo quê?

— Eu não queria ter vindo e... e... — ele tropeçou nas palavras. — Dar uns amassos assim, eu acho. Quero dizer, foi legal. Mas... — suspirou ele. — Eu não queria apressar nem pressionar você e... — ele balançou a cabeça. — Não sou eu. Eu não sou esse tipo de cara.

— Eu sei — Gemma concordou com a cabeça. Ela sorriu para ele na esperança de não parecer tão triste quanto se sentia. — Eu também não sou esse tipo de garota. Mas você definitivamente não me pressionou para nada.

— Tá. Que bom — ele se levantou e tocou o lábio novamente para ver se tinha sangue, e depois olhou para ela. — Eu acho que, hum, vejo você quando der.

— Sim — ela concordou com a cabeça.

— Estou muito feliz que você esteja bem.

— Eu sei. Obrigada.

Ele fez uma pausa e pensou durante um segundo, depois se abaixou e a beijou na bochecha. Foi um pouco longo demais para um beijo na bochecha, mas, mesmo assim, acabou rápido demais. E então Alex foi embora.

De todos os beijos que tinham trocado naquela tarde, o de antes de ele ir embora foi o favorito de Gemma. Pode ter sido o mais pudico, mas foi também o que pareceu mais genuíno.

12. Pearl

ERA UM DIA POUCO MOVIMENTADO NA BIBLIOTECA GRAÇAS ao tempo impecável. O sol brilhava no céu e estava quente, mas sem um calor exagerado. Era o típico dia no qual Gemma mataria alguém para estar na baía e até mesmo Harper ficaria satisfeita em se juntar a ela.

Não que Gemma pudesse ir a algum lugar. Como previsto, Brian a deixou de castigo quando chegou do trabalho na noite anterior. Ele gritou de uma maneira que quase fez Harper defender a irmã, mas ela não o fez. Ela se escondeu na escada e o ouviu passar um sermão sobre como ele sempre deu liberdade à Gemma e confiava nela, mas que esses dias haviam acabado.

No fim, Gemma começou a chorar. Brian pediu desculpas depois, mas Gemma acabou subindo para o quarto. Ela passou a noite inteira lá. Harper tentou conversar com ela algumas vezes, mas Gemma simplesmente a dispensou.

Harper tinha a esperança de falar com ela esta manhã, mas Gemma já havia saído para o treino quando ela se levantou. O lado bom foi que Brian se lembrou de levar o almoço para o trabalho.

Embora isso começasse a parecer um resultado menos positivo, agora que Harper estava sentada na recepção da biblioteca sem muito o que fazer. Ela folheava distraidamente o livro *O primeiro amor*, de Judy Blume.

Harper já o havia lido, mas fazia alguns anos, então ela queria se distrair com o texto. Ele fazia parte do programa de leitura de verão para alunos do ensino fundamental e, às segundas-feiras, Harper se reunia com as crianças de cerca de 10 anos no clube do livro para conversar sobre a leitura semanal delas.

— Você sabia que a diretora da escola vem lendo a biografia da Oprah Winfrey nas últimas seis semanas? — perguntou Marcy enquanto clicava no computador ao lado de Harper.

— Não, eu não sabia disso — respondeu Harper.

Como o dia estava tranquilo, Marcy estava vasculhando o computador para procurar pessoas que estavam com livros em atraso e depois ligar para lembrá-las a respeito. Na verdade, Marcy se ofereceu para isso. Apesar de odiar interagir com pessoas, ela gostava de ligar para elas e dizer que tinham feito algo de errado.

— Parece estranho, não? — Marcy olhou para Harper de trás dos óculos de armação preta de tartaruga. Não que ela precisasse de lentes corretivas. Ela só achava que os óculos a faziam parecer uma acadêmica, então os usava de vez em quando.

— Eu não sei. Ouvi dizer que é um ótimo livro.

— É como eu sempre digo: dá para saber muito sobre uma pessoa pelos livros que ela pega na biblioteca.

—Você apenas gosta de bisbilhotar — corrigiu Harper.

—Você fala como se isso fosse ruim. É sempre bom saber o que seus vizinhos estão fazendo. Pergunte à Polônia, após a Segunda Guerra Mundial.

— Nunca há um bom motivo para invadir...

— Nossa, Harper, este não é aquele menino que você conhece? — Marcy a interrompeu e apontou para a tela do computador.

— Muita gente que eu conheço pega livros aqui — disse Harper, sem tirar os olhos do livro de Judy Blume. — Não é nada surpreendente.

— Não, não, eu fiquei entediada, então estava só dando uma olhada no site do jornal de Capri para deixar comentários anônimos e enraivecidos no editorial. Mas, em vez disso, achei isto — Marcy virou a tela para que Harper pudesse ver melhor.

Ela ergueu o olhar para ler a manchete: "Garoto está desaparecido há dois dias". Abaixo dela havia uma foto de Luke Benfield, que Harper reconheceu como sendo o retrato dele no anuário. Luke tentara prender os cachos vermelhos para trás, mas eles ainda se projetavam para os lados.

— Ele está desaparecido? — perguntou Harper, e deslizou a cadeira mais para perto de Marcy.

Em letras menores, o texto abaixo do subtítulo dizia "Quarto garoto desaparecido em dois meses". O artigo continuava e informava alguns fatos básicos sobre Luke: que ele era um aluno do quadro de honra e iria para Stanford no outono.

O resto da história contava o pouco que se sabia sobre o que havia acontecido. Luke tinha ido ao piquenique na segunda-feira e depois foi para casa jantar. Ele parecia normal e saiu depois de comer, dizendo aos amigos que ia encontrar um colega, e não voltou mais.

Os pais dele não tinham ideia de onde ele poderia estar. A polícia tinha acabado de iniciar a investigação, mas não parecia saber mais do que no caso dos outros meninos desaparecidos.

O repórter traçou paralelos entre o desaparecimento de Luke e o dos outros três garotos. Todos eram adolescentes. Todos haviam saído para encontrar amigos. Nenhum deles voltou para casa.

O artigo passou a mencionar duas adolescentes que haviam desaparecido nas proximidades de cidades costeiras. Todos os garotos eram de Capri, mas as garotas eram de duas cidades diferentes a cerca de meia hora de distância.

— Você acha que eles vão nos interrogar? — perguntou Marcy.

— Por quê? Nós não tivemos nada a ver com isso.

— Porque nós o vimos naquele dia — Marcy apontou para a tela do computador, como se quisesse elaborar algo. — Ele desapareceu na noite do piquenique.

Harper pensou a respeito.

— Eu não sei. Talvez sim, mas o jornal disse que a polícia acabou de começar a investigação. Eles provavelmente vão falar com Alex, mas não sei se vão falar com todas as pessoas que foram ao piquenique.

— Isso é bizarro, não? — perguntou Marcy. — Nós o vimos e agora ele está morto.

— Ele não está morto. Ele está *desaparecido* — Harper a corrigiu. — Talvez ainda esteja vivo.

— Eu duvido. Estão dizendo que se trata de um assassino em série.

— Quem está dizendo? — perguntou Harper enquanto se recostava na cadeira. — O jornal não mencionou nada quanto a isso.

— Eu sei — Marcy deu de ombros. — Todo mundo diz. As pessoas da cidade.

— Bem, as pessoas da cidade não sabem de tudo — Harper deslizou a cadeira de volta para seu lugar na mesa, longe de Marcy e da terrível notícia sobre Luke. — Tenho certeza de que ele vai aparecer são e salvo.

Marcy fez um muxoxo.

— Duvido bastante disso. Ninguém encontrou os outros meninos. Eu estou falando, há algum assassino em série à solta e...

— Marcy! — explodiu Harper, e cortou a linha de pensamento dela. — Luke é amigo de Alex. Ele tem pais e uma vida. Vamos torcer para que esteja bem, pelo bem deles. E vamos deixar as coisas como estão para ver como ficam.

— Tudo bem — Marcy virou a tela do computador de volta para si e arrastou a cadeira para longe de Harper. — Eu não sabia que era um assunto tão delicado.

— Não é delicado — Harper soltou um suspiro profundo e abrandou o tom. — Eu só acho que temos de ser respeitosos em momentos de tragédia.

— Desculpe — Marcy ficou calada por um momento. — Eu deveria voltar a procurar os atrasos, de qualquer forma. Tenho muitos telefonemas para dar.

Harper tentou voltar a ler o livro, mas não estava tão envolvida assim com a história, de qualquer maneira. A mente dela se voltou para Luke e para a foto na qual ele se empenhara. Ela nunca tinha sentido nada por Luke, nada além de amizade, mas ele era legal. Eles tinham passado por alguns momentos desconfortáveis e tensos juntos, e até se beijaram uma vez. Agora, talvez ele nunca mais voltasse para casa.

Embora ela não quisesse admitir isso, Harper sabia que Marcy provavelmente estava certa. Luke não voltaria vivo para casa.

— Eu preciso de uma pausa — disse Harper repentinamente e se levantou.

— O quê? — Marcy olhou para ela por trás de seus óculos ridículos.

— Eu acho que vou atravessar a rua e pegar um refrigerante ou coisa assim. Mas eu só preciso... — Harper sacudiu a cabeça. Ela não sabia do que precisava exatamente, mas queria parar de pensar em Luke.

— Então você vai me deixar aqui sozinha? — perguntou Marcy, parecendo assustada com a perspectiva de ter de lidar com os frequentadores.

Harper olhou ao redor da biblioteca vazia.

— Eu acho que você consegue. Além do mais — disse Harper enquanto empurrava a cadeira —, ontem eu abandonei a minha irmã doente para ajudar você. Você pode me cobrir por, tipo, trinta minutos.

— *Trinta* minutos? — gritou Marcy para Harper enquanto ela saía pela porta.

Sair ao sol já ajudou a aliviar um pouco de seu mal-estar. Estava um dia bonito demais para imaginar qualquer coisa de ruim acontecendo. Ela tentou tirar isso da cabeça enquanto atravessava a rua até a Lanchonete da Pearl.

Como ficava no centro da cidade, a lanchonete não era frequentada pela maioria dos turistas. Ela não tinha um tema marítimo exagerado como grande parte dos lugares ao longo da baía, além de uma pintura acima do balcão. Era uma imagem enorme de uma sereia sentada em uma concha aberta enquanto segurava uma grande pérola.

Algumas mesas se alinhavam diante da grande janela da frente, e havia banquinhos cobertos de vinil rachado ao redor do balcão. Pearl exibia alguns pedaços de torta em uma vitrine, mas ela só servia dois tipos: de limão e de mirtilo. Os azulejos no chão deveriam ser vermelhos e brancos, mas os brancos agora estavam mais para bege.

A lanchonete estava desgastada e um pouco suja, porque geralmente só os moradores da cidade a frequentavam. Por isso era tão estranho que Penn e suas amigas viessem à Lanchonete da Pearl. Elas apareciam com tanta frequência que quase se tornaram *habituées*, e elas nem mesmo eram de Capri.

Ao pensar em Penn, Harper imediatamente olhou ao redor da lanchonete. A última coisa que ela precisava era esbarrar com as garotas.

Felizmente, Penn, Thea e Lexi não estavam à vista. Daniel, porém, estava sentado sozinho em uma mesa pequena e comia uma tigela de sopa quando Harper entrou. Ele sorriu quando a viu e ela foi até ele.

— Eu não sabia que você comia aqui.

— Eu venho aqui para tomar a famosa sopa de mariscos da Pearl — Daniel sorriu e apontou para a cadeira vazia à sua frente. — Quer se juntar a mim? — ela mordeu o lábio, tentando decidir se deveria ou não aceitar o convite, e então ele disse: — Você ainda me deve uma refeição após o incidente do sorvete.

— É verdade — ela admitiu e, quase a contragosto, se sentou diante dele.

— Ainda por cima, estou tomando uma sopa, então estamos no caminho certo para uma refeição de valor equivalente.

— Estamos mesmo.

— O que te traz aqui? — perguntou Daniel.

— O almoço — disse Harper, e ele riu diante da obviedade. — Na verdade, eu trabalho na biblioteca do outro lado da rua. Estou em um intervalo.

— Então você vem sempre aqui? — ele terminou a sopa, depois empurrou o prato para o lado, se inclinou para frente e apoiou os cotovelos na mesa.

— Não, na verdade, não — ela sacudiu a cabeça. — Minha colega de trabalho, Marcy, odeia ficar sozinha na biblioteca, então eu costumo almoçar lá.

— Exceto quando seu pai esquece o almoço dele.

— Sim, exceto nesse caso.

— Ele realmente esquece o almoço tantas vezes assim? — ele lançou um olhar curioso para Harper, os olhos castanhos em uma dança.

Harper devolveu a expressão curiosa dele.

— Sim. Por quê?

— É mesmo? — Daniel não fez nada para disfarçar sua decepção. — Porque eu estava começando a achar que você arrumava desculpas para me ver.

— Não mesmo — ela baixou o olhar e riu.

Daniel sorriu, mas parecia prestes a protestar contra a rejeição das suas afirmações quando Pearl se aproximou para anotar o pedido de Harper. Ela era uma mulher corpulenta, que usava tintura de cabelo caseira em uma tentativa de cobrir os fios brancos, mas isso só a deixava com o cabelo azul.

— Como estava a sopa? — perguntou Pearl enquanto recolhia a tigela de Daniel.

— Ótima como sempre, Pearl.

— Você deveria vir tomá-la mais vezes, então — disse Pearl e apontou para o corpo esguio dele. — Você está definhando. O que anda comendo naquele barco?

— Nada tão gostoso quanto a sua comida — admitiu Daniel.

— Bem, vou contar uma coisa a você. O ar-condicionado da minha filha parou de funcionar de novo. O imprestável do marido dela não consegue consertá-lo e ela tem dois bebês pequenos naquele apartamento minúsculo — disse Pearl. — Eles não aguentam o calor como você ou eu. Se você passar por lá e der uma olhada no ar-condicionado dela hoje à noite, mando você para casa com um grande balde da minha sopa.

— Negócio fechado — ele sorriu. — Diga à sua filha que vou passar lá pelas seis.

— Obrigada. Você é mesmo um doce, Daniel — Pearl piscou para ele e se virou para Harper. — O que você gostaria de pedir?

— Só um refrigerante — disse Harper.

— Um refrigerante a caminho.

— Você pode pedir mais do que um refrigerante, se quiser — disse Daniel para Harper depois que Pearl se afastou para atender ao pedido. — Eu só estava brincando sobre ser algo do mesmo valor.

— Eu sei. Apenas não estou com fome — na verdade, seu estômago ainda estava embrulhado de pensar em Luke. Ela tinha se acalmado um pouco desde que chegara ali, mas o apetite dela não havia voltado.

— Tem certeza? — perguntou Daniel novamente. — Você não é uma daquelas garotas que não comem na frente de um rapaz que estejam tentando impressionar?

Harper riu da presunção dele.

— Em primeiro lugar, não estou tentando impressionar você. E, em segundo lugar, definitivamente não sou uma dessas garotas. Eu simplesmente não estou com fome.

— Aqui está — disse Pearl ao colocar o copo sobre a mesa. — Você quer mais alguma coisa?

— Não, está tudo bem, obrigada — Harper sorriu para ela.

— Certo. Me avise se precisar de alguma coisa — Pearl tocou delicadamente no braço de Daniel antes de sair e lançou outro sorriso agradecido para ele.

— Por falar nisso, que história é essa? — perguntou Harper em voz baixa e se inclinou sobre a mesa para que Pearl não a ouvisse. — Você aceita pagamentos em sopa?

— Às vezes — Daniel deu de ombros. — Acho que sou meio faz-tudo. Eu faço bicos. A filha da Pearl não tem muito dinheiro e eu ajudo quando posso.

Harper o avaliou por um minuto e tentou obter uma leitura a respeito dele, antes de dizer:

— É muito gentil da sua parte.

— Por que você parece tão surpresa? — riu Daniel. — Eu sou um cara legal.

— Não, eu sei disso — ela sacudiu a cabeça. — Não foi isso o que eu quis dizer.

— Eu sei — disse Daniel enquanto a observava beber o refrigerante. — Então, você não costuma sair para almoçar e veio a uma lanchonete apesar de não estar com fome. O que a traz aqui hoje?

— Eu só precisava de um tempo — ela não olhou diretamente para ele e se concentrou nos ramos negros e espessos da tatuagem dele, que desciam pela manga da camiseta e iam até o braço. — Um amigo meu está desaparecido.

— O que acontece com você? — implicou Daniel. — Primeiro a sua irmã desaparece e agora o seu amigo — Harper olhou para ele com uma cara feia, e o sorriso dele desapareceu. — Desculpe. O que aconteceu?

— Eu não sei — ela sacudiu a cabeça. — Ele é amigo de um amigo, mas nós saímos algumas vezes. E ele desapareceu na segunda-feira.

— Ah, é aquele garoto do jornal? — perguntou Daniel.

— É — Harper concordou com a cabeça. — Acabei de ler sobre isso antes de vir para cá e eu só precisava... não pensar mais no assunto.

— Desculpe por trazer o assunto à tona.

— Não, está tudo bem. Você não sabia.

— Aliás, como está a sua irmã? — perguntou Daniel para mudar o tema da conversa.

— Bem, eu acho — disse Harper e deu um sorriso triste. — Eu nem sequer agradeci direito a você por me ajudar a encontrá-la naquele dia.

— Você me agradeceu bastante — ele dispensou as desculpas dela com um gesto. — Eu apenas fico feliz que ela esteja bem. Gemma parece ser uma boa menina.

— Ela era — concordou Harper. — Mas não sei mais o que está acontecendo com ela.

— Tenho certeza de que ela vai acabar bem. Vocês a educaram direito.

— Você fala como se eu fosse a mãe dela — Harper riu, pouco à vontade. Daniel apenas olhou para ela e encolheu os ombros. — Você acha que eu ajo como a mãe dela?

— Eu não acho que você age como se tivesse 18 anos — esclareceu ele.

Ela se irritou como se ele a tivesse acusado de algo terrível.

— Eu tenho muito com que me preocupar.

— Dá para perceber — ele concordou com a cabeça.

Harper esfregou a nuca e se afastou dele. Dava para ver a biblioteca do outro lado da rua através da janela da lanchonete, e ela se perguntou se Marcy estava segurando bem a onda.

— Eu devia voltar ao trabalho — disse Harper, e colocou a mão no bolso para pegar dinheiro.

— Não, não — Daniel fez um gesto com a mão. — Eu cuido disso. Não se preocupe.

— Mas eu não devia uma refeição por causa do sorvete?

— Eu só estava de brincadeira. Vou pagar.

— Tem certeza? — perguntou Harper.

— Sim — disse ele, e riu da expressão de culpa dela. — Se isso a incomoda tanto, eu deixo você pagar em outra oportunidade.

— E se nós nunca comermos juntos de novo? — perguntou Harper enquanto o observava com um olhar cético.

— Aí não paga — ele deu de ombros. — Mas eu acho que vamos.

— Está bem — disse ela, porque não conseguia pensar em mais nada para dizer. — Obrigada pelo refrigerante.

— Sem problemas — disse Daniel enquanto a observava se levantar.

— Vejo você por aí, eu acho.

Ele concordou com a cabeça e deu um pequeno aceno para ela. Enquanto saía pela porta, ela ouviu Pearl perguntar se Daniel queria uma torta. Harper seguiu para o outro lado da rua, até a biblioteca, e foi muito difícil para ela não olhar para trás a fim de vê-lo.

13. Rebelião

Parte do castigo era ajudar Harper na limpeza. Na verdade, isso não foi declarado especificamente como parte da punição, mas ajudou a acalmar a culpa de Gemma por ter assustado tanto Harper e seu pai.

Com base no quanto Harper reclamava a respeito, Gemma achou que limpar o banheiro era a tarefa da qual ela menos gostava. Então foi essa a que Gemma se ofereceu para assumir. No entanto, depois de passar cinco minutos esfregando o interior do vaso sanitário, ela estava realmente começando a se arrepender.

Quando foi limpar a banheira, ela percebeu que o vaso sanitário não era nem de longe a pior parte. O ralo estava nojento. Harper sempre alegava que, na maioria das vezes, era o cabelo de Gemma que entupia as coisas, mas Gemma não tinha acreditado nela até agora.

Felizmente, ela usava luvas de limpeza amarelas e grossas, ou não teria como lidar com isso. Enquanto puxava uma mecha comprida de cabelo molhado que se parecia demais com um rato afogado, Gemma percebeu que algo brilhava na luz.

Ela o tirou do emaranhado com cuidado e, quando viu o que era, deixou cair no chão a massa úmida de cabelo. Era mais uma daquelas estranhas escamas iridescentes que havia encontrado em sua bucha. Ela tinha quase se esquecido da anterior. Ou ao menos havia tentado se esquecer.

Gemma se sentou na banheira e recostou na borda, depois olhou para a grande escama na palma da mão enluvada.

Algo estranho estava acontecendo com ela, definitivamente. Desde que ela bebera do frasco, algo parecia... esquisito.

Não que isso fosse totalmente ruim. Na verdade, Gemma não conseguia pensar em nada de ruim nas mudanças.

Claro, ela tinha mordido Alex no dia anterior, mas não o tinha machucado de verdade. E, embora os amassos tivessem sido diferentes, não tinham sido ruins. Beijá-lo daquele jeito foi divertido.

O corpo dela havia se curado incrivelmente rápido. Todos os hematomas e cortes desapareceram em pouco mais de vinte e quatro horas.

No treino de natação daquele dia, ela conseguiu suas melhores marcas. O treinador Levi estava completamente embasbacado com sua velocidade. A parte mais estranha era que, na verdade, Gemma teve de se segurar, com medo de que, se fosse o mais rápido que conseguia, o treinador achasse que ela tinha tomado alguma coisa.

Quando estava na piscina, a mesma coisa voltou a acontecer com a pele dela. Aquela sensação estranha, que parecia borboletas passando por suas coxas até os dedos dos pés. Mas, na realidade, era uma sensação agradável, então Gemma não se importava com isso.

Então, se estava tudo bem, com que ela estava preocupada?

Mas... não estava tudo bem. Por mais que ela quisesse ignorar a mordida no lábio de Alex, não conseguia. Ela não tinha conversado com ele desde então, mas Alex provavelmente pensou que fosse por causa do calor do momento, uma atitude mais excêntrica. Mas não foi.

Quando o estava beijando, ela ficou tão *faminta*. Era diferente de qualquer fome que ela já havia sentido. Uma parte era a luxúria, como se ela quisesse beijá-lo e ficar com seu corpo no dele. Mas outra parte era uma fome real, e foi por isso que ela o mordeu.

Era isso que a amedrontava. A fome dentro dela.

Gemma saiu da banheira, jogou a escama no vaso sanitário e deu descarga. Algo estava muito errado com ela e ela tinha de acabar com isso.

— Harper? — disse Gemma e enfiou a cabeça no quarto da irmã.

— Sim? — Harper estava relaxando na cama com seu leitor digital.

— Posso conversar com você?

— Sim, é claro que pode — Harper deixou de lado o aparelho e se sentou. — Uau! Você fez alguma coisa no banheiro?

— Ah... por quê? — Gemma ficou paralisada na porta. — Como assim?

— Você está... bem — disse Harper, na falta de uma palavra melhor.

Gemma olhou para baixo a fim de se observar, mas sabia do que Harper queria dizer. Ela já havia percebido isso hoje. Embora não tivesse tendência a acne, sua pele estava mais macia e parecia estar quase brilhando. Ela tinha ido além do seu alcance usual de beleza para algo quase sobrenatural.

— Eu apenas tenho usado um hidratante diferente — Gemma deu de ombros para tentar disfarçar.

— É mesmo? — perguntou Harper.

— Na verdade, não — Gemma suspirou e esfregou a testa. — Foi sobre isso que eu vim conversar com você.

— Você veio conversar comigo sobre hidratantes? — Harper ergueu uma sobrancelha.

— Não, não sobre hidratantes.

Gemma se aproximou e se sentou ao lado da irmã na cama. Ela não sabia por que achava tão difícil contar a Harper o que estava acontecendo com ela, embora Gemma soubesse que iria soar como uma maluca.

— O que houve? — perguntou Harper.

— Eu não sei como explicar — disse Gemma, por fim. — Mas... há algo errado comigo.

— É por causa daquela noite, certo? — perguntou Harper. — Quando você saiu com Penn e as garotas?

— É, tipo isso — Gemma franziu a testa.

— É perfeitamente normal fazer bobagens — disse Harper enquanto tentava manter um tom tranquilizador. — Quero dizer, não é legal. Vocês não deveriam sair para beber, mas não é incomum. E eu sei que posso ser rígida com você às vezes, mas...

— Não, Harper, eu não estou fazendo nada disso — Gemma suspirou de frustração. — Há algo realmente *errado* comigo. Tipo, a nível celular.

Harper se inclinou para trás e olhou novamente para Gemma.

— Você está doente? Não parece estar doente.

— Não, eu me sinto bem. Mais do que bem, na verdade.

— Então eu não entendi.

— Eu sei que não — Gemma balançou a cabeça e olhou para seu colo. — Mas alguma coisa está muito errada.

Elas ouviram uma batida alta na porta da frente, mais para uma batida exigente do que uma batida comum. Harper olhou para a porta do quarto, hesitante em deixar a conversa com Gemma. Mas Brian estava trabalhando até tarde e as batidas só ficaram mais insistentes.

— Me desculpe — disse Harper à irmã quando se levantou. — Eu volto logo. Vou mandar embora quem quer que seja e podemos continuar a conversa.

— Tudo bem — Gemma concordou com a cabeça.

Assim que Harper saiu, descendo as escadas e gritando para quem estava na porta esperar um pouco, Gemma se jogou na cama. Ela olhou para o teto e tentou pensar em como falar para a irmã que achava que estava se transformando em uma espécie de monstro.

— O que vocês estão fazendo aqui? — explodiu Harper no primeiro andar e Gemma prestou mais atenção.

— Estamos aqui para falar com a sua irmã — veio a resposta, e a voz sensual e infantil era inconfundível. Penn estava na porta.

Gemma se sentou, seu coração batia de maneira irregular no peito. Parte dela estava assustada, do mesmo jeito que Penn sempre a assustou. Mas o resto dela se sentia estranhamente animado. O som da voz de Penn a atraía de um jeito que nunca notara, quase como se a estivesse chamando.

—Vocês não podem vê-la — disse Harper.

— Nós só queremos falar com ela — disse Penn com doçura.

— Só por um minuto — interveio Lexi, do jeito melodioso de sempre.

— Não — disse Harper, mas suas palavras tinham menos convicção do que pouco antes. —Você não são amigas dela e não podem mais falar com ela.

Gemma levantou da cama e correu escada abaixo, mas parou no meio do caminho. De onde estava, dava para vê-las na porta da frente. Somente Penn e Lexi estavam do lado de fora, com Harper bloqueando o caminho com determinação.

Apenas ao olhar para Penn e Lexi Gemma percebeu que tinha começado a se parecer com elas. Não *exatamente* como elas, uma vez que Penn e Lexi eram nitidamente diferentes. Mas havia certa característica nelas, um esplendor sobrenatural. A pele bronzeada e perfeita das garotas parecia brilhar, como se elas fossem iluminadas por sua própria beleza.

— Olá, Gemma — disse Penn. Seus olhos escuros repousaram em Gemma de uma maneira sedutora que ela não conseguia evitar.

— Gemma, volte lá para cima — Harper olhou para ela. — Eu as estou despachando.

— Não, não faça isso — disse Gemma rapidamente, mas suas palavras saíram tão baixinho que ela ficou surpresa que a tenham ouvido.

— Gemma, você está de castigo — Harper a lembrou. — Mesmo que você quisesse vê-las, não poderia. Mas você não quer.

— Pare de dizer a ela o que Gemma quer — disse Penn, com um pequeno traço de veneno na voz. —Você não tem ideia do que ela quer.

— Neste exato momento, eu não ligo para o que ela quer. Saiam da minha casa.

— Pare, Harper — disse Gemma e desceu as escadas. — Eu preciso conversar com elas.

— Não! — gritou Harper, que parecia totalmente horrorizada pela ideia. —Você não vai conversar com elas.

— Eu *preciso* fazer isso — insistiu Gemma. Ela engoliu em seco e olhou para Penn e Lexi.

Elas haviam feito alguma coisa com ela. Com a mesma certeza de estar ali parada, Gemma sabia que as garotas eram responsáveis por tudo o que estava acontecendo com ela. Isso significava que elas sabiam como consertar as coisas ou pelo menos como lidar com aquilo. Gemma tinha de conversar com elas para descobrir.

Harper tentou fechar a porta, mas o braço de Penn disparou em um lampejo e abriu a porta com um empurrão. Penn sorriu para Harper, com o sorriso ameaçador que revelava dentes demais.

— Sinto muito — disse Gemma sinceramente. — Mas eu tenho de ir — ela se espremeu na brecha que Penn deixou para ela e saiu.

— Gemma! — berrou Harper. —Você não pode ir! Eu a proíbo!

— Pode me proibir quanto quiser, mas eu vou — disse Gemma, e Lexi passou o braço em torno dela, com certa camaradagem.

Penn ficou entre Harper e Gemma, e Gemma podia ver pela expressão da irmã que ela estava pensando se brigava ou não com Penn. Harper então se virou para Gemma, que lançou para ela um olhar suplicante. O olhar de Harper passou de feroz para arrasado.

— Gemma — disse Harper novamente, mais impotente dessa vez. — Entre, por favor.

— Desculpe — Gemma balançou a cabeça e foi com Lexi em direção a um carro que estava parado na frente da casa. — Eu voltarei mais tarde — ela esperou um segundo antes de acrescentar —, não se preocupe.

— Nós vamos cuidar bem da Gemma — Penn garantiu a Harper, ainda com seu sorriso demasiadamente largo.

— Gemma! — gritou Harper enquanto a irmã deslizava para o banco de trás com Lexi, então Penn fechou a porta atrás dela.

Thea estava sentada no assento do motorista, como se estivesse se preparando para a fuga de um assalto a banco, e Penn se juntou a ela na frente alguns segundos depois.

Gemma olhou pela janela enquanto se afastavam e observou a irmã parada no degrau da frente. Ela olhou para a porta da casa de Alex, a janela do quarto dele com um brilho amarelo sob o céu que escurecia.

Gemma desviou o olhar e seus olhos encontraram os de Penn no espelho retrovisor.

— O que vocês são? — perguntou Gemma.

— Ainda não — Penn sorriu. — Espere até chegarmos à baía. Aí nós mostraremos a você exatamente o que somos.

Gemma sempre quis saber como Penn, Lexi e Thea chegavam à enseada, e estava realmente ansiosa para descobrir. Thea passou com o carro em torno da baía e se dirigiu para a costa, do outro lado. Assim que ela parou em um estacionamento de cascalho atrás de alguns ciprestes, todas as garotas saíram do carro.

Gemma percebeu que elas deixaram os sapatos no carro e teria feito o mesmo se tivesse sequer se lembrado de calçá-los antes de sair de casa.

Ninguém disse muita coisa enquanto elas andavam em um caminho batido por entre as árvores. A lua estava quase cheia e brilhava acima delas, mas, fora isso, não havia iluminação.

O coração de Gemma continuava acelerado e ela não estava completamente segura de ter feito a coisa certa ao vir com as garotas. Parte dela sabia que isso era perigoso, especialmente depois do que ocorrera da última vez em que esteve com elas.

Mas Gemma tinha a sensação de que, se elas realmente quisessem matá-la, ela já estaria morta. As garotas eram as únicas que sabiam o que estava acontecendo com ela, e Gemma tinha de arriscar vir com elas para descobrir.

Quando elas chegaram a um trecho um pouco íngreme e rochoso, Gemma levou um minuto para perceber que estavam na parte de trás da enseada na baía. Ela esperava que as meninas mostrassem alguma entrada oculta que as permitisse entrar na enseada sem se molhar, mas, em vez disso, as garotas começaram a escalar a face rochosa.

— Vocês esperam que eu suba isto aí? — Gemma perguntou ao olhar para a escalada vertiginosa. Ela não conseguia ver onde se agarrar ou colocar as mãos, e escalar nunca tinha sido muito a dela, de qualquer maneira.

— Você consegue — assegurou Lexi enquanto Penn começava a subida até o topo da enseada.

— Eu realmente acho que não — Gemma sacudiu a cabeça.

— Você ficaria surpresa com o que consegue fazer agora — Lexi sorriu. Então, sem esperar para ver se Gemma a seguiria, ela começou a escalar.

Penn, Lexi e Thea se moviam com agilidade pela lateral. Gemma hesitou por apenas um segundo e, em seguida, subiu atrás delas. A escalada foi surpreendentemente fácil para Gemma. Não que ela fosse exatamente uma escaladora melhor, mas estava mais rápida, mais forte, mais hábil. Ela escorregou algumas vezes, mas se recuperou facilmente.

Quando Gemma chegou ao topo, Penn estava em pé na beirada, em frente à baía, então a boca da enseada estava debaixo dela. Era muito alto, o vento era mais forte e chicoteava o cabelo das garotas.

— O que nós estamos fazendo aqui em cima? — perguntou Gemma, e se aproximou de Penn.

— Eu queria mostrar a você o que nós somos — disse Penn.

— O que vocês são?

— O mesmo que você — Penn a encarou com um sorriso.

Gemma engoliu em seco.

— E o que seria isso?

— Você verá — disse Penn, e, com isso, estendeu o braço e empurrou Gemma da beirada.

Gemma caiu enquanto gritava e agitava os braços. Uma queda daquela altura, mesmo na água, era perigosa, e isso supondo que ela não batesse em nenhuma rocha. E ela não bateu.

Quando atingiu a superfície da água, a sensação foi a mesma de cair no chão. Gemma bateu de costas e perdeu o fôlego. Ela mergulhou na água e seu braço bateu com força contra uma rocha. Sangue jorrava dele e o sal fazia a ferida arder.

Ela se debatia em direção à superfície e tentava nadar, apesar da dor que inundava seu corpo. Mas a queda a deixou desorientada e estava escuro demais para que ela realmente conseguisse distinguir o que ficava acima ou abaixo dela. Ela não sabia para onde nadar, e seus pulmões queimavam em busca de oxigênio.

Mas, mesmo enquanto se debatia, Gemma sentiu uma mudança tomar conta de si. Era a mesma sensação que ela havia experimentado no chuveiro e na piscina, só que muito mais intensa, e consumia suas pernas inteiras, se agitando debaixo da pele.

A dor no braço começou a desaparecer, substituída por uma sensação de formigamento não muito diferente da que sentia passar pelas extremidades inferiores.

A sensação era ótima e seu corpo estava melhor do que nunca, na verdade, e ela teria tirado proveito se não estivesse se afogando. O que quer que estivesse acontecendo com ela a distraiu, e agora Gemma estava ofegante, precisava de ar. O corpo dela agia involuntariamente, e ela esperava que seus pulmões se enchessem de água... Mas, em vez disso, quando respirou, ela aspirou ar.

Ela conseguia respirar debaixo d'água.

Gemma piscou. Ela conseguia ver debaixo d'água, e não da forma embaçada de quando tudo estava bem iluminado. Sua visão estava ainda mais nítida do que quando estava em terra.

Então ela viu a explosão da água quando Lexi mergulhou na baía. O corpo dela ficou cercado de bolhas brancas por um momento. Quando elas sumiram, Lexi nadou diante de Gemma, os cabelos loiros que flutuavam ao seu redor como uma auréola.

Ela sorriu para Gemma, que viu que Lexi não tinha mais pernas. Ela tinha uma longa cauda, como a de um peixe. Seu torso ainda era humano, com o peito coberto por um biquíni de cores vivas.

Gemma olhou para si mesma e percebeu que tinha a mesma cauda de peixe, coberta de escamas verdes e iridescentes. O short dela havia sido arrancado e dividido ao meio onde as pernas convergiam, e o tecido ficou em volta de sua cintura como um cinto.

Foi então que Gemma gritou e Lexi simplesmente riu.

14. Revelações

— Eu sou uma sereia? — perguntou Gemma depois de voltar à superfície.

Ela provavelmente conseguiria falar debaixo d'água, mas achou que o ar da noite poderia limpar sua mente, caso tudo isso fosse algum tipo de alucinação provocada por drogas. Afinal, esta não era a primeira vez que Penn lhe dava algo escondido.

— Não exatamente — disse Penn enquanto tirava o cabelo escuro do rosto. Ela e Thea mergulharam na água logo depois de Lexi, então todas as quatro estavam flutuando na baía. — Somos *sirenas*.

— Qual é a diferença? — perguntou Gemma.

— Bem, para começar, sereias não existem, e nós sim — Penn sorriu.

Thea revirou os olhos e mergulhou novamente na água, aparentemente nadando para longe.

— Eu vou explicar tudo isso a você mais tarde — disse Penn. — Por enquanto, por que você não leva seu novo corpo para nadar um pouco? Teremos muito tempo para conversar quando você tiver terminado.

— Eu... — Gemma queria saber o que ela era, *precisava* saber, na verdade.

Mas ela conseguia sentir sua cauda farfalhar na água. A sensação que ela passava era poderosa e rápida, quase ansiosa para nadar.

Pelo menos agora ela sabia uma parte da verdade. Ela sabia o que elas eram e que não iriam a lugar nenhum. Sem dizer mais nada, Gemma mergulhou na água.

Aquilo era melhor do que qualquer coisa que ela imaginara. Ela se movia mais depressa do que jamais pensou ser possível. Ela disparava no fundo do oceano e perseguia peixes simplesmente porque podia. Correr mais do que um tubarão seria facílimo, e ela quase teve esperanças de encontrar um para fazer o teste.

Era a sensação mais incrível e emocionante que ela já havia sentido. Sua pele parecia viva de formas que nunca havia sequer pensado que fosse possível. Cada movimento, cada tremor, cada mudança na corrente ondulava através dela.

Ela nadou tão perto do fundo quanto conseguiu e depois nadou até a superfície e mergulhou, dando giros no ar como um golfinho.

— Vá com calma — disse Penn. — Não precisamos chamar a atenção para nós.

Penn se sentou na beira da enseada rochosa. Ela puxou a cauda que, por isso, ficou dobrada no chão. Bem diante dos olhos de Gemma, as escamas ondularam, passando de verde iridescente para o bronzeado dourado da pele de Penn. Ela se dividiu em duas pernas e Penn se levantou. Ela estava completamente nua da cintura para baixo, e Gemma rapidamente desviou o olhar.

— Não seja tímida — Penn riu.

Ela se afastou e vasculhou uma bolsa que havia deixado em uma das paredes da caverna. Pelo canto do olho, Gemma viu Penn pegar uma calcinha e uma saída de praia.

— Nós temos roupas para você também — disse Lexi enquanto saía da água. — Você não precisa se preocupar.

Thea saiu depois de Lexi, e Gemma esperou até que todas as três estivessem vestidas antes de sair da água. Ela saltou com rapidez para a enseada e as rochas arranharam suas barbatanas. Ela puxou o rabo para fora da água e ele caiu pesadamente na terra por alguns segundos, antes que a vibração familiar a percorresse.

Enquanto sua cauda começava a se transformar de novo em pernas humanas, Gemma passou as mãos sobre ela. Dava para sentir as escamas mudarem sob a ponta dos dedos.

— Isso é incrível — Gemma respirava enquanto observava sua pele com admiração. — Como é possível?

— É a água salgada — respondeu Thea e atirou uma saída de praia para ela.

Gemma a pegou e se levantou. Ela meio que esperava que suas pernas virassem novamente uma cauda atrás de si, mas elas se mantiveram firmes. Ela colocou o vestido pela cabeça com pressa, o vestiu sobre sua camiseta regata e jogou para longe seu short rasgado.

— Bem, não é só o sal — corrigiu Penn. — Você pode colocar sal na água doce, mas não vai funcionar muito bem. É o mar. Você pode sentir indícios na água comum, mas não vai se transformar a menos que esteja no oceano.

— Mas... e se eu não tivesse me transformado? — perguntou Gemma. — Eu teria morrido se não tivesse me transformado em uma sirena.

— Você está bem agora — disse Thea. Ela se agachou no centro da enseada e começou a fazer uma fogueira.

— Claro que dói quando você cai de costas no oceano — Lexi riu. — Você deveria ter mergulhado, sua bobinha.

— Eu não sabia disso, já que você me empurrou de repente — Gemma lançou um olhar para Penn. — Por que não me disse logo o que estava acontecendo?

— Isso teria estragado toda a diversão — Penn piscou para ela, como se estivesse se referindo a uma piada interna, em vez da quase morte de Gemma.

A fogueira na qual Thea estava trabalhando subitamente crepitou para a vida e encheu a caverna escura com uma luz quente. Penn se sentou perto das chamas, esticou as longas pernas e se recostou em seus braços. Lexi se sentou ao lado dela, enquanto Thea parecia satisfeita em se ajoelhar diante do clarão e atiçar o fogo.

— Vocês fizeram isso comigo — disse Gemma, mas seu tom não era de acusação. Ela não tinha certeza do que exatamente elas haviam feito com ela, então não sabia dizer se era um dom ou uma maldição. Até então, parecia muito um dom, mas ela ainda não confiava em Penn. — Vocês me transformaram nesta sirena ou o que quer que seja. Por quê?

— Bem, esse é o cerne da questão, não é? — Penn sorriu.

— Por que você não se senta? — Lexi deu tapinhas no chão ao seu lado. — É uma história bem longa.

Gemma ficou onde estava, de pé na entrada da caverna. As ondas da baía se chocavam contra a costa, e os motores dos barcos zumbiam a distância. Ela olhou para a noite, já ansiosa para voltar ao oceano.

A última vez em que estivera ali, Penn quase a matou e, poucos momentos atrás, Penn a havia empurrado do topo de um penhasco. Era difícil justapor esses fatos com o conhecimento de que elas haviam dado a ela a mais maravilhosa e emocionante experiência de sua vida.

Nadar como uma sirena havia sido, de longe, a sensação mais magnífica que ela já tinha vivenciado. Mesmo parada ali, com os braços cruzados e água do mar pingando da sua pele, ela queria voltar para a água.

Obrigar-se a ficar na enseada para ouvir o que elas tinham a dizer consumiu todas as energias de Gemma. Mas ela não teve coragem de intervir ainda mais, de se afastar da água que parecia cantar para ela.

— Você que sabe — Lexi deu de ombros quando Gemma se recusou a se mexer.

— É realmente uma história muito comprida — disse Penn. — Ela remonta à época em que o mundo era jovem, quando os deuses e as deusas ainda viviam livremente entre os mortais.

— Deuses e deusas? — Gemma ergueu uma sobrancelha.

— Você não acredita? — Thea riu, um som seco e amargo que ecoou pelas paredes. — Suas pernas acabaram de se transformar em barbatanas e você não acredita?

Gemma baixou o olhar, mas não disse nada. Thea tinha razão. Depois de tudo que havia visto e sentido nos últimos dias, ela acreditaria em qualquer coisa que lhe dissessem. Na verdade, ela não tinha escolha. Qualquer resposta teria de estar além do alcance de sua racionalidade para explicar as coisas sobrenaturais que estavam acontecendo.

— Os deuses viviam aqui na Terra, às vezes ajudavam os seres humanos com suas vidas ou simplesmente observavam suas alegrias e tristezas para se divertir — continuou Penn. — Achelous era um desses deuses. Ele governou toda a água doce que alimentava a vida na Terra. Os deuses eram as estrelas do rock de sua época e frequentemente tinham muitos amantes. Achelous estava envolvido com muitas das musas.

— Musas? — perguntou Gemma.

— Sim, musas — Penn explicou pacientemente. — Elas eram as filhas de Zeus, nascidas para inspirar e encantar os mortais.

— Então, o que isso significa? — Gemma se aproximou da fogueira e se sentou em uma grande rocha. — O que ser uma musa implica?

— Você já ouviu falar das Odes de Horácio? — perguntou Penn, e Gemma balançou a cabeça.

— Eu não frequento as aulas de inglês avançado, mas já ouvi falar da *Odisseia* de Homero.

— A *Odisseia* — disse Thea com escárnio. — Homero é um idiota.

— Ignore Thea. Ela só está amarga porque foi completamente omitida na *Odisseia* — Penn ignorou Thea com um gesto. — De volta à sua pergunta, uma musa ajudou Horácio a escrever uma parte da sua prosa. Ela não a escreveu exatamente, mas deu a ele a inspiração e a motivação para fazer o trabalho.

— Eu acho que entendi — no entanto, Gemma continuou com a testa franzida, como se não compreendesse a história completamente.

— De qualquer maneira, o trabalho de uma musa não é importante — disse Penn, decidida a seguir em frente. — Achelous teve um romance com a musa da canção e, juntos, eles tiveram duas filhas, Thelxipea e Aglaope. Depois, ele se envolveu com a musa da dança e eles tiveram uma filha, Peisinoe.

— Esses nomes são realmente ridículos — comentou Gemma. — Ninguém se chamava Maria ou Luciana nessa época?

— É mesmo, não é? — riu Lexi. — Os nomes agora são muito mais fáceis de pronunciar.

— Embora o pai delas fosse um deus, Thelxipea, Aglaope e Peisinoe eram as filhas bastardas do romance dele com as servas, então cresceram sem nada — continuou Penn.

— Peraí. Musas eram servas? — perguntou Gemma. — Mas Zeus era o pai delas. Ele não era o deus mais poderoso ou coisa assim? Elas não deveriam ser rainhas?

— É o mais lógico, mas não — Penn balançou a cabeça. — As musas foram criadas para servir aos homens. Sim, elas eram lindas e brilhantes, com um talento além de qualquer medida. Elas eram reverenciadas e adoradas por aqueles a quem inspiravam, mas, no fim das contas, passaram seus dias trabalhando para artistas e poetas famintos. Elas tinham um estilo de vida boêmio e alimentavam os desejos dos homens. Quando os poetas haviam terminado seus sonetos, os artistas, suas pinturas, as musas eram postas de lado e esquecidas.

— Elas eram prostitutas louvadas — resumiu Thea.

— Exatamente — concordou Penn. — Achelous praticamente desertou suas filhas, e as mães delas estavam ocupadas servindo aos homens. Thelxipea, Aglaope e Peisinoe foram forçadas a se virar sozinhas.

— Thelxipea tentou cuidar de suas irmãs mais novas — interveio Thea. Ela dirigiu a Penn um olhar severo, enquanto a luz da fogueira dançava e lançava sombras sobre suas feições encantadoras, o que fazia que ela parecesse quase demoníaca. — Mas Peisinoe nunca estava satisfeita.

— Ninguém pode ficar satisfeito de morar nas ruas — Penn voltou sua atenção que estava em Gemma para Thea, com o mesmo olhar rude. — Thelxipea fez o melhor que pôde, mas passar fome não era bom o suficiente.

— Elas não passavam fome! — explodiu Thea. — Elas tinham trabalho! Elas poderiam ter arrumado a própria vida!

— Trabalho — Penn revirou os olhos. — Elas eram servas!

Tanto Lexi quanto Gemma observavam o diálogo entre Penn e Thea com fascínio. As duas garotas olhavam uma para a outra através da fogueira e, por um momento, nenhuma delas disse nada. A tensão no ar era tão pesada que Gemma teve muito medo de quebrar o silêncio.

— Isso faz muito, muito tempo — disse Lexi baixinho. Ela se aproximou de Penn e olhou para ela quase com adoração.

— Sim, faz — concordou Penn, finalmente tirando o olhar mortal de Thea e voltando a olhar para Gemma. — Elas passavam fome nas ruas. Até mesmo Thelxipea sabia disso. Foi por isso que ela procurou o pai e pediu a ele para encontrar trabalho para elas.

— Elas tinham idade suficiente e então começaram a atrair a atenção dos homens — continuou Penn. — As três irmãs tinham herdado muitos dons de suas mães, incluindo a beleza e o talento para a música e a dança.

— Thelxipea achou que o trabalho honesto seria a melhor maneira de sair daquela vida — disse Thea e se juntou à conversa em um tom muito mais razoável. A raiva havia desaparecido de sua voz e ela estava simplesmente contando a mesma história que Penn. — Peisinoe, por outro lado, achou que o casamento era a maneira de escapar.

— Aquela era uma época diferente — explicou Penn. — As mulheres não tinham as escolhas e os direitos que têm agora. Conseguir um homem para cuidar de você era a única saída.

— Esta era apenas uma parte da questão — Thea balançou a cabeça. — Thelxipea era a mais velha, a mais experiente. Mas Peisinoe tinha somente 14 anos. Ela ainda era romântica e sonhadora e acreditava que, caso se apaixonasse, um príncipe a conquistaria.

— Ela era jovem e estúpida — disse Penn, quase para si mesma, e depois balançou a cabeça rapidamente. — O emprego que Achelous encontrou para as filhas era trabalhar como criadas de Perséfone. Uma criada é simplesmente uma serva que ajuda a vestir e cuidar de uma criança mimada.

— Ah, ela não era uma criança mimada — Thea a repreendeu.

— Era sim — insistiu Penn. — Ela era horrível, vivia entretendo os pretendentes, e as filhas de Achelous deveriam ter suas próprias criadas. Aquilo era uma abominação, e Perséfone nunca se importou. Ela só dava ordens por aí como se fosse casada com Zeus.

— Conte a Gemma sobre Ligea — sugeriu Lexi, o que fez Gemma se lembrar de uma criancinha que pedia para que lessem a mesma história todas as noites, mesmo que a soubesse de cor.

— Ligea já trabalhava como criada de Perséfone quando Thelxipea, Aglaope e Peisinoe chegaram — disse Penn, e Lexi sorriu para ela. — E Ligea tinha a voz e o canto mais lindos. Era realmente o som mais adorável que qualquer pessoa já ouviu.

— Como uma serva, Ligea trabalhava muito pouco — disse Penn. — Ela passava a maior parte dos dias cantando para Perséfone, mas ninguém se importava, porque seu canto era muito encantador. Ele fazia tudo parecer melhor.

— Mas não havia só o trabalho — continuou Penn. — As quatro garotas eram apenas adolescentes e precisavam se divertir. Sempre que podiam, elas escapavam da servidão e iam para o oceano nadar e cantar.

— Eram as músicas de Ligea que comandavam o público — disse Thea. — Ela e Aglaope se sentavam no cimo das árvores da praia e cantavam em perfeita harmonia enquanto Thelxipea e Peisinoe nadavam.

— Mas não era só um nado — continuou Penn. — Era uma dança subaquática fascinante. Elas davam um show, como Ligea e Aglaope.

— É verdade, e os viajantes vinham para vê-las — concordou Thea. — Elas atraíram até mesmo a atenção de deuses como Poseidon.

— Poseidon era o deus do oceano — explicou Penn. — Em sua ingenuidade, Peisinoe achou que poderia seduzi-lo com sua maneira de nadar e que ele se apaixonaria por ela e a levaria com ele.

— E talvez Poseidon tenha se apaixonado por ela — Penn removeu com as mãos a areia das pernas e ficou olhando para a fogueira. — Muitos homens e alguns deuses se apaixonaram por ela ao longo dos anos. Mas, no fim das contas, não importa. Não era o suficiente.

— Perséfone estava noiva e ia se casar — disse Thea, voltando à história. — Ela tinha muito a fazer, mas, em vez de ajudá-la, todas as suas quatro criadas foram para o oceano nadar e cantar. Poseidon as havia convidado e Peisinoe tinha certeza de que este seria o dia em que ele pediria a mão dela em casamento, caso Peisinoe conseguisse impressioná-lo o suficiente.

— Infelizmente, este também foi o dia que alguém escolheu para raptar e estuprar Perséfone — disse Penn. — As criadas deveriam tomar conta dela, mas não estavam nem um pouco perto para ao menos ouvir seus gritos.

— A mãe dela, Deméter, era uma deusa, e ficou furiosa — disse Thea. — Ela contou a Achelous sobre o fracasso das filhas dele em proteger Perséfone. Mas, como Achelous era mais poderoso que Deméter, ela teve de pedir sua permissão para aplicar uma punição em Thelxipea, Aglaope, Peisinoe e Ligea.

— Peisinoe sabia que seu pai não as protegeria, pois ele não havia se preocupado com elas a vida inteira, então recorreu a Poseidon e implorou para que ele interviesse — disse Penn. — Ela suplicou e ofereceu a ele todas as partes de si mesma, incondicionalmente, se ele ajudasse a ela e às suas irmãs.

Houve uma longa pausa durante a qual ninguém disse nada. Gemma havia se inclinado para a frente, os braços descansavam sobre os joelhos enquanto ela prestava atenção a cada palavra.

— Mas ele não as ajudou — disse Penn em voz baixa, Gemma mal conseguia ouvi-la em meio aos sons da baía. — Ninguém as salvou. Elas só tinham umas às outras com quem contar, como sempre havia sido, como sempre seria.

— Deméter as amaldiçoou com a vida que haviam escolhido em vez de proteger a filha dela — explicou Thea. — Ela as tornou imortais, para que tivessem de viver com a sua loucura todos os dias, sem fim. Tudo que elas amavam se tornaria tudo que elas desprezavam.

— Como o quê? — perguntou Gemma.

— Elas estavam muito ocupadas com flertes, nados e cantos quando Perséfone foi raptada — disse Thea. — Então elas foram amaldiçoadas a se tornar apenas isso.

— Ela as tornou parte pássaro, com uma voz tão hipnotizante que nenhum homem poderia rejeitá-las — disse Penn. — Os homens seriam completamente arrebatados por essa voz e teriam de segui-la.

— Mas Deméter também as tornou parte peixe, então elas nunca poderiam ficar longe da água. Quando seus pretendentes viessem até elas, seguindo o som de suas vozes, seus navios afundariam na praia e eles morreriam.

— Essa, claro, não era a pior parte da maldição — explicou Thea com um sorriso irônico. — Todos os homens se apaixonariam pela voz delas, por sua aparência encantadora, mas nenhum homem jamais passaria disto. Eles nunca conheceriam as garotas de verdade, quem elas realmente eram, nunca as amariam de verdade. Seria impossível para qualquer uma das quatro garotas se apaixonar e ser verdadeiramente amada.

15. Lembre-se de mim

PENN E THEA FICARAM EM SILÊNCIO POR ALGUM TEMPO PARA deixar Gemma absorver tudo. Mas era bastante óbvio sobre o que se tratava a história.

— Vocês são as três irmãs? — Gemma apontou para cada uma delas. — Peisinoe, Thelxipea e Aglaope.

— Não exatamente — Penn sacudiu a cabeça. — É verdade que eu já fui Peisinoe e Thea foi Thelxipea. Mas Lexi é uma substituta para Ligea, que morreu há muitos, muitos anos.

— Peraí. Lexi *substituiu* uma de vocês? — perguntou Gemma. — Por que vocês têm substitutas? E onde está a outra irmã, Aglaope?

— Faz parte da maldição de Deméter — respondeu Thea. — Nós escolhemos nossas amigas e irmãs em vez da filha dela, então temos de estar sempre com nossas amigas e irmãs. Deve haver sempre quatro de nós juntas. Nós nunca podemos ir embora ou ficar separadas por mais do que algumas semanas por vez.

— Se uma de nós for embora, morrerá, e nós devemos substituí-la — explicou Penn. — Nós temos somente até a próxima lua cheia para preencher o lugar dela.

— Eu sou a substituta de Aglaope. — Gemma engoliu em seco quando a ficha caiu. — E se eu não quiser ser uma substituta?

— Você não tem escolha — Penn sacudiu a cabeça. — Você já é uma sirena. Se tentar nos deixar em vez de se juntar a nós, vai morrer, e nós vamos simplesmente substituí-la.

— Como? — perguntou Gemma. — Como eu me tornei uma sirena? O frasco?

— Sim. Ele continha uma... mistura de algumas coisas — Penn escolhia com cuidado as palavras.

— Uma mistura de quê? — perguntou Gemma.

— Não é nada com que deva se preocupar agora — Penn balançou a cabeça. — Você nem sequer entenderia o que era. No tempo certo, tudo vai ser explicado.

— Por quê? — perguntou Gemma com um novo tremor na voz. — Por que eu? Por que vocês queriam que *eu* me juntasse a vocês?

— Não é óbvio? — perguntou Penn. — Você é linda, ama a água e é destemida. Aglaope era muito medrosa e nós precisávamos de alguém diferente.

— Ela não era medrosa — contra-argumentou Thea. — Ela era ponderada.

— Não interessa o que ela era — disse Penn rispidamente. — Ela se foi e nós temos Gemma agora.

— Então... Vocês esperam que eu simplesmente me una a vocês, abandone tudo o que conheço e passe a minha vida cantando e nadando? — perguntou Gemma.

— Não parece assim tão horrível, parece? — perguntou Penn.

— É realmente maravilhoso — interveio Lexi. — Depois que você se acostuma. É um milhão de vezes melhor do que qualquer vida mortal poderia oferecer.

— Mas e se eu... — Gemma baixou os olhos e sua voz foi sumindo ao pensar em Harper, em seus pais, em Alex. Ela ergueu a cabeça e seu olhar encontrou o de Penn. — Eu não quero isso.

— Então você vai morrer — disse Penn. Ela encolheu os ombros, como se simplesmente não se importasse, mas a voz dela era severa e seus olhos ardiam. — Se é isso que você deseja, então que assim seja.

— Gemma — Lexi suspirou e deu um leve sorriso. — É muita coisa para absorver, eu sei, e você não tem de decidir hoje. Depois que você tiver um tempo para pensar, vai perceber que esta é a melhor coisa que poderia ter acontecido a você.

— Mas é uma maldição — disse Gemma. — Deméter as transformou em sirenas para castigá-las.

— Será que realmente pareceu um castigo? — perguntou Penn com malícia. — Quando você estava na água, não foi a melhor sensação que já teve?

— Sim, mas...

— Deméter era uma idiota, e ela fracassou — Penn se levantou abruptamente. — Ela achou que iria nos punir, mas nos libertou. Agora, a filha dela morreu há muito tempo, Deméter foi praticamente esquecida e aqui estamos nós, lindas e poderosas como sempre, florescendo sob sua "maldição". Agora, se me dão licença, eu acho que já me fiz entender — disse Penn. — Junte-se a nós ou não. Viva ou morra. É você quem decide e, francamente, por mim tanto faz.

— Espere — Gemma se levantou, com a mente fervilhando, mas Penn a ignorou. — Penn, espere. Eu ainda tenho tantas perguntas.

Penn tirou a saída de praia pela cabeça e mergulhou na água. Thea a acompanhou logo em seguida e saltou para as ondas agitadas atrás dela.

Lexi ficou para trás por um momento. Ela foi até Gemma e colocou uma mão no braço dela.

— Vá ver seus amigos e sua família — disse Lexi. — Coloque sua vida em ordem. Diga adeus às coisas das quais precisa se despedir. Depois junte-se a nós. Você não vai se arrepender nunca.

Depois que Lexi entrou na água da baía e foi nadar com as outras duas sirenas, Gemma pensou em segui-las. Rápida como ela era agora, provavelmente conseguiria alcançá-las. Mas para quê? Penn ainda não havia respondido todas as suas perguntas, mas Gemma tinha muito o que pensar.

Ela sabia que Penn e Thea tinham dito a verdade, mas não necessariamente acreditava que era toda a verdade. Elas definitivamente deixaram algo de fora e não disseram a ela o que aconteceu com Aglaope, apenas que precisavam que Gemma a substituísse.

A maldição da sirena que Deméter supostamente havia concedido a elas não fazia nenhum sentido. Nada do que ela causou às garotas parecia ser *tão* ruim assim. Ela lhes concedeu a imortalidade, a beleza eterna, e elas poderiam nadar e respirar como um peixe sempre que quisessem.

Para Gemma, parecia a realização de um sonho.

Ela foi até a entrada da enseada e se sentou, enquanto balançava os pés na beirada para que a água atingisse o seu joelho. A pele dela vibrou e formigou quando as escamas surgiram de forma intermitente da sua carne. Seus dedos se espalharam e se tornaram barbatanas transparentes que deslizavam na água.

O corpo dela não estava submerso o suficiente na baía, então ela não se transformou inteiramente. Suas pernas continuaram sendo pernas, ainda que com algumas escamas, mas seus pés eram mais nadadeiras do que pés. Gemma balançou as pernas para a frente e para trás enquanto aproveitava a sensação da água ao passar por suas escamas e nadadeiras.

Ela fechou os olhos, respirando profundamente, e seu coração se encheu da alegria do momento.

Mas, embora ela achasse tudo isso maravilhoso, tão inacreditável e impossivelmente perfeito quanto parecia ser, será que ainda valeria a pena? Abrir mão de tudo o que ela conhecia e amava? Deixar para trás sua irmã, seu pai, Alex?

Ainda com os olhos fechados, Gemma deslizou pela beirada e pôs o corpo no oceano, ainda com a saída de praia que as sirenas haviam lhe dado. Ela não tentou nadar – apenas se permitiu afundar, flutuar em direção ao fundo da baía.

Gemma sentiu as pernas mudarem, os apêndices em fusão para formar uma única cauda. Somente depois que pôde respirar na água foi que ela abriu os olhos e observou a escuridão ao seu redor.

Pouco antes de chegar ao fundo, ela virou a cauda e começou a nadar para a costa. Como parecia que não havia muita escolha agora, ela decidiu seguir o conselho de Lexi. Ela ia para casa e descobriria como agir a partir daí.

Ela não queria que as pessoas a vissem, então nadou para a extremidade da baía que era coberta por rochas. Por causa da cauda, ela teve de subir nas rochas de barriga, o que arranhou sua pele e seus braços. Depois que estava longe o suficiente do mar, ela esperou e assistiu espantada conforme suas escamas mais uma vez voltavam a ser sua pele.

Felizmente, ela manteve a saída de praia, então não precisou ir nua para casa. Ela caminhou vários quarteirões até chegar lá. Ligar para Harper ou Alex e pedir uma carona era uma opção, mas Gemma queria tempo para espairecer.

Em vez de entrar diretamente em casa, ela cortou o caminho pelo quintal de Alex. Gemma passou escondida o mais perto da casa que pôde, com medo de que Harper a visse se olhasse pela janela. Ela quase se esmagou contra a casa de Alex enquanto batia na porta dos fundos.

Seu coração batia acelerado no peito enquanto ela esperava. Gemma queria vê-lo e, ainda assim, uma parte dela estava com medo.

As palavras de Thea continuavam em sua cabeça, a verdadeira maldição da sirena. Nenhum homem seria realmente capaz de amá-las. Gemma se lembrou da maneira forçosa como Alex a beijou naquele dia, com uma expressão confusa nos olhos. Aquele não era o Alex por quem ela se apaixonou. Aquele era um garoto enfeitiçado por uma sirena, um garoto incapaz de amá-la de verdade.

Gemma continuava a esperar do lado de fora da casa de Alex. Ela quase havia decidido ir para casa quando a porta se abriu.

— Gemma! — Alex parecia surpreso e aliviado.

— Shhiii! — Ela levou o dedo até a boca e o silenciou antes que Harper ou seu pai o ouvisse.

— O que você está fazendo? — perguntou Alex. — Você está bem? Está encharcada.

Gemma olhou para a saída de praia. Ela havia começado a secar no caminho para casa, mas a caminhada foi rápida, então não tinha dado muito tempo.

— Sim, eu estou bem.

— Você parece estar com frio. Precisa de um casaco ou algo assim? — Alex começou a voltar para dentro de casa a fim de pegar algo para aquecê-la, mas ela agarrou o braço dele para detê-lo.

— Não, Alex, preste atenção. Eu só preciso pedir algo a você — Gemma olhou em volta, como se esperasse que Harper estivesse à espreita em algum canto. — Podemos conversar um minuto?

— Sim, é claro, podemos — ele se aproximou dela e colocou as mãos sobre seus braços, se sentindo forte e quente contra a pele nua de Gemma. — O que está acontecendo? Você parece agitada.

— Eu acabei de passar pela noite mais surpreendente e terrível da minha vida — admitiu Gemma, e ela ficou surpresa quando sentiu lágrimas arderem em seus olhos.

— Por quê? O que aconteceu? — os olhos castanhos de Alex se encheram de preocupação.

A expressão preocupada dele o fazia parecer mais velho, mais como o homem que um dia ele se tornaria, e o coração de Gemma doeu quando ela percebeu que provavelmente nunca veria isso acontecer. Ele já era lindo de uma maneira quase dolorosa, e ficava ainda mais atraente por ser tão alheio a isso.

Alex era muito mais alto do que ela, quase se assomava acima dela, e seu corpo musculoso só a fazia se sentir mais segura. Os olhos dele – de uma cor de mogno que transmitia muito calor e carinho – é que lhe diziam que ele nunca faria nada para magoá-la.

— Não importa — ela sacudiu a cabeça. — Eu precisava saber... Você gosta de mim?

— Se eu gosto de você? — a preocupação dele se transformou em um alívio confuso e ele deu um sorriso torto para ela. — Fala sério, Gemma, eu acho que você sabe a resposta para essa pergunta.

— Não, Alex, estou falando sério. Eu preciso saber.

— Sim — ele endireitou um fio de cabelo úmido da testa dela e seus olhos estavam solenes. — Eu gosto de você. Muito, na verdade.

— Por quê? — a voz dela falhou quando fez a pergunta, e Gemma quase desejou não ter dito nada.

A admissão dele a deixou com um frio na barriga e o coração disparado, mas depois ambos se encolheram de medo. Pois Gemma não tinha certeza de que Alex saberia *por que* gostava dela.

Se ele estava enfeitiçado pela sirena, só saberia que a cobiçava, sem que houvesse um motivo perceptível para isso.

— Por quê? — Alex riu da pergunta e sacudiu a cabeça. — Como assim, por quê?

— É importante para mim — insistiu Gemma, e algo em sua expressão o convenceu da gravidade da situação.

— Hum... porque sim — ele deu de ombros, achando difícil encontrar as palavras. — Você é tão, tão bonita! — o coração dela se apertou quando ouviu isso, mas Alex continuou: — E você tem um senso de humor ferino. Você é doce e é esperta. E incrivelmente determinada. Nunca conheci ninguém tão determinado quanto você. O que você quer, você consegue. Você é legal demais para mim e ainda assim me deixa segurar sua mão, mesmo quando estamos em público.

— Você gosta de mim por quem eu sou? — perguntou Gemma e ergueu a cabeça para olhar para Alex.

— Sim, é claro. Por que outro motivo eu gostaria de você? — perguntou ele. — O quê? Eu disse algo errado? Você parece prestes a chorar.

— Não, você disse tudo certo — ela sorriu para ele com lágrimas nadando em seus olhos.

Ela ficou na ponta dos pés e o beijou. Timidamente, ele passou os braços em volta dela e, enquanto Gemma o beijava mais intensamente, ele a levantou do chão. Os braços dela estavam em volta do pescoço dele e Gemma estava praticamente pendurada em Alex.

— Gemma! — Harper gritou da janela do quarto e Gemma perdeu o ânimo ao perceber que haviam sido notados.

Alex a colocou de volta ao chão, mas eles demoraram para se desgrudar um do outro. A testa dele repousava na dela, e ela manteve a mão na parte de trás do pescoço dele, enterrando os dedos em seus cabelos.

— Prometa que você vai se lembrar disso — sussurrou Gemma.

— Do quê? — perguntou Alex, confuso.

— Eu, como sou agora. A verdadeira eu.

— Como eu poderia esquecer de você algum dia?

Antes que Alex conseguisse perguntar mais alguma coisa, Gemma o deixou e correu até sua casa sem olhar para trás.

16. O Gaivota Suja

HARPER MORDEU O LÁBIO E OLHOU PARA O GAIVOTA SUJA. Ela andava de um lado para o outro na doca em frente ao barco de Daniel havia alguns minutos, com a sacola amassada do almoço do pai nas mãos. Isso nunca havia acontecido antes e ela não sabia o que fazer.

Quase todas as vezes em que ela vinha trazer o almoço do pai, Daniel inevitavelmente estava fazendo algo fora do barco, então ela esbarrava nele. Em todas as outras vezes que isso tinha acontecido, Harper tentou evitá-lo, mas agora que ela realmente queria vê-lo ele não estava ali.

Daniel não tinha exatamente uma porta da frente, então ela não poderia bater em uma, e seria muito dramático ficar na doca e gritar o nome dele. Harper pensou em subir até o barco, mas isso parecia presunçoso demais.

Na verdade, ela não sabia nem ao menos *por que* queria vê-lo. Em parte porque tudo estava tão confuso com Gemma, e Harper não podia conversar com ela ou com Alex a respeito. Essas eram as pessoas a quem ela procurava para falar de seus problemas, uma vez que Marcy não era muito notória por sua capacidade de ouvir.

Isso parecia tão terrível. Harper queria encontrar Daniel porque ela não tinha mais ninguém em quem despejar seus problemas.

Mas então Harper percebeu que isso também não era exatamente verdade. Ela não queria desabafar com Daniel. Isso era apenas uma desculpa. Ela queria vê-lo simplesmente porque... queria vê-lo.

O estômago dela se retorcia em nós e ela decidiu simplesmente seguir em frente. Ela precisava levar o almoço do pai e não tinha tempo para Daniel. Era melhor apenas ir embora.

— Então, o que há? — perguntou Daniel assim que Harper começou a se afastar.

— O quê? — ela parou repentinamente e voltou para o barco dele, mas não o viu. Ela se virou, achando que Daniel estaria na doca, mas ele não estava em lugar nenhum. Confusa, ela se virou novamente para o barco. — Daniel?

— Harper — ele saiu da porta sombria do barco e foi para o convés. — Eu estava aqui e vi você dar voltas e mais voltas na doca, e, depois de toda essa indecisão, você simplesmente vai embora?

— Eu... — as bochechas dela coraram de vergonha quando percebeu que Daniel provavelmente estava parado perto da porta, onde ela não conseguia vê-lo, mas ele a via. — Se você me viu, por que não disse nada?

— Estava muito divertido observar você — ele deu um largo sorriso e se encostou na amurada enquanto olhava para ela. — Você parecia um brinquedinho de corda.

— Ninguém mais tem brinquedos de corda — argumentou Harper, sem muita convicção.

— Então. O que a traz aqui? — Daniel apoiou o queixo na mão.

— Eu ia levar o almoço do meu pai — ela ergueu a sacola de papel marrom amassada.

Enquanto esperava, ela ficou desenrolando e enrolando novamente a sacola uma dezena de vezes. A essa altura, o sanduíche no fundo devia estar completamente esmagado.

— Sim, estou vendo. Espero que aí dentro não haja nada que ele realmente queira comer, porque tudo deve estar parecendo papinha de bebê a esta altura.

— Ah — Harper olhou para a sacola e suspirou. — Tenho certeza de que está tudo bem. Ele come de tudo.

— Ou talvez ele possa simplesmente arrumar algo no estaleiro — sugeriu Daniel. — Há uma barraca de cachorro-quente bem próxima aos barcos. Seu pai pode comer por menos de três dólares quando esquecer o almoço — ele fez uma pausa e inclinou a cabeça para o lado. — Mas você já sabia disso, não é?

— Três dólares aqui e ali acabam sendo um grande gasto, ainda mais com a frequência com que ele se esquece do almoço — explicou Harper.

— Sem falar que você não me encontraria.

— Eu não estava... — ela parou aos poucos de falar, pois era óbvio que ela o estava esperando hoje. — Não é por isso. Eu trago a comida de meu pai para ele economizar dinheiro. Tá, então hoje, apenas dessa vez, eu esperava encontrar você, mas isso é tão terrível assim?

— Não, não é nada terrível — ele se endireitou e apontou para o barco. — Você quer entrar e conversar?

— No seu barco? — perguntou Harper.

— Sim. No meu barco. Parece muito mais civilizado do que conversar com você daqui de cima, não é?

Harper olhou para o outro lado do estaleiro, onde seu pai trabalhava. Ela provavelmente havia arruinado o almoço dele de qualquer forma, e Brian poderia tranquilamente comer um cachorro-quente. Mas ela ainda não tinha certeza se queria ficar no barco de Daniel com ele.

Sim, Harper queria vê-lo, mas entrar em seu barco era como admitir algo que ela não queria.

— Ah, fala sério — Daniel se inclinou sobre a murada e estendeu o braço para ela.

—Você não tem uma prancha ou coisa parecida? — perguntou Harper enquanto olhava para a mão dele.

— Sim, mas assim é mais rápido — Daniel fez um gesto com a mão para Harper. — Segure a minha mão e venha.

Harper soltou um suspiro e segurou a mão dele. Ela era forte e áspera, a mão de um homem que havia passado a vida inteira trabalhando. Ele a puxou com facilidade, como se ela não pesasse nada. Para erguê-la sobre a amurada, Daniel teve de levantá-la nos braços, e a segurou ali por um segundo a mais do que o necessário.

—Você não tem uma camisa? — perguntou Harper quando se afastou do peito nu dele.

Ele usava apenas uma bermuda e chinelos, e Harper propositadamente não olhou para ele depois de se afastar. Ela ainda conseguia sentir a pele de Daniel na dela, quente do sol que os castigava.

— Minhas camisas já acertaram o seu rosto antes, lembra-se? — perguntou Daniel.

— É.Verdade — ela olhou em torno do convés e, em seguida, como não tinha mais nada para fazer com aquilo, estendeu a sacola do almoço para ele. — Tome.

— Obrigado?

Daniel pegou a sacola e a abriu. Ele a vasculhou por dentro e achou um sanduíche de presunto esmigalhado em uma embalagem plástica com fatias de maçã e picles.

— Fatias de maçã? — perguntou Daniel enquanto segurava a embalagem para Harper ver. — O seu pai ainda está na escola?

— Ele tem colesterol alto — disse Harper, defensiva. — O médico quer que ele tome cuidado com o que come, então eu faço o almoço dele.

Daniel deu de ombros, como se não acreditasse nela ou não se importasse. Ele tirou tudo das embalagens plásticas com cuidado, e o sanduíche foi o mais difícil, pois estava incrivelmente amassado.

Depois que terminou, ele jogou toda a comida no estaleiro e amassou em uma bola o que restou do lixo.

— Ei! — berrou Harper. — Você não precisava desperdiçar isso!

— Eu não desperdicei — ele gesticulou para apontar para a doca, que agora estava coberta de gaivotas que disputavam a comida. — Eu alimentei os pássaros — Harper ainda não parecia satisfeita e ele riu disso.

— Acho que sim.

— Vamos sair do convés e conversar — sugeriu Daniel. — É mais fresco lá embaixo.

Ele desceu sem esperar os protestos de Harper. Ela parou por um minuto, relutante em acompanhá-lo. Mas estava calor lá fora e o sol não melhorava as coisas.

Quando Harper desceu atrás dele, percebeu que o barco não era tão sujo, e sim bagunçado, e isso a surpreendeu. Havia coisas espalhadas por todos os cantos, mas, em grande parte, isso acontecia porque o espaço era tão pequeno que realmente não havia lugar para colocar coisa alguma.

— Sente-se onde quiser — ele fez um gesto em torno de si.

A cama dele era o lugar mais vazio, mas ela não queria passar a ideia errada. Em vez disso, ela se encostou à mesa e preferiu ficar de pé.

— Eu estou bem.

— À vontade — Daniel sentou na cama e cruzou os braços. — Sobre o que você queria conversar?

— Ah... — Harper ficou sem palavras, porque ela realmente não sabia sobre o que queria conversar. Ela só sabia que queria conversar com ele. Não interessava o assunto.

— Gemma não tem aparecido ultimamente, se é isso que você está imaginando — disse Daniel, e Harper ficou aliviada por ele ter tocado em um assunto real, sem que ela ficasse apenas de boca aberta para ele.

— Ótimo. Ela não deveria estar em lugar nenhum, porque está de castigo. Mas isso não a tem impedido muito — Harper balançou a cabeça.

— Então ela ainda tem fugido para ir à baía? — perguntou Daniel, mas ele não soava surpreso. — Não dá para manter essa menina longe da água. Se eu não fosse esperto, acharia que ela era meio peixe.

— Bem que eu gostaria que ela só fosse para a baía — admitiu ela, cansada, e se recostou no assento. — Com isso eu consigo lidar. Mas eu nem sei mais o que ela está fazendo.

— Como assim?

— É tão bizarro. Aquelas garotas foram lá em casa ontem à noite para buscá-la, e...

— Que garotas? — perguntou Daniel. — Você quer dizer a Penn?

— É — ela concordou com a cabeça. — Elas vieram buscá-la e eu disse a elas para se mandarem. Mas Gemma insistiu em ir com as garotas, passou por mim com um empurrão e aí elas simplesmente foram embora.

— Ela foi junto por vontade própria? — ele arregalou os olhos. — Eu achava que ela tinha medo das garotas.

— Eu sei! Eu também!

— E aí, o que aconteceu? — perguntou Daniel. — Ela voltou para casa ontem à noite?

— Sim, ela voltou algumas horas depois — o rosto de Harper se contraiu em confusão e ela balançou a cabeça. — Mas não faz sentido nenhum. Ela saiu de casa com *shorts* e uma regata, e voltou em uma saída de praia que eu nunca tinha visto antes, completamente encharcada. Perguntei o que tinha feito, mas ela não quis me dizer.

— Pelo menos ela voltou bem para casa — disse ele.

— Sim — Harper suspirou, pensativa. — Ela não voltou para casa imediatamente. Primeiro parou na casa de Alex, o filho do vizinho, que é meio que o namorado dela, eu acho. Perguntei a ele se sabia o que está acontecendo e ele disse que não. Eu acredito nele, mas não sei se devo.

— Eu sinto muito — disse Daniel, e Harper ergueu o olhar, surpresa ao ver que ele estava sendo sincero. — Eu sei que é difícil quando alguém com quem você se importa age de forma impulsiva. Mas não é culpa sua.

— Eu sei — ela baixou o olhar. — E eu não sinto que seja culpa minha, mas... eu tenho de protegê-la.

— Mas você não consegue — Daniel se inclinou para a frente e apoiou os braços nos joelhos. — Não dá para proteger as pessoas de si mesmas.

— Mas eu tenho de tentar. Ela é a minha irmã.

Daniel passou a língua nos lábios e baixou o olhar. Quando ele apertou as mãos, um anel de prata espesso no polegar dele refletiu a luz. Ele ficou calado por um momento e Harper conseguia perceber que ele estava se esforçando para dizer algo.

—Você viu a tatuagem nas minhas costas? — perguntou Daniel, por fim.

— Sim. É difícil não vê-la.

—Você viu o que ela cobre?

—Você quer dizer as suas costas?

— Não. As cicatrizes — ele se afastou de Harper para que a tatuagem no seu ombro e nas costas ficasse na direção dela.

A pessoa que o tatuou tinha feito um ótimo trabalho. A pintura era espessa e negra, e somente ao olhar de perto ela viu que os galhos não eram sombreados para parecerem retorcidos e tortos. Eles foram desenhados assim, ao longo de várias e extensas cicatrizes.

Nem todos os galhos cobriam cicatrizes, e o tronco longo e espesso que acompanhava a coluna dele não parecia estar por cima de cicatrizes, mas eram longos o suficiente para mostrar que ele havia passado por alguma situação difícil.

— E bem aqui — ele virou a cabeça e mexeu no cabelo. A cerca de dois centímetros acima da linha do cabelo, enterrada debaixo de seu corte desgrenhado, havia uma cicatriz grossa e rosa.

— Ai, meu Deus — Harper sufocou um grito. — O que aconteceu?

— Quando eu tinha 15 anos, meu irmão mais velho, John, tinha 20 — Daniel sentou no banco e olhou pela janela. — Ele era impetuoso e irresponsável, e nunca olhava antes de pular. Ele simplesmente se jogava nas situações. E eu o acompanhava. A princípio, porque achava que ele era mais legal e corajoso e valente. Mas depois, conforme eu ficava mais velho, eu o acompanhava para poder segurá-lo. Meu avô tinha um monte de barcos, este era um deles — ele fez um gesto para a embarcação em torno de si. — Ele amava a água e achava que as crianças deveriam ser livres para correr por aí. Então, sempre que queríamos, podíamos sair com os barcos. Na noite em que arrumei isso — Daniel apontou para as cicatrizes —, John tinha ido a uma festa e eu fui com ele. Ele ficou bêbado, quero dizer, total e completamente bêbado. Isso não era incomum, porque John quase sempre estava bêbado. Ele tentou impressionar algumas garotas que estavam na festa e meteu na cabeça que, se as levasse para passear de barco, conseguiria o que queria. Eu fui junto porque ele estava muito bêbado, e eu sabia que ele não tinha como dirigir. Se eu o acompanhasse, poderia ficar no controle. Isso faria com que tudo ficasse bem. Então estávamos eu, John e as duas garotas em uma lancha pequena — ele suspirou e sacudiu a cabeça. — John não parava de acelerar. Eu disse a ele para ir mais devagar. As meninas estavam aos berros e eu tentei tirar os controles das mãos dele — Daniel engoliu em seco. — Ele foi direto para as rochas no fim da baía. O barco virou. Eu não sei exatamente o que aconteceu, mas eu estava sob o barco e a hélice me pegou — ele fez um gesto e apontou para as cicatrizes novamente. — John ficou inconsciente e eu não consegui encontrá-lo...

— Eu sinto muito — disse Gemma baixinho.

— As duas meninas sobreviveram, mas John... — Daniel balançou a cabeça. — Levou mais de uma semana até encontrarem o corpo dele, jogado na terra a três quilômetros dali. E não, eu não fiquei feliz por ele ter morrido. Nunca ficarei. Eu amava o meu irmão — ele olhou para Harper em seguida, com o olhar muito sério. — Mas nada do que eu fiz naquela noite o impediu de beber ou de entrar naquele barco. Não adiantou implorar, suplicar nem brigar, nada disso o salvou. Tudo isso só serviu para eu quase morrer.

— Gemma não é assim — Harper desviou dele o olhar. — Ela está passando por alguma coisa e precisa da minha ajuda.

— Eu não disse para você desistir ou parar de amá-la — Daniel sacudiu a cabeça. — Eu jamais sequer sugeriria isso, ainda mais no caso de Gemma. Ela parece ser uma boa menina.

— Então o que você quer dizer?

— Eu levei anos para aceitar o fato de que John ter morrido não foi culpa minha — ele relaxou os ombros. — Eu não sei se algum dia vou me perdoar de verdade pelo que aconteceu. Mas isso não significa que você deve se sentir da mesma maneira. O que estou tentando dizer é que você não pode viver a vida de uma pessoa por ela. As pessoas têm de fazer suas próprias escolhas e, às vezes, tudo que podemos fazer é aprender a conviver com elas.

— Humm — Harper soltou um longo suspiro. — Quando passei por aqui hoje, não sabia que receberia uma lição de vida tão profunda.

— Desculpe — Daniel parecia sem jeito e deu uma pequena risada. — Não foi minha intenção ficar todo... sombrio.

— Não, tá tudo bem — ela coçou a cabeça e sorriu para ele. — Eu acho que... acho que precisava ouvir isso.

— Ótimo. Fico feliz por ter ajudado — disse ele. — Então, o que fez você passar por aqui mesmo?

— Eu... — ela rapidamente considerou mentir, mas depois de Daniel ter sido tão honesto com ela, não havia como. — Eu realmente não sei.

— Você só queria me ver? — Daniel perguntou com um sorrisinho malicioso.

— Eu acho que sim.

— Você está com fome? — Daniel se levantou antes que ela pudesse responder.

Não havia muito espaço para andar no barco, então o simples ato de se levantar aproximou Daniel de forma desconcertante. Ele chegou mais perto e parou bem na frente dela, a poucos centímetros de tocá-la.

— Você quer alguma coisa? — perguntou Daniel enquanto Harper levantava o olhar para ele.

— O quê? — perguntou Harper, e ela não fazia a menor ideia do que ele havia perguntado. Ela se pegou estranhamente hipnotizada pelas manchas azuis nos olhos castanhos dele.

Para abrir a geladeira, Daniel teve de se curvar e se inclinar para o lado, e roçou em Harper enquanto fazia isso. Mesmo quando ele abriu a porta, manteve os olhos em Harper enquanto pegava duas latas de refrigerante.

— Você quer comer ou beber alguma coisa? — ele se endireitou e ofereceu uma lata para ela.

Harper a pegou e deu um sorriso esmaecido para Daniel.

— Obrigada.

Porém, Daniel não se mexeu e, em vez disso, ficou bem na frente dela. Quando um barco passou por perto em alta velocidade e provocou uma onda que os sacudiu, ele caiu um pouco para a frente. Ele se viu colocando um braço em cada lado de Harper. Conforme ele se apertava contra ela, Harper conseguia sentir o calor do peito nu de Daniel através do fino tecido da camisa dela.

— Desculpe — disse Daniel com a voz baixa, mas ainda assim ele não se afastou de Harper.

O rosto dele pairava logo acima do dela, e Harper conseguia sentir que Daniel se inclinava em sua direção, como se ela o atraísse para sua órbita. Os olhos dele procuraram os dela, e Harper não sabia dizer como nunca havia reparado na beleza dos olhos de Daniel.

Ele cheirava à loção bronzeadora e a xampu. Em algum lugar no fundo da mente, ela esperava que ele tivesse um odor almiscarado e suado. Em vez disso, o aroma de Daniel era curiosamente doce.

Através da camisa dela, era possível sentir os músculos lisos do peito e do abdômen dele e, de repente, uma vontade intensa de jogar os braços em torno de Daniel se apoderou de Harper.

Daniel fechou os olhos e, com seus lábios prestes a tocar os dela, Harper finalmente agiu seguindo seu impulso. Ou ao menos ela tentou.

Harper moveu a mão, na intenção de envolvê-lo com seu braço. Em vez disso, ela conseguiu apenas meter a lata de refrigerante gelada no flanco dele, o que o fez dar um pulo e se afastar dela.

— Desculpe — ela fez uma careta e sacudiu a cabeça. — Eu esqueci até mesmo que estava segurando o refrigerante.

— Não, está tudo bem — Daniel sorriu. — Só estava muito gelado.

Ele voltou a se aproximar dela, como se quisesse tentar beijá-la novamente, mas o clima foi quebrado, e Harper mais uma vez se lembrou de quão estúpido seria se envolver com ele.

— Eu deveria voltar ao trabalho — disse ela, e se afastou dele em direção à porta.

— Certo — Daniel colocou as mãos nos quadris e concordou com a cabeça. — É claro.

— Eu sinto muito — murmurou Harper, com um ar de desculpas.

— Não precisa. Você pode vir a hora que quiser. Minha porta está sempre aberta para você.

— Eu sei — Harper sorriu. — Obrigada.

Harper se levantou e voltou para o convés. Depois de ficar na penumbra da cabine, o sol a cegou. Ela apertou os olhos para ele e foi até a amurada.

Como Daniel se recusava a usar a prancha, teve de ajudá-la a descer para o cais de novo. Ele passou um braço ao redor de Harper para conseguir erguê-la sobre a amurada, mas, antes de fazê-lo, ele a segurou perto de si por um momento. Harper já estava com um braço em volta do ombro de Daniel preparada para quando ele a erguesse.

— Estou contente que você tenha vindo.

Então ele a levantou e a colocou com cuidado na doca. Ele ficou no convés do barco e observou enquanto ela se afastava.

17. Queda

Pela primeira vez em toda a sua vida, Gemma faltou ao treino de natação. Graças às suas novas habilidades de sirena, ela já era incrivelmente rápida na água. Além disso, Penn havia dito que elas precisavam partir em breve e, embora Gemma não tivesse certeza se iria junto ou não, realmente parecia que ela teria que deixar a equipe de natação.

Apesar de tudo isso, ela se sentia culpada. Gemma só havia faltado aos treinos quando era absolutamente necessário. O treinador ficaria decepcionado, e ela nunca quis deixá-lo na mão.

Quando acordou de manhã, ela se aprontou para o treino como fazia normalmente, mas, em vez de ir até lá, pedalou em volta do quarteirão e se escondeu no pequeno trecho de árvores até Harper e seu pai terem ido para o trabalho.

Depois que ela teve certeza de que eles tinham ido embora, voltou para casa. Ela precisava ver Alex de novo.

Depois que eles se beijaram na noite anterior, Gemma foi para casa e ouviu uns bons berros de Harper e Brian. Ambos estavam atônitos e furiosos com o seu comportamento recente. Gemma desejou poder explicar tudo a eles, mas soaria apenas como uma insanidade. Ninguém jamais acreditaria que ela era uma sirena, e muito menos entenderia a situação.

Por fim, eles a deixaram ir para a cama, mas ela ficou muito tempo acordada. Gemma sabia que precisava falar mais com Penn antes de poder realmente entender o que ela era. Mas isso não era exatamente o que manteve sua mente agitada até tarde da noite.

As garotas haviam dito a ela que ninguém conseguiria amá-la, que isso fazia parte da maldição. Talvez Alex ainda não a amasse, mas poderia conseguir. Se pudesse passar tempo suficiente com ele, Gemma tinha quase certeza de que Alex se apaixonaria por ela.

Se as sirenas estivessem erradas quanto a isso, então talvez estivessem erradas quanto a outras coisas. Por exemplo, talvez ela não precisasse abandonar sua família ou sua vida. Mesmo com toda a gritaria de Harper e de seu pai na noite anterior, o coração dela se partia ao sequer pensar em deixá-los. Gemma sabia quanto eles a amavam.

Quando beijou Alex na noite anterior, ela estava prestes a desistir, mas não conseguia. Talvez não significasse nada Alex gostar dela, mas Gemma tinha de tentar. Ele disse que ela era a pessoa mais determinada que havia conhecido, e ele estava certo. Ela tentaria de tudo antes de ir embora com as sirenas.

Gemma tentou bater na porta dos fundos de Alex, mas ele não respondeu, e ela teve de tomar medidas mais drásticas.

A mãe dele tinha uma treliça coberta de trepadeiras floridas que crescia na lateral da casa. Aquilo provavelmente não era resistente o suficiente para aguentar o peso dela, mas Gemma subiu mesmo assim.

Uma das placas estalou debaixo de seus pés, mas ela recuperou sua posição rapidamente. A videira fez um pequeno corte em seu dedo, mas, fora isso, a escalada foi surpreendentemente bem. No momento em que ela subiu no telhado perto da janela de Alex, no segundo andar, o corte já havia cicatrizado.

Gemma espiou pela janela dele e tudo estava exatamente como ela esperava. Alex estava sentado com o laptop na mesa, usando fones de ouvido e batucando no ritmo de uma canção que ela não conseguia ouvir. Com base no estado do cabelo dele, todo arrepiado para cima, e seu traje composto apenas de cuecas *boxer*, ela imaginou que Alex não havia levantado há muito tempo.

Por alguns minutos, ela se contentou em apenas observá-lo. A maneira nerd e totalmente fora de ritmo como ele dançava, e como de vez em quando ele soltava um trecho da letra, que soava como uma velha música do Run-D.M.C.

O comportamento ridículo de Alex foi sobreposto pela forma como ele ficava surpreendentemente sexy sem camisa. Sempre que Alex se mexia, ela conseguia ver os músculos das costas e dos braços dele por baixo da pele bronzeada.

— Alex — ela bateu com os nós dos dedos no vidro e o assustou tanto que ele saltou da cadeira.

— Gemma! — Alex engasgou e arrancou os fones de ouvido. — O que você está fazendo no meu telhado?

— Você não atendeu a porta. Posso entrar?

— Humm... — ele coçou a sobrancelha enquanto olhava para ela por um momento, como se não entendesse o que estava acontecendo. — Sim. Claro.

Ele se aproximou e abriu a janela para ela, mas aquela não era exatamente a reação que ela esperava. Talvez Gemma tivesse cometido um erro ao aparecer sem ser chamada.

— Desculpe — disse Gemma enquanto subia até o quarto dele. — Não tive a intenção de incomodá-lo.

— Não, você não me incomodou — ele balançou a cabeça e começou a arrumar o quarto apressadamente.

—Você não precisa fazer isso só porque eu estou aqui.

Alex a ignorou e continuou a pegar as meias sujas e as revistas de tecnologia que bagunçavam o quarto que, na verdade, não estava tão desarrumado assim. Ele era um rapaz relativamente organizado. Tirando a pilha de jogos de X-Box e as latas vazias de refrigerante, era um quarto bastante limpo.

— Quer saber, Gemma, eu sinto muito. Não consigo fazer isso — Alex parou de repente o que estava fazendo enquanto segurava um monte de roupas sujas nos braços. Ele esfregou os olhos e balançou a cabeça. — O que você está fazendo aqui? O que está acontecendo com você?

— Eu queria ver você — disse Gemma com simplicidade.

— Não, eu não falo somente de agora, mas... — ele arrumou as roupas em uma pilha ao lado da porta e se virou para encará-la com as mãos nos quadris. — O que aconteceu ontem à noite? Harper disse que você simplesmente saiu com aquelas garotas estranhas e bonitas, e depois veio à minha casa toda molhada porque precisava saber se eu gosto de você.

— Eu sinto muito por isso — disse Gemma, mas ele estava inconformado.

— E na outra noite, você desapareceu *de novo* com aquelas garotas estranhas e bonitas! Harper achou que você tinha morrido. Você sabe que está assustando à beça a sua irmã e você não é assim. E depois, quando passei na sua casa na terça-feira e... — ele baixou o olhar, e suas bochechas ficaram levemente coradas. — E a gente deu uns amassos. Foi gostoso e tudo o mais, mas aquilo... não parecia nada com seu jeito. Eu nem sei se era eu.

— Eu sei, eu sei — Gemma suspirou. Ela queria contar tudo para ele, mas como conseguiria? Como alguém poderia acreditar no que ela tinha a dizer?

— O que está acontecendo? — perguntou Alex, e o desespero na voz dele atingiu o coração de Gemma.

—Você confia em mim?

— Sinceramente? — ele levantou a cabeça e olhou-a nos olhos. — Poucos dias atrás, eu teria respondido sim sem pestanejar. Mas, depois do que aconteceu ultimamente, eu não sei.

— Eu nunca menti para você — em seguida, ela sacudiu a cabeça. — Quero dizer, talvez eu tenha mentido quando era uma menininha, mas não menti desde que começamos a sair. E não vou mentir. E eu sei que tudo está muito louco e não sei como explicar isso para você.

— Você poderia ao menos tentar — sugeriu Alex.

— Eu acho que não consigo.

— O problema sou eu? — perguntou ele. — Ou, quero dizer, somos nós?

— Não, não! — Gemma balançou a cabeça enfaticamente.

— Porque foi só isso que mudou. Você estava normal até começarmos a nos envolver.

— Não — ela se aproximou de Alex e colocou as mãos em seu peito para convencê-lo. — Não, não é mesmo nada com você. Você é a única coisa que está me mantendo lúcida.

— Por quê? — ele olhou para Gemma, mas não esticou a mão para tocá-la como ela esperava que fizesse. — Como foi que eu, assim do nada, virei o seu apoio na normalidade?

— Porque sim. Acho que você é a única pessoa que me vê como eu realmente sou.

— Gemma — ele respirou fundo, penteou os cabelos dela para trás e prendeu atrás da orelha uma mecha solta. Algo passou pela cabeça de Alex e ele olhou em volta. — Peraí. Que horas são? Por que você não está no treino de natação?

Ela deu um sorriso tímido para ele.

— Eu precisava ver você.

— Por quê? — ele sacudiu a cabeça. — Não é que eu não queira passar mais tempo contigo, mas você nunca falta aos treinos. Você ama nadar mais do que tudo no mundo.

— Bem, nem tudo — ela baixou o olhar e deu um passo atrás para que pudesse se sentar na cama dele. — Eu sei que você está inseguro, mas poderia simplesmente confiar em mim?

Ele apertou os olhos, com medo do rumo que a conversa tomava.

— Como?

— Me deixe passar um dia com você. Só um dia.

— Gemma — ele riu um pouco e balançou a cabeça. — Eu quero passar todos os dias com você. Por que hoje é tão importante?

— Eu não sei — ela deu de ombros. — Talvez não seja.

— Você anda tão enigmática ultimamente.

— Desculpe.

— Tudo bem — ele coçou a nuca e depois se sentou na cama ao lado dela. — Então o que você quer fazer hoje?

— Bem... você poderia me ensinar alguns desses passos de dança impressionantes que estava fazendo antes — ela tentou imitar alguns movimentos.

— Ah, isso é muito cruel — Alex fingiu estar ofendido. — Aqueles eram os meus passos de dança particulares e você me assustou ao me vigiar no telhado. Eu devia chamar a polícia e denunciar sua espionagem.

— Ah, fala sério — Gemma se levantou e fez versões horrivelmente exageradas de como ele estava dançando. — Manda ver.

— Não, jamais — ele riu das tentativas de Gemma de copiá-lo.

Ela continuou, e Alex a agarrou pela cintura e a puxou de volta para a cama. Ela começou a rir, e ele a empurrou para baixo a fim de ficar apoiado sobre ela. Os braços de Alex eram fortes em torno dela, e Gemma nunca havia se sentido tão próxima de Alex.

Ele se abaixou e a beijou, o que fez o coração dela disparar. Gemma ficou com uma sensação de calor que começava na barriga e se espalhava pelos dedos.

Quando nadava na baía como uma sirena, ela achava aquilo a coisa mais incrível que já havia sentido. Mas deitada ali, enquanto beijava Alex, ela percebeu que estava errada. O modo como ele a fazia se sentir era muito melhor, porque não era uma maldição mágica e maluca. Isso era real.

— Tá bom — disse Alex, ainda pairando sobre ela. — Eu acho que posso mostrar alguns passos para você.

De repente, ele se levantou e pegou as mãos dela para colocá-la de pé. Alex fez alguns movimentos ridículos. Gemma tentou se juntar a ele, mas estava rindo demais. Alex passou um braço em volta da cintura dela e a puxou para si em uma valsa exagerada.

Eventualmente, os dois desabaram de volta na cama, rindo. E foi ali que eles passaram o resto da tarde. Deitados na velha cama de solteiro dele enquanto riam e conversavam. Eles se beijavam de vez em quando, mas, na maior parte do tempo, simplesmente ficavam deitados juntos.

O clima ficou nebuloso quando Alex contou a ela quanto estava preocupado com seu amigo Luke. Eles não eram assim tão próximos, mas ele sempre gostou de Luke. Sem olhar para Gemma, Alex desajeitadamente admitiu que o assustava que alguém simplesmente desaparecesse assim, sem deixar pistas.

Gemma fez o melhor que pôde para consolá-lo, segurando a mão de Alex e garantindo a ele que tudo acabaria bem.

Depois disso, Alex tentou aliviar o clima. Para decepção de Gemma ele vestiu uma camiseta, mas provavelmente foi melhor assim, pois ela achava difícil se concentrar em outra coisa quando ele estava sem.

Alex a alegrou com histórias de sua adolescência desajeitada e contou situações que a fizeram rir tanto que a barriga dela doeu. Para o almoço, ele fez sanduíches de manteiga de amendoim e batatas fritas, que também foram comidos na cama, espalhando migalhas por todo o lençol dos Transformers.

Em certo momento, ele pediu desculpas pelo lençol, insistiu que o tinha desde os 11 anos e que estava em bom estado, então não havia motivo para jogá-lo fora. Gemma sorriu e concordou com a cabeça, mas, na verdade, ela achava muito fofo que Alex fosse nerd.

Por algum tempo, eles apenas ficaram ali, sem dizer muita coisa. Eles estavam deitados lado a lado e olhavam para o teto, mas ligeiramente virados um para o outro, para que as laterais de seus corpos se tocassem. Alex segurava a mão dela e, às vezes, a apertava com tanta força que Gemma conseguia sentir os batimentos cardíacos dele entre os dedos, no mesmo ritmo.

Ela se virou e se aconchegou mais perto dele, descansando a cabeça em seu peito. Ele colocou o braço ao redor dela e a abraçou. Ele beijou o topo da cabeça dela e depois respirou profundamente.

— Você sempre tem o cheiro do mar — disse ele com a voz tranquila.

— Obrigada.

Ele colocou seu braço em torno dela e a apertou ainda mais contra si, mas era um aperto bom. Ele a fazia se sentir mais protegida.

— Eu não sei o que está acontecendo com você e não sei por que não pode me contar. Eu gostaria que você pudesse falar. Mas, seja lá o que for, eu vou estar ao seu lado. Não importa as coisas pelas quais você esteja passando, eu estou aqui. Quero que você saiba disso.

Gemma não disse nada. Ela apenas fechou os olhos e se agarrou a Alex com toda a força que pôde. Naquele momento, ela jurou que nada no mundo a afastaria dele. Nem mesmo sirenas ou maldições milenares.

18. Descobertas

A PAREDE ENTRE ELAS ERA QUASE VISÍVEL. SEMPRE QUE HARPER tentava falar com a irmã, Gemma se fechava. Também não importava o assunto da conversa. Gemma simplesmente não queria dizer nada a ela.

Depois da conversa que teve com Daniel no barco, Harper quis abordar a relação de um ângulo diferente, mas era como se Gemma não quisesse nenhum tipo de relacionamento.

As coisas não melhoravam muito mesmo quando Brian voltava para casa. As conversas no jantar eram formais e tensas. A triste verdade é que era realmente um alívio quando Gemma pedia licença e ia para o quarto dela.

Harper tinha uma folga no dia seguinte, então levou Gemma para o treino de natação. O carro dela ainda não havia sido consertado e, da maneira como ela vinha se comportando nos últimos tempos, Brian não tinha a intenção de consertá-lo tão cedo. No entanto, Gemma não parecia se importar tanto com isso. Aliás, Gemma não parecia se preocupar com muita coisa no geral.

Depois de deixá-la no treino, Harper fez algo que nunca pensou que faria: bisbilhotou as coisas de Gemma. De certa forma, Harper quase teve esperanças de encontrar drogas. Pelo menos isso explicaria o que estava acontecendo.

Mas, além de uma estranha escama verde enroscada nos lençóis dela, Harper não encontrou nada. No que dizia respeito ao quarto, Gemma não mudara.

Gemma podia não estar mais conversando com ela, mas Harper tinha de conversar com alguém. Com um suspiro, foi até a porta ao lado para falar com o rapaz que ela ainda considerava um de seus melhores amigos.

— Oi — disse Harper quando Alex abriu a porta da frente.

Ele se recostou na porta, a camiseta esticada sobre seu peito largo de um jeito com o qual Harper ainda não havia se acostumado inteiramente.

Alex sempre fora alto e magro até o início do último ano, quando passou por um estirão de crescimento um tanto milagroso e, embora Harper não ligasse — não como Gemma ou alguma das garotas na escola começaram a ligar —, ainda era estranho para ela que Alex fosse tão atraente.

Felizmente, Alex também parecia não perceber isso. Ele não tinha descoberto que havia passado de nerd para gostoso, e isso era bom. Harper não achava que conseguiria ser amiga de Alex se ele tivesse desistido das noites de videogame para correr atrás de líderes de torcida.

— Oi — disse ele. — Gemma não está aqui.

— Eu sei. Ela está no treino de natação — Harper balançava para a frente e para trás sobre os calcanhares. — Uau. Acabei de perceber como isso é triste.

— O quê? — perguntou Alex.

— O único momento em que ainda conversamos é quando estou à procura da minha irmã — ela esfregou a nuca e desviou o olhar de Alex.

— É, eu acho que é assim — concordou ele.

— Posso ser sincera com você?

— Eu sempre achei que você fosse.

— É estranho para mim que você namore a minha irmãzinha — admitiu Harper, as palavras dela saindo de um só fôlego. — Quero dizer, eu nunca gostei de você, não dessa forma, você sabe. Mas... você é meu amigo e ela é minha irmã mais nova. E agora você gosta dela — Harper sacudiu a cabeça. — Eu não sei. É esquisito para mim.

— Sim — ele meteu as mãos nos bolsos e baixou o olhar para os degraus. — Eu sei. E acho que deveria ter falado com você sobre isso antes de chamar Gemma para sair.

— Não, não — Harper acenou com as mãos. — Você não precisa da minha permissão nem nada. Eu só... É estranho estar com você quando Gemma não está por perto. É como se eu a estivesse traindo ou coisa do tipo.

— Não, eu entendo — ele concordou com a cabeça. — Porque você é uma garota, mesmo que seja uma garota por quem nunca me interessei.

— Certo. É. Fico contente que você entenda.

— É, eu também.

— Mas... eu acho que o lance é que você é meu amigo — Harper mexia com o anel em seu dedo, girando-o. — E eu quero ser sua amiga de novo.

Por um momento, Alex olhou para ela com uma expressão confusa.

— Eu não sabia que tínhamos deixado de ser amigos.

— Não deixamos, não de verdade, mas faz tempo desde a última vez que passamos um tempo juntos — disse ela. — Acho que a última vez foi logo após a formatura e isso foi há semanas.

— Então… você quer passar um tempo comigo? — perguntou Alex.

— Sim — ela concordou com a cabeça uma vez. — Eu quero.

— Tipo agora?

— Se você não estiver ocupado.

— Não estou — ele se afastou. — Você quer entrar ou algo assim?

— Na verdade, você quer dar uma volta? Eu realmente preciso de ar fresco.

— Er... claro. Sim — ele olhou ao redor, como se achasse que havia se esquecido de alguma coisa, e depois saiu e fechou a porta atrás de si. — Vamos.

Eles andaram quase dois quarteirões inteiros antes que um deles dissesse alguma coisa. Harper tentou falar algumas vezes, mas só conseguiu produzir sons e apertar os olhos para o sol. Ela achou que um passeio facilitaria as coisas, porque haveria movimento para distraí-los.

Na realidade, ela não entendia por que as coisas estavam tão estranhas entre eles, e colocou parte da culpa em Alex, já que ele ficava apreensivo em situações normais. Mas boa parte era culpa dela também. Ela ficava nervosa perto dele.

— Então — disse Harper, finalmente. — Como vai o seu verão?

— Bem, eu acho — ele sacudiu a cabeça. — Quero dizer, tirando o que aconteceu com Luke.

— Ah, é — ela fez uma expressão triste e olhou para ele a fim de tentar descobrir quanto isso chateava Alex, mas ele apenas olhou para o chão. — Eu fiquei sabendo. Sinto muito.

— Não precisa se desculpar. Não é culpa sua — ele chutou uma pedra. — Eu me sinto tão mal pela família dele e tudo o mais.

— É, eu imagino. Deve ser muito difícil.

— A mãe dele me ligou aos prantos na terça-feira e perguntou se eu sabia alguma coisa a respeito, e aí os policiais me interrogaram no dia seguinte — Alex ficou calado por um minuto, então Harper estendeu a mão e tocou no ombro dele com delicadeza. — Eu não sabia o que dizer a eles. Eu não sei onde ele está.

Enquanto caminhava com Harper e seu cabelo escuro caía como uma cascata sobre a testa, ele parecia o mesmo de quando tinha 12 anos e seu amado cachorro foi atropelado por um carro. Por baixo do novo exterior atraente, ele era o mesmo doce Alex.

Uma pontada de culpa atingiu o coração dela. Logo que descobriu que Luke havia desaparecido, Harper deveria ter conversado com Alex para saber como ele estava. Em vez disso, ela estava envolvida demais em seu próprio drama e ignorou seu amigo mais antigo.

— Eu sinto muito mesmo — disse Harper novamente, mas, dessa vez, ela se desculpava por não o ter apoiado.

— Tudo bem. Tenho certeza de que ele vai aparecer — Alex respirou fundo e balançou a cabeça. Em seguida, olhou para Harper e forçou um sorriso. — E você? Como vai o seu verão?

— Ah, bem legal — disse ela, sem saber se isso era verdade ou não. Até então, tudo parecia um pouco caótico.

— Você está saindo com alguém? — perguntou Alex.

— O quê? — a pergunta a surpreendeu e ela tropeçou em uma rachadura na calçada, porque não estava prestando atenção. — Por que eu estaria saindo com alguém?

— Eu não sei — ele deu de ombros. — Gemma falou algo sobre um cara em um barco.

— O quê? — Harper balançou a cabeça rapidamente e desviou o olhar, na esperança de que Alex não percebesse que suas bochechas haviam corado. — Daniel? Não, ele é só... ele é... não. Sem chance. Quero dizer, eu vou embora daqui a alguns meses. E, com tudo o que vem acontecendo com Gemma, não tenho tempo para isso. Então. Não. Não estou saindo com ninguém.

— Ah — ele fez uma pausa. — Sim. Faz sentido.

— Sim — Harper mordeu o lábio e girou o anel de novo. — Como... e, como vão as coisas entre você e Gemma?

— Bem — ele concordou com a cabeça. — Ótimas.

— Bom saber — ela soltou um suspiro profundo e olhou para o céu, desejando que algumas nuvens aparecessem e encobrissem o sol.

— Na verdade... — ele parou de andar e olhou para Harper. — Sinceramente, eu não faço ideia de como estão as coisas com Gemma.

— É mesmo? — perguntou Harper, e torceu para não parecer muito ansiosa por informações. — Por quê? Como assim?

— Eu não sei — ele passou a mão pelos cabelos e sacudiu a cabeça, depois voltou a caminhar. — Eu provavelmente não deveria nem estar falando com você sobre isso.

— Não! Quero dizer, é claro que deve — ela acelerou o passo para alcançá-lo. — Nós somos amigos.

— Você promete que não vai contar nada a ela? — perguntou Alex.

— Eu prometo — em seguida, Harper sacudiu a cabeça. — Nós nem estamos nos falando agora, então não vai ser muito difícil.

— Vocês têm brigado? — perguntou Alex e pareceu genuinamente angustiado. Sinto muito por isso. Eu não sabia.

— Não, nós não temos exatamente brigado. Eu só acho que ela... — Harper fez um gesto com a mão. — Não importa o que eu penso. Você me falava sobre você e ela.

— Ah, é, é verdade.

Antes que Alex dissesse algo mais, Harper apontou para uma trilha que cortava o parque e dava na floresta.

— Vamos por aqui. Vai ser mais legal.

Era uma área densamente arborizada, cheia de ciprestes e bordos. A trilha que passava por ali não era oficial, mas tinha se formado pelo desgaste das crianças que cortavam o caminho até a baía. Na verdade, ela ia direto até a água, então os mosquitos seriam muito piores, mas valeria a pena ficar longe do sol.

— O lance com a Gemma é que... — Alex balançou a cabeça e parecia se esforçar para encontrar as palavras certas. — Eu gosto dela. Gosto mesmo. De verdade.

— Eu sei — Harper assentiu enquanto caminhavam entre as árvores.

— E eu acho que ela gosta de mim. Bem, tenho quase certeza, de qualquer forma.

— Não, ela definitivamente gosta de você.

— É mesmo? — ele ergueu bruscamente a cabeça e deu um pequeno sorriso, parecendo estar aliviado. — Que bom.

— Você não consegue perceber? — Harper sorriu com ironia.

— Aí é que está. Às vezes fica bem óbvio que ela está a fim de mim. E aí, em outros momentos, é como se ela nem estivesse ali. — Ele olhou para Harper. — Entende o que quero dizer? Ela está com você, mas a mente dela está a milhares de quilômetros de distância.

— É, eu entendo perfeitamente o que você quer dizer.

— E agora toda essa coisa com aquelas garotas esquisitas — ele sacudiu a cabeça. — Ela não quer me dizer o que faz ou por que continua saindo com elas.

— Ela não quer contar para você? — perguntou Harper, sem se preocupar em esconder a decepção na sua voz.

— Não — ele olhou para ela. — Ela também não quer falar para você?

— Ela não conversa sobre mais nada comigo, lembra?

— Ah, é — disse Alex. — E aquelas garotas são tão... assustadoras.

— Eu sei — concordou Harper, ao se lembrar de como elas haviam deixado Gemma na praia. — Elas são do mal, definitivamente.

— Eu não duvido. E Gemma não é má. Realmente não é. Então eu não sei o que ela está fazendo.

— Eu sei! Não faz sentido nenhum! — Harper estava animada por ter com quem conversar a respeito, alguém que realmente conhecia e entendia tanto ela quanto Gemma. — Eu só queria que nada disso estivesse acontecendo agora.

— Como assim?

— Eu vou para a faculdade no fim de agosto e aí vão ser somente Gemma e meu pai — ela sacudiu a cabeça. — E agora ela está toda rebelde e louca, e em breve não vou estar por perto para lidar com ela.

Alex não respondeu nada, provavelmente porque Harper tinha acabado de lembrar a ele que o tempo que ele tinha com Gemma também era limitado.

Conforme a trilha se aproximava da baía, os mosquitos ficavam maiores e formavam enxames em torno deles. Harper sacudia a mão e tentava espantá-los.

— Os insetos estão impossíveis este ano — comentou Alex, e Harper teve de concordar.

As árvores começaram a emitir um zumbido com o ruído deles. No entanto, isso não fazia sentido, porque seria necessário um enxame muito mais maciço de mosquitos para fazer um barulho tão alto. Então, Harper percebeu que não eram mosquitos. Moscas enormes e pretas pairavam em uma nuvem um pouco afastadas da trilha, onde samambaias e ervas daninhas cobriam uma área rochosa perto do oceano.

— Eca — gemeu Alex. — Que cheiro é esse?

— Eu não sei — ela torceu o nariz. — Parece... peixe podre, mas é diferente.

Na verdade, ela havia começado a sentir um cheiro fraco assim que entraram no mato, mas não tinha pensado muito nisso. Em um dia quente como aquele, não era incomum perceber o cheiro de peixe que o vento trazia das docas.

Mas agora ele estava quase insuportável.

Harper parou de andar, mas Alex caminhou alguns passos adiante dela antes de parar e se virar. As moscas ficavam cada vez maiores e ambos sacudiam as mãos para matá-las.

— Isso é nojento — disse Harper enquanto abaixava a cabeça para evitar engolir um inseto. — Eu acho que prefiro pegar o caminho quente e abafado do que lidar com esses insetos. Vamos voltar.

— Tá bom, boa ideia — ele começou a caminhar de volta para encontrá-la, mas parou de repente.

— O que foi? — perguntou ela.

Ele olhou para o chão, aparentemente paralisado. Os insetos que se aglomeravam ao redor deles não pareciam sequer incomodá-lo. Harper estava prestes a perguntar a ele mais uma vez o que estava acontecendo, mas ele se abaixou e pegou algo do chão. Era algo pequeno e verde à beira do caminho, esmagado na terra, o que o tornava quase invisível.

— O que é isso? — perguntou Harper e foi até Alex.

Alex limpou a sujeira e então Harper pôde ver. Ela ainda não entendia o que aquilo era exatamente, exceto que parecia ser algum tipo de anel, mas as mãos de Alex começaram a tremer.

— É um anel do Lanterna Verde — ele o virou para a luz. — Luke fez seus pais darem a ele isso aqui em vez de um anel de formatura. Ele nunca o tira.

— Talvez tenha caído enquanto ele dava um passeio ou algo assim — sugeriu Harper para tentar aliviar o medo de Alex.

— Ele *nunca* o tira — repetiu Alex e começou a procurar em volta. — Ele esteve aqui. Algo ruim aconteceu com ele aqui.

— A gente deveria chamar a polícia — ela matou outra mosca com a mão, mas Alex estava alheio aos insetos agora.

Os olhos dele estavam presos na nuvem de moscas a alguns metros da trilha. Ele se virou e caminhou em direção a elas, sem pensar nas heras venenosas ou nas silvas que cobriam o chão da floresta.

Apesar de suas reservas — mais provavelmente por causa delas — Harper foi atrás de Alex. Assim que ele encontrou o anel, ela sentiu algo no fundo do estômago. Um aperto doentio. Assim como Alex, ela percebeu na mesma hora que algo estava errado, que Luke não estava bem.

Alex parou quando o viu, mas, por motivos que ela não entendia, Harper deu alguns passos para a frente, como se quisesse ver melhor. Na realidade, ela não queria olhar. Harper queria esquecer assim que o viu, mas aquilo já estava gravado em sua memória, e certamente assombraria seus pesadelos por muitos anos.

Luke estava a poucos metros de distância, ou pelo menos Harper achava que era ele, com base no cabelo ruivo na cabeça. As roupas dele estavam manchadas de sangue castanho escuro. Havia tanto sangue acumulado em alguns lugares que parecia mais uma geleia seca do que sangue.

O rosto e os membros dele pareciam intactos, exceto pelos insetos que o encobriam. Uma massa branca e espessa se derramava para fora da boca, e as pálpebras fechadas se movimentavam com criaturas vivas debaixo delas.

O corpo dele havia sido aberto do peito até a virilha. O primeiro pensamento de Harper foi que parecia que uma granada tinha explodido dentro dele. Por causa de todas as larvas, ela não conseguia ver bem o suficiente para ter certeza, mas parecia que todos os órgãos internos de Luke haviam sumido.

Havia outro corpo quase ao lado do de Luke, mas em situação ainda pior, aparentemente estava ali havia mais tempo. Os insetos e os animais realmente o haviam maltratado, mas, pelo que Harper conseguia ver, parecia que ele tinha sido deixado no mesmo estado de Luke: com o tronco rasgado ao meio.

A poucos metros de distância dali, Harper só conseguia ver uma perna projetada entre as plantas daninhas. Se não fosse pelo velho tênis Reebok no pé, ela não conseguiria ter certeza ao menos de que era uma perna. Ela teria achado que era simplesmente um pedaço de madeira podre.

A verdade perturbadora era que Harper poderia ter passado o dia todo ali, observando os corpos, se Alex não tivesse se virado e corrido de volta para a trilha.

— Alex! — gritou Harper e correu atrás dele.

Assim que ele chegou à trilha, Alex se curvou e vomitou. O estômago de Harper ficou embrulhado, mas ela conseguiu manter a comida no lugar. Harper ficou ao lado de Alex e esfregou suas costas. Mesmo depois de ter parado de vomitar, ele permaneceu curvado por um minuto.

— Desculpe — ele limpou a boca com a parte de trás do braço e se levantou. — Eu não queria contaminar a cena do crime.

— Provavelmente foi uma boa ideia — concordou ela com a cabeça. — A gente deveria procurar ajuda.

Eles começaram a descer pela trilha, mas logo depois a caminhada se transformou em uma corrida. Eles correram por todo o caminho até a delegacia no centro da cidade, como se pudessem superar a morte.

19. Uma saída

GEMMA TINHA IDO AO TREINO DE NATAÇÃO PORQUE HAVIA decidido tentar esta vida, a sua vida. Passar a tarde do dia anterior com Alex havia consolidado a crença de que ela não conseguiria se afastar de tudo isso ainda. Ela tinha ao menos de buscar encontrar uma maneira de fazer isso funcionar.

No entanto, era difícil dormir. Ela ficava acordada, tossindo e se revirando a noite inteira. O oceano chamava por Gemma, quase como uma canção. As ondas clamavam por ela e toda a sua energia foi consumida para ignorar a força do chamado.

Pela manhã, o treinador Levi foi rígido com ela por ter faltado a tantos treinos naquela semana, mas as suas marcas foram tão incríveis que ele não poderia reclamar demais. No entanto, nadar na piscina não era mais tão divertido quanto costumava ser.

O cloro irritava a pele de Gemma. Não que tivesse provocado erupções, mas ela quase conseguia sentir a fricção em sua carne, como se esfregassem uma estopa que provocava coceira. Ela mal podia esperar que o treino terminasse.

Na verdade, graças à sua velocidade fantástica, ela conseguiu convencer o treinador a deixá-la ir embora mais cedo. Como Harper a havia deixado lá pela manhã, provavelmente também pretendia buscá-la. Mas não era isso que Gemma queria. Ela precisava ir encontrar as sirenas.

O problema era que ela não sabia exatamente onde as sirenas ficavam. Gemma imaginou que o mar as chamava como fazia com ela, então provavelmente não estavam muito longe da baía.

Harper estava de folga naquele dia e Gemma não tinha ideia do que ela estava tramando, então teve de se esgueirar pela cidade. Era difícil ser discreta, mas ela tentou evitar os lugares habituais de Harper, como a biblioteca ou o estaleiro.

A caminho da água, Gemma se deparou com as sirenas. Ela pretendia passar pelos ciprestes para chegar à costa rochosa, onde não havia muita gente, para que pudesse nadar até a enseada, mas só chegou até a praia.

Estava quente, então a praia estava lotada, tanto de turistas quanto de nativos. Ainda assim, não foi tão difícil achar as sirenas. Gemma estava na colina verdejante atrás da praia enquanto olhava para a baía, e conseguiu encontrar facilmente as três garotas no meio da multidão.

Todas usavam biquínis que mostravam seus amplos atributos. Penn estava deitada de bruços sobre uma toalha de praia. Lexi estava sentada, apoiada nos cotovelos, e flertava com um homem mais velho que estava de pé ao lado dela. Em seu estilo usual, Thea parecia entediada com tudo e lia uma cópia desgastada de *A hora do vampiro* enquanto relaxava em uma cadeira de praia.

Gemma teve de empurrar as pessoas na praia para chegar até a multidão, apesar de perceber que não precisava empurrar muito. Na verdade, a multidão começou a abrir caminho para ela, como sempre parecia fazer para Penn e suas amigas.

As pessoas já começavam a tratá-la como uma das sirenas, como se pertencesse ao grupo delas.

— Você está tapando a luz — disse Penn sem olhar para cima. Gemma ficou na frente dela e lançou uma sombra em toda a sua volta.

— Eu preciso conversar com você — Gemma cruzou os braços e olhou para elas.

— Ei, Gemma — Lexi se virou a fim de olhar para ela e usou a mão como uma viseira contra o sol. — Você está ótima hoje.

— Obrigada, Lexi — disse Gemma casualmente, mas manteve o foco em Penn. — Você me ouviu?

— Sim, você precisa conversar — Penn não havia se mexido na toalha. — Então vá em frente. Fale.

Gemma olhou em volta. As pessoas estavam envolvidas em atividades, como se bronzear, ler ou construir castelos de areia, então não era como se estivessem apenas sentadas, observando as sirenas. No entanto, elas estavam muito próximas, muito aglomeradas, e continuavam a olhar, incapazes de ignorar as sirenas por mais que tentassem.

— Não aqui — disse Gemma, baixando a voz.

— Então acho que nós vamos conversar depois — Penn disse a ela.

— Não. Eu preciso conversar *agora*.

— Bem, *agora* eu estou ocupada — Penn finalmente levantou a cabeça para encará-la. — Então a conversa terá de esperar, não é?

— Não — Gemma sacudiu a cabeça. — Eu não vou a lugar nenhum a não ser que você venha comigo.

Thea soltou um suspiro ruidoso.

— Penn, vá conversar com ela. Não vamos ter sossego até você ir.

— Se eu for, todas vamos — Penn lançou um olhar para Thea, que soltou um estalo desdenhoso e revirou os olhos.

— Está bem. Então acho que acabamos aqui — Thea fechou o livro e o enfiou sem cuidado em sua bolsa de praia. — Vamos, Lexi, vamos levantar âncora.

— O quê? — Lexi parecia confusa. — Nós não vamos voltar? — quando Thea começou a se levantar, ela acenou com a mão. — Não, nós vamos voltar. Alguém pode tomar conta das nossas coisas — ela se virou para o homem mais velho sentado ao lado dela. — Você poderia ser um querido e tomar conta das nossas coisas até a gente voltar? Não vamos passar muito tempo fora.

— Sim, é claro, sem problemas — ele sorriu apaixonadamente para Lexi e concordou com a cabeça.

— Obrigada — Lexi devolveu o sorriso, depois se levantou e limpou a areia das pernas. — Tá bom. Estou pronta.

Penn e Thea se levantaram mais lentamente do que Lexi, e Penn abriu caminho pela praia. Meia dúzia de rapazes as saudou conforme as garotas se afastavam, mas apenas Lexi respondeu a eles. Gemma, que também chamava a atenção masculina para si, não estava acostumada com tantos olhares e descobriu que não gostava deles.

Elas foram para uma área rochosa que se projetava na baía, não exatamente para os ciprestes, mas longe o suficiente para ficarem longe da visão da multidão na praia.

Assim que chegaram lá, Thea tirou a parte de baixo do biquíni e entrou na água. De onde estava, Gemma não conseguia ver as pernas dela se transformarem em uma cauda, mas sabia que isso aconteceria.

— Vamos dar um mergulho? — sugeriu Lexi, e tirou a parte de baixo do próprio biquíni.

— Não, eu não quero nadar — mentiu Gemma. — Eu só quero conversar.

O biquíni de Lexi estava logo abaixo dos quadris e ela fez uma pausa enquanto olhava para Gemma e para Penn, que simplesmente olhou para Gemma por um minuto enquanto debatia o que pretendia fazer.

— Vá em frente e nade — disse Penn para Lexi sem olhar para ela. — Eu vou ficar aqui e conversar com Gemma.

— Tudo bem — Lexi parecia hesitante, mas tirou o biquíni e entrou na água. Pouco depois, ela desapareceu na baía enquanto nadava com Thea.

Gemma observou de canto de olho, mas tentou não olhar fixamente. Era difícil estar tão perto do oceano e não nadar. As ondas que se chocavam contra as rochas eram como uma música, e cantavam para ela.

Elas a convocavam e pareciam acenar para Gemma em um nível celular. Todo o seu ser ansiava estar na água, mas ela precisava falar com Penn. Ela não achava que conseguiria fazê-lo se estivesse brincando na baía.

— Sobre o que você queria conversar? — perguntou Penn enquanto se recostava em uma grande rocha atrás de si.

— Para começar, como lidar com *isto*? — Gemma indicou com um gesto o oceano ao lado delas e puxou a orelha. — Está me enlouquecendo.

— Você fala do marulho? — Penn sorriu com malícia para a óbvia aflição de Gemma.

— O marulho?

— Esta música que você está ouvindo agora, a maneira como o oceano canta para você? É o marulho. Ele nos chama de volta para casa, e é por isso que nunca podemos ficar muito longe do mar.

— Então isso nunca para? — Gemma enrolou uma mecha de cabelo em torno do dedo e olhou para as ondas.

— Não, não para — admitiu Penn, um pouco triste. — Mas fica mais fácil ignorar quando não se está com fome.

— Eu não estou com fome — insistiu Gemma. — Eu tomei café da manhã hoje.

Penn encolheu um ombro e olhou para a água.

— Há tipos diferentes de fome.

— Ouça, eu queria conversar sobre algo que você disse.

— Eu imaginei — Penn observou Thea e Lexi brincando nas águas afastadas da costa e, em seguida, se virou para Gemma. — Você está pronta para se juntar a nós?

— Aí é que está — Gemma sacudiu a cabeça. — Eu não quero me juntar a vocês.

— Então você quer morrer? — Penn ergueu uma sobrancelha com frieza.

— Não, é claro que não. Mas tem de haver um jeito. Deve haver algo mais que eu possa fazer.

— Não. Não há — disse Penn, direta. — Depois de tomar a bebida e se transformar, você está presa. Você é uma sirena e a única saída é a morte.

— Mas não é justo — Gemma cerrou os punhos porque não podia fazer mais nada para aliviar sua frustração. — Como você pôde fazer isso comigo? Como você pôde me transformar nisso sem ao menos me perguntar o que eu queria? Você não pode me obrigar a ser esta... esta *coisa*.

— Ah, posso sim, e foi o que eu fiz — Penn se endireitou e deu um passo em direção a Gemma. — É tarde demais. Você é uma sirena, quer queira, quer não.

— Por que você faria isso? — perguntou Gemma, com lágrimas de raiva ardendo nos olhos.

— Porque eu queria você — a voz de Penn era fria e áspera. — E eu faço o que diabos eu quiser.

— Não — Gemma sacudiu a cabeça. — Você não pode fazer isso. Você não pode me ter. Eu sou uma pessoa, e você não pode me obrigar a ser algo simplesmente porque quer que eu seja!

— Queridinha — sorriu Penn. — Eu já a obriguei.

Gemma teve vontade de bater nela, mas manteve as mãos ao lado do corpo. Ela tinha a sensação de que Penn era muito mais perigosa do que parecia e realmente não queria inflamar a ira dela. Ao menos não por enquanto.

— Eu acho que você não sabe tanto quanto pensa que sabe.

— Como o quê? — Penn riu secamente.

— Você disse que não era possível que os rapazes realmente amassem uma sirena — disse Gemma. — Mas Alex se importa comigo, com o meu *verdadeiro* eu.

Os olhos de Penn relampejaram duramente e o sorriso dela desapareceu.

— Isso só mostra quanto você é jovem e idiota — zombou ela. — Alex tem o que, 17 anos? Dezoito? Ele é um adolescente com os hormônios em fúria. Você acha que ele dá a mínima para *você*? — ela riu de maneira sombria e sacudiu a cabeça. — Olhe para você! Você é deslumbrante e isso é tudo o que importa para ele.

— Você não o conhece e não *me* conhece — Gemma lançou um olhar penetrante para Penn. — Você escolheu a garota errada. Eu vou dar um jeito de sair desta situação. Vou reverter a sua maldição estúpida e vou me libertar.

— Você é tão ingrata! — Penn balançou a cabeça e jogou os longos cabelos negros para o lado. — Uma maldição? Isso é tudo o que você sempre quis, Gemma. Eu vi você. A água a chamou por toda a sua vida — ela se aproximou tanto que ficou bem na frente de Gemma. — Eu lhe dei tudo o que você queria. Deveria me agradecer.

— Eu não pedi por isso! — gritou Gemma como resposta. — E eu não quero!

— É uma pena mesmo — Penn se afastou dela e caminhou em direção à pedra. — Não dá para reverter. Você bebeu a poção e agora é uma sirena até o dia em que morrer.

— Poção? — Gemma sacudiu a cabeça. — Que poção? O que era aquilo?

— O sangue de uma sirena, o sangue de um mortal e o sangue do oceano — recitou Penn.

— O sangue do oceano?

— É só água — Penn sacudiu a cabeça. — Deméter sempre teve uma queda por dramas, especialmente quando se tratava de compor as regras das maldições.

— Então, o que é o sangue de um mortal? — perguntou Gemma. — É, tipo, lágrimas?

— Não, é sangue — Penn olhou para ela como se ela fosse uma imbecil. — Era o sangue de Aglaope e sangue humano.

— Eu bebi *sangue*? — o estômago de Gemma se apertou e ela pôs a mão na barriga. —Você me fez beber sangue? Que tipo de monstro bizarro é você?

— Chama-se sirena, lembra? — Penn revirou os olhos. —Você é muito mais burra do que eu pensava. Talvez eu tenha cometido um erro com você. Talvez você esteja certa e eu devesse deixá-la ir em frente e morrer.

— Sangue de quem? — perguntou Gemma enquanto fazia o possível para não engasgar.

— De Aglaope. Eu já disse isso a você.

— Não, o sangue *humano*.

— Ah, e isso faz alguma diferença? — Penn deu de ombros. — Foi de um humano qualquer.

— Como vocês o conseguiram? — perguntou Gemma.

— Isto é tão entediante — Penn olhou para o céu e balançou a cabeça. — Eu *odeio* transformar novas sirenas. Especialmente as mal-agradecidas como você. Isto é uma perda do meu tempo.

— Se você odeia tanto, então por que o fez? — perguntou Gemma.

— Eu não tive escolha. Nós temos de ser quatro.

Gemma não aguentava mais, então se agachou e começou a ter enjoos. A ideia de beber sangue combinada com tudo o mais que Penn havia dito a ela era coisa demais para lidar, sem falar na enxaqueca que surgia por resistir ao marulho.

— Ah, meu Deus — suspirou Penn enquanto observava Gemma tossir e engasgar. —Você já digeriu o sangue, daí a coisa toda da sirena. O que você acha que está vomitando?

— Eu não estou tentando vomitar nada. O simples pensamento de ser como você está me deixando enjoada — Gemma se levantou e limpou a boca.

Penn estreitou os olhos para ela.

—Você é um tremendo erro.

— Então me diga como sair dessa! Diga-me o que fazer para voltar atrás!

— Eu já disse! — rosnou Penn. —Você tem de morrer! É isso! E se não deixar de ser uma vadia ingrata, ficarei satisfeita em dar um fim ao seu sofrimento!

Com lágrimas de frustração nos olhos, Gemma balançou a cabeça. Ela colocou o cabelo para trás e olhou para o oceano. A cabeça de Thea e a de Lexi ocasionalmente apareciam fora d'água enquanto nadavam.

— Então me diga como viver com isso — Gemma respirou fundo e olhou para Penn. — Você precisa de uma quarta sirena e eu não quero morrer. Diga-me o que eu preciso fazer.

— Em primeiro lugar, baixe a bola. Depois, saia daqui e venha conosco. Vamos mostrar o que você precisa fazer.

— Por que eu tenho de ir embora? — perguntou Gemma.

— É melhor não passarmos tempo demais no mesmo lugar — Penn sacudiu a cabeça. — As coisas tendem a se complicar.

— E a minha família? E Alex?

— Nós somos a sua família agora — disse Penn, e o tom de sua voz era quase carinhoso. — E Alex não a ama e nunca vai amar.

— Mas... — uma lágrima desceu pelo rosto de Gemma e ela a limpou.

— Não é culpa dele e não é culpa sua. Ele *não consegue*, Gemma. Não é possível que um mortal ame uma sirena. Sinto muito — Penn soltou um longo suspiro. — Mas o lance é que, quando se vive tempo suficiente e se vê coisas o suficiente, você percebe que é impossível os homens mortais realmente amarem alguém. Saber disso vai poupá-la das decepções.

— Como posso acreditar em você? — perguntou Gemma enquanto a observava. — Você me enganou e me obrigou a ser isso. Como posso saber se o que você diz é verdade?

— Você não sabe — admitiu Penn com um encolher de ombros. — Mas em quem mais vai acreditar? Quem mais sabe qualquer coisa sobre ser uma sirena?

Gemma percebeu com amargura que Penn estava certa. Bem ou mal, ela foi posta em uma situação na qual não tinha muitas escolhas. Este cenário não havia sido escolha dela. Não era isso que Gemma queria, mas ela tinha de tirar o máximo da situação. Ela ainda poderia fazer a coisa certa, mesmo que Penn a tivesse acuado contra a parede.

Uma comoção nos ciprestes próximos distraiu as duas garotas. Vozes urgentes ecoaram por entre as árvores, juntamente com o som estático de um rádio. Era longe o suficiente para que Gemma não conseguisse ver muita coisa, mas dava para perceber movimento e uniformes azuis, como os da polícia.

— O que está acontecendo? — gritou Thea, que se aproximou da praia por causa do barulho na floresta.

— É a polícia? — perguntou Lexi, que flutuava ao lado de Thea.

— Nós temos de ir — disse Penn de repente, e caminhou em direção ao oceano. — Você deve vir conosco, Gemma.

— Hum... — Gemma tirou os olhos do que estava acontecendo na floresta e voltou a olhar para onde Penn estava parada, bem perto da água. — Não. Ao menos não por enquanto.

Penn cerrou os lábios.

— Você é quem sabe. Mas nós só vamos ficar aqui por mais alguns dias. Depois partiremos.

— Vamos, Penn — gritou Thea enquanto nadava para longe da praia. — Nós temos de sair daqui.

— Tchau, Gemma! — Lexi acenou para ela.

— Tchau — Gemma acenou de volta, mas Lexi já havia mergulhado de volta na água.

Gemma observou Penn caminhar para o mar. Ela parou quando estava com água até a cintura, e Gemma conseguia ver a pele bronzeada de Penn mudar para escamas iridescentes que brilhavam em seus quadris.

— Por incrível que pareça, eu disse a verdade — disse Penn, e depois mergulhou e saiu nadando.

Gemma ficou na praia por mais algum tempo e observou as ondas, mas as sirenas não apareceram mais. O marulho quase abafava o ruído dos homens na floresta, mas ela não queria ouvi-los, de qualquer maneira.

Por fim, ela se afastou da baía e voltou para casa. Gemma ainda não tinha certeza do que deveria fazer exatamente. Morrer ou se juntar a elas. Nenhuma das duas opções parecia aceitável.

Assim que chegou em casa, um carro da polícia parou bem na sua frente. Seu coração disparou e Gemma observou com os olhos arregalados um policial sair do carro e abrir a porta traseira. Harper e Alex saíram do assento traseiro e aquilo a deixou totalmente espantada.

Harper estava com um braço em torno de Alex, e o rosto dele estava absolutamente branco.

— O que aconteceu? — perguntou Gemma ao correr até eles.

— Nós encontramos Luke — disse Harper baixinho.

— Ele está morto — Alex se afastou de Harper e abraçou Gemma. Ela pôs os braços ao redor dele e o apertou firmemente contra si, conseguia sentir as lágrimas dele em seu ombro.

20. Superação

HARPER SE ENCOSTOU NA PIA DA COZINHA E OLHOU PELA janela para a casa de Alex. Ele estava abalado desde que eles encontraram os cadáveres no dia anterior, e Gemma tinha passado quase todo o tempo na casa dele.

Tanto Brian quanto Harper acharam que era melhor que ela estivesse com o namorado do que de castigo em seu quarto. Alex precisava dela.

— Como você está segurando a barra? — perguntou Brian. Ele se sentou à mesa da cozinha atrás de Harper enquanto bebia uma xícara de café.

— Ok... — mentiu Harper.

Pesadelos a acordaram três vezes antes que ela desistisse totalmente de dormir. Para se ocupar, Harper tinha lavado todas as roupas e reorganizado a despensa antes de Brian se levantar, às oito da manhã.

— Tem certeza? — perguntou Brian.

— Sim — Harper se virou para o pai e forçou um sorriso para tranquilizá-lo. — Eu não conhecia Luke tão bem assim.

— Não importa. Ver uma coisa dessas pode mexer com você.

— Eu vou ficar bem — ela puxou uma cadeira em frente ao pai e se sentou.

O jornal de Brian estava espalhado diante dele, como em todas as manhãs de sábado. Os cadáveres estavam na primeira página, então ele deliberadamente a retirara e jogara fora antes que Harper pudesse vê-la.

Harper se esticou e pegou as palavras cruzadas do outro lado da mesa. Brian sempre começava a preenchê-las, mas desistia depois de descobrir apenas uma ou duas palavras. Ele rolou a caneta sobre a mesa, e ela o agradeceu por isso.

— Então, nós vamos simplesmente fingir que nada aconteceu? — perguntou Brian enquanto tomava goles do café.

— Eu não estou fingindo nada — Harper levou o joelho ao peito para que pudesse se apoiar nele enquanto preenchia as palavras cruzadas. — Algo horrível aconteceu. Eu apenas não tenho muito a dizer a respeito.

— Eu já contei a você como Terry Connelly morreu? — perguntou Brian.

— Eu não sei — ela fez uma pausa, pensativa. — Eu me lembro de quando isso aconteceu, mas eu tinha só cinco ou seis anos na época. Foi alguma espécie de acidente no estaleiro, certo?

— Sim — ele concordou com a cabeça. — Um palete que pesava centenas de quilos caiu de uma empilhadeira e desabou sobre ele. Ela o derrubou e Terry caiu de bruços. Eu estava ao lado dele quando aconteceu e Terry ainda estava vivo, então fiquei com ele até a ambulância chegar.

— Eu não sabia disso — Harper pousou o queixo no joelho e observou o pai enquanto ele falava.

— Nós não éramos amigos, mas trabalhamos juntos por muitos anos e eu não queria que ele ficasse sozinho — disse Brian. — Quando a equipe de resgate finalmente chegou, eles tiveram de erguer a palete para tirar Terry de lá. Todos os órgãos dele foram esmagados. Dava para ver os intestinos dele esmagados no fundo do palete, pendurados como um verme morto.

— Ah, meu Deus, pai — Harper fez uma cara feia. — Por que você está me contando isso?

— Eu não estou contando para deixar você com nojo — Brian garantiu a ela. — O ponto em que quero chegar é que foi repulsivo. De alguma forma, o palete o manteve vivo, eu acho, porque logo que o retiraram, Terry morreu.

— Sinto muito — disse ela, pois não sabia mais o que dizer.

— Eu passei semanas tendo pesadelos depois daquilo. Você pode perguntar à sua mãe a respeito, se ela ainda se lembrar — ele se inclinou para a frente e apoiou os braços na mesa. — Eu era um homem adulto quando isso aconteceu e foi apenas um acidente terrível. Ninguém foi assassinado ou deixado para apodrecer nas árvores, e ainda assim passei um bom tempo abalado.

— Pai — ela suspirou e se recostou na cadeira.

— Eu não consigo imaginar o que você está passando, querida — disse Brian com delicadeza. — Mas sei que está passando por algo. E não tem problema admitir isso. Não tem problema ficar magoada e assustada às vezes.

— Eu sei, mas estou bem.

— Eu sei que nem sempre você quer conversar comigo, mas espero que fale com alguém — ele tomou um gole do café. — Você vai à casa do Alex hoje?

Ela sacudiu a cabeça.

— Não, Gemma está lá.

— E daí? Ele é seu amigo também. Você pode estar perto dele quando Gemma também estiver.

— Eu sei, mas... — ela deu de ombros.

— Vocês ainda podem ser amigos mesmo que ele tenha uma namorada. — Brian fez uma pausa. — Gemma namora com ele?

— Eu não sei — ela sacudiu a cabeça. — Mais ou menos, eu acho.

— Humm — ele enrugou a testa. — Eu acho que há garotos piores do que Alex.

— Sim, há — concordou ela.

— E você?

— Eu o quê?

— Você está saindo com alguém?

— Pai — gemeu Harper, e se levantou da mesa.

— Harper — gemeu Brian de volta.

— Por que de repente todo mundo ficou tão interessado na minha vida amorosa? — ela foi até a geladeira e pegou o suco de laranja. — Não que eu tenha uma. Porque não tenho — enquanto servia um copo de suco, ela murmurou: — Eu não gosto de ninguém.

— Todo mundo está interessado na sua vida amorosa? — perguntou Brian. — Quem é todo mundo?

— Eu não sei. Você. Alex — ela se contorceu e engoliu o suco com vontade, para não precisar dizer mais nada. — Eu sei que é sábado, mas acho que não vou ver a mamãe hoje.

— Tudo bem.

— Gemma está muito ocupada hoje, mas talvez amanhã ela queira vê-la — Harper voltou o olhar na direção da casa de Alex. — Eu não sei. Talvez não. Provavelmente vou amanhã, mesmo que ela não queira.

— Tudo bem — Brian concordou com a cabeça. — Ótimo. É bom para você ver a sua mãe.

— Sabe, provavelmente também seria bom para você vê-la — disse Harper com cuidado, e Brian se enrijeceu visivelmente diante da sugestão.

A campainha tocou e os poupou de outra conversa estranha sobre a mãe de Harper. Nenhum dos dois realmente gostava de falar sobre ela, muito menos entre si, mas depois que o nome dela veio à tona, eles se sentiam compelidos a debater o assunto.

— Eu atendo — disse Harper, embora ainda estivesse de pijama e Brian estivesse arrumado.

Ela achou que poderia ser a polícia. Eles disseram que iriam passar por lá se tivessem mais perguntas, mas ela e Alex realmente não tinham conseguido contar muita coisa. Eles não sabiam mesmo de nada, exceto onde encontrar os corpos.

Em vez da polícia, ela encontrou Daniel parado em sua porta. Ele sorriu para ela e, em um primeiro momento, ela não fez nada além de ficar ali, com a porta aberta, e o queixo caído de surpresa.

— Desculpe. Eu acordei você? — perguntou Daniel. — Se eu estiver incomodando, posso simplesmente ir...

— Não, tudo bem — Harper sacudiu a cabeça, mas de repente se deu conta do fato de estar vestida com apenas uma camiseta regata e short de dormir. Por instinto, ela cruzou os braços. — Eu estava acordada.

— Que bom — ele coçou o braço e olhou para ela. — Posso entrar?

— Ah, certo, é, sim. É claro — ela deu um passo atrás para que ele pudesse passar e agora eles olhavam sem jeito um para o outro na entrada, em vez de na porta. Finalmente, ela apenas deixou escapar. — O que você está fazendo aqui?

— Ah, fiquei sabendo do que aconteceu com o seu amigo — seus olhos castanhos se encheram de compaixão. — O que estava desaparecido, e eu queria oferecer meus pêsames.

— Ah. Obrigada — ela deu um sorrisinho para ele.

— Passei na biblioteca para ver se você estava no trabalho — explicou Daniel. — Eu queria conferir e ter certeza de que você estava segurando a barra, porque parecia muito angustiada quando descobriu que ele havia desaparecido.

— Eu tenho folga aos sábados — disse Harper, em vez de falar sobre como estava lidando com as coisas.

— Foi o que a menina que trabalha lá me disse. Era uma garota mal-humorada com uma franja reta — ele colocou a mão na frente da testa para mostrar onde a franja batia, logo acima das sobrancelhas.

— É a Marcy.

— A colega de trabalho que não pode ficar sozinha? — perguntou Daniel.

— É — ela soltou uma risadinha, surpresa por Daniel ter prestado atenção e se lembrado disso. — É ela.

— Ela me deu seu endereço e espero não ser muito estranho eu ter passado aqui. Posso ir embora se você quiser — ele fez um movimento em direção à porta atrás de si.

— Não, não — ela sacudiu a cabeça. — Está tudo bem. E eu sei onde você mora, então é justo, certo?

— Acho que sim — ele sorriu e pareceu estar aliviado. — Como você está?

— Tudo bem — ela deu de ombros.

— Harper? — perguntou Brian e veio da cozinha. — Quem é este?

— Pai, este é Daniel — Harper apontou para ele. — Daniel, este é o meu pai, Brian.

— Olá, senhor — Daniel estendeu a mão para ele, e Brian o observou com hesitação enquanto apertava a mão dele.

— Você é familiar — disse Brian. — Eu o conheço de algum lugar?

— Você provavelmente já me viu em meu barco — Daniel colocou as mãos nos bolsos de trás. — O Gaivota Suja. Ele está ancorado no estaleiro.

— Ah — Brian o observou enquanto tentava descobrir como o conhecia. — O seu avô era Darryl Morgan?

— Sim, era — Daniel confirmou com a cabeça.

— Ele era o meu capataz no estaleiro — disse Brian. — Perdemos um bom homem quando ele faleceu.

— Foi mesmo — concordou Daniel.

— Você costumava ir ao estaleiro com ele, não é? Mas você era apenas... — Brian ergueu a mão próxima ao quadril para demonstrar como Daniel era pequeno e jovem quando o conheceu, mas agora Daniel era, na verdade, alguns centímetros mais alto do que Brian. — E agora você está todo crescido — ele olhou para Harper. — E visitando a minha filha.

— Pai — disse Harper baixinho, e lançou um olhar para ele.

— Tá bom. Bem, foi bom ver você de novo — disse Brian. — Mas eu acho que vou para a garagem trabalhar no carro de Gemma — Brian passou em torno deles e foi até a porta da frente, mas parou quando a abriu. — Mas vou estar bem aqui fora se você precisar de mim. Com ferramentas pesadas.

— Papai! — explodiu Harper.

— Divirtam-se, crianças — disse Brian ao desaparecer pela porta da frente.

— Desculpe por isso — disse Harper depois que seu pai foi embora.

— Está tudo bem — Daniel deu um sorriso irônico. — Pelo jeito, você não tem muitos pretendentes.

— Está insinuando que *você* é um pretendente? — Harper ergueu uma sobrancelha e olhou para ele.

— Não estou insinuando nada — disse ele, mas sorriu para Harper de um jeito que a fez desviar o olhar.

— Quer beber alguma coisa? — perguntou ela ao caminhar em direção à cozinha. — Eu acabei de fazer café.

— Um café seria ótimo.

Daniel a acompanhou até a cozinha. Harper pegou duas canecas do armário e encheu ambas com café. Quando ela entregou uma a Daniel, ele se sentou à mesa da cozinha, mas Harper ficou de pé e preferiu se apoiar no balcão e beber o café.

— Este café está muito bom — disse Daniel depois de tomar um gole.

— Obrigada. É de uma marca ótima.

— Então — ele colocou a caneca na mesa. —Você não me respondeu como está.

— Respondi sim. Eu disse que estou bem.

— É, mas isso é mentira — ele inclinou a cabeça para o lado e a observou. — Como você está de verdade?

Harper soltou um estalo com a boca e desviou o olhar enquanto sorria nervosamente.

— Como você sabe que é mentira? E por que eu mentiria? — ela sacudiu a cabeça. — Por que eu não estaria bem? Quero dizer, eu só conhecia um deles e nem sequer o conhecia direito.

—Você é uma *péssima* mentirosa — Daniel sacudiu a cabeça. — Sinceramente. Uma das piores que eu já vi. Sempre que diz algo que não é verdade, você divaga e evita olhar as pessoas nos olhos.

— Eu... — ela começou a protestar e então deu um suspiro.

— Por que você não quer admitir o que realmente sente? — perguntou Daniel.

— Não é que eu não queira — ela olhou para o café em suas mãos. — É que... eu acho que não tenho o direito de me sentir mal.

— Como assim você não tem o *direito* de se sentir mal? Você tem o direito de se sentir como quiser se sentir.

— Não, eu não tenho — de repente, ela sentiu vontade de chorar. — Luke era... eu mal o conhecia. Os pais dele perderam um filho. Alex perdeu um amigo. Eles o amavam. Eles perderam algo. Eles podem se sentir mal por causa disso.

Ela balançou a cabeça, como se não tivesse a menor intenção de dizer isso.

— Nós trocamos uns beijos muito estranhos e desleixados no outono passado, e depois eu meio que o dispensei — ela mordeu o lábio para tentar não chorar. — Quero dizer, ele era um cara bacana. Eu apenas não o queria daquele jeito.

— Por vocês terem saído e tudo ter acabado, você não tem direito de se sentir mal? — perguntou Daniel.

— Talvez — ela sacudiu a cabeça. — Eu não sei.

— Tá, vamos tentar assim. Vamos esquecer como você deve ou não se sentir. Por que não me diz exatamente o que está sentindo e pensando agora?

— Não é... — Harper engoliu em seco e pretendia ignorar a pergunta de Daniel, mas depois mudou de ideia. — Eu não consigo parar de pensar no rosto dele quando o encontramos. Havia um verme rastejando no lábio dele — inconscientemente, ela passou um dedo pelos próprios lábios. — Eu beijei aqueles lábios. E eu não consigo tirar o cheiro dele do meu nariz. Não importa quanto eu tome banho ou me encha de perfume, não consigo deixar de sentir aquele cheiro — a voz dela engrossou, e seus olhos se encheram de lágrimas. Eu fico imaginando os lábios e o rosto dele, mas o corpo estava todo despedaçado — ela apontou para o próprio tronco. — Ele foi rasgado ao meio e... Eu simplesmente não paro de pensar no quanto ele devia estar assustado — as lágrimas escorriam por suas bochechas. — Ele devia estar apavorado quando aquilo aconteceu. Eles sempre ficam.

Daniel se levantou da mesa e caminhou até ela. Ele ficou diante de Harper e colocou as mãos em seus braços, mas ela não olhou para ele. Harper olhava fixamente para um ponto no chão enquanto chorava.

— Nós o vimos naquele dia — continuou Harper. — No dia em que ele desapareceu, no piquenique. E só fico pensando que, se eu o tivesse chamado para ficar com a gente, ele ainda estaria vivo. Quando o vi, eu estava aborrecida, porque tudo era tão estranho entre nós. E ele era um cara legal! Se eu tivesse simplesmente...

Aí ela começou a chorar, as palavras afogadas pelas lágrimas. Daniel tirou a caneca de café das mãos de Harper e a colocou sobre o balcão atrás dela. Então ele estendeu a mão e, quase timidamente, a puxou para seus braços e a abraçou.

— Não é sua culpa — disse Daniel enquanto ela chorava no ombro dele. —Você não pode salvar todo mundo, Harper.

— Por que não? — perguntou ela, suas palavras abafadas.

— Simplesmente é assim que o mundo funciona.

Harper se permitiu chorar um pouco mais e se sentia tanto grata quanto envergonhada por estar aninhada nos braços de Daniel. Quando se acalmou o suficiente, Harper se afastou dele e enxugou os olhos. Daniel afastou os braços, mas ficou bem na frente dela, caso Harper precisasse dele.

— Eu sinto muito — disse ela ao pressionar as palmas das mãos nas bochechas para secar as lágrimas.

— Não precisa. Eu não sinto muito.

— Bem, você não tem motivo para se desculpar. Você não está sendo uma aberração total.

— Nem você — Daniel tirou um fio de cabelo da testa dela, e Harper o deixou fazê-lo, mas não olhou para ele.

— E eu sei que você está certo. Quero dizer, que não é culpa minha — ela fungou. — Mas eu simplesmente não consigo parar de pensar naquele dia, no piquenique. Quero dizer, nós o vimos naquela tarde e ele desapareceu naquela noite. Se eu apenas tivesse dito "Ei, por que você não fica com a gente" em vez de deixá-lo sair com aquela garota...

—Você não pode se martirizar desse jeito — Daniel sacudiu a cabeça. —Você não tinha como saber.

— Sim, eu devia saber — os olhos dela se arregalaram quando ela se deu conta de algo e olhou para ele. — A última vez em que vi Luke vivo, ele ia sair com Lexi.

— Quem é Lexi? — perguntou Daniel.

— Uma daquelas garotas muito lindas e assustadoras.

— Então, ele deixou o piquenique com essa garota, Lexi, e depois desapareceu? — perguntou Daniel. —Você disse isso aos policiais?

— Não, quero dizer, sim — ela sacudiu a cabeça. — Eu disse a eles o que sabia, mas não pareceu muito importante. Ele foi para casa após o piquenique e jantou com os pais. Depois é que ele saiu e, em seguida, desapareceu. Mas passou um tempo fora com Lexi.

—Você acha que Lexi e Penn e aquela outra garota estão envolvidas de alguma forma nos assassinatos? É isso que você está sugerindo?

— Eu não sei — disse Harper, e balançou a cabeça. — Sim. É isso. Eu acho que elas estão envolvidas.

— Sob o risco de ser acusado de ser um porco sexista, vou dizer uma coisa: elas são apenas garotas — ele deu um pequeno passo atrás para se afastar de Harper, como se esperasse que ela batesse nele, mas ela não o fez. — Eu entendo que estamos no novo milênio e temos igualdade de direitos e que as garotas podem ser assassinas em série tão boas quanto os garotos. Mas essas três meninas não parecem ter força na parte superior do corpo para, você sabe, eviscerar alguém.

— Eu sei, mas... — ela enrugou a testa. — Elas são do mal, e tiveram algo a ver com isso. Posso ainda não entender como, mas sei disso.

Daniel a observou por um minuto, pensativo, e depois concordou com a cabeça.

— Não. Eu acredito em você. E agora?

— Eu não sei — ela suspirou. — Mas não vou deixar Gemma chegar perto delas novamente.Vou amarrá-la na cama, se for preciso.

— Isso parece razoável.

— Situações desesperadoras exigem medidas drásticas.

— Onde está Gemma? — perguntou Daniel.

— Ela está na casa do Alex — Harper apontou para a casa ao lado. — Ela o está consolando.

— Então nós sabemos que Gemma está segura e protegida? — perguntou Daniel e ela concordou com a cabeça. — Ótimo. Nesse caso, por que não fazemos algo que você queira fazer?

— Como o quê?

— Eu não sei. O que você gosta de fazer?

— Hum... — o estômago dela roncou, pois chorar sempre a deixava com fome. — Eu gosto de tomar café da manhã.

— Isso é tão estranho — Daniel sorriu. — Porque eu gosto de fazer rabanadas.

— Isso vai dar certo, não vai?

Juntos, Harper e Daniel fizeram o café da manhã. O pai dela apareceu quando sentiu o cheiro da cozinha e os três comeram juntos. Poderia ter sido meio esquisito, mas não foi. Daniel foi muito respeitoso e divertido, e Brian parecia gostar dele. Harper sabia que, quando Daniel fosse embora, seu pai estaria cheio de indagações sobre a natureza do relacionamento deles, perguntas que ela não estava preparada para responder. Mas, ainda assim, valeu a pena.

21. A ilha

Estar na ilha despertou lembranças. Fazia muito tempo que Harper ou seu pai não visitavam Bernie McAllister, por isso ela aceitou alegremente quando Brian a convidou para visitá-lo naquela tarde.

Com Gemma ainda na casa de Alex, sobraram apenas eles dois, e isso era uma pena, pois Gemma também gostava muito de Bernie. Embora, justiça seja feita, Harper nunca tenha tido certeza se a irmã gostava do velho homem ou se simplesmente adorava a ilha.

Brian pegou um barco emprestado de um amigo para ir até lá e o atracou na doca de Bernie, quase escondida entre os ciprestes calvos que cresciam na água. Havia um caminho estreito para o ancoradouro, mas, exceto por ele, a ilha era quase tomada por ciprestes e pinheiros americanos. As árvores que se erguiam acima deles eram quase tão grandes quanto a largura da ilha.

— Oi! — gritou Bernie.

Harper protegeu os olhos da luz do sol que penetrava a folhagem, mas não conseguia ver Bernie em lugar nenhum.

— Bernie? — perguntou Brian. Ele desceu primeiro do barco e, em seguida, ajudou a filha a fazer o mesmo.

— Eu achei que era você que vinha para cá — disse Bernie e Harper finalmente o viu andar a passos ligeiros pelo caminho e acenar com a mão. — Não esperava ter visitas hoje, mas esta é uma boa surpresa.

— Eu tentei ligar — disse Brian. — Mas o número não funcionava. Você ainda tem um telefone aqui?

Bernie negou com um aceno.

— As tempestades sempre o desconectavam, então eu simplesmente me livrei dele.

— Não estamos sendo invasivos, estamos? — perguntou Harper enquanto ela e o pai desciam pela doca para chegar até Bernie. — Não queremos incomodá-lo.

— Incomodar? Ha — provocou Bernie com seu sotaque inglês suburbano. — Nunca é incômodo receber a visita de uma garota bonita como você — ele piscou para Harper em seguida, o que a fez rir. — E o seu velho também não está tão mal.

— Como vão as coisas, Bernie? — perguntou Brian.

— Não posso reclamar, embora ainda o faça — Bernie se virou para começar a levá-los de volta até a doca e gesticulou largamente para apontar para as árvores ao seu redor. — Venham. Eu vou mostrar a vocês o que fiz com o lugar. As coisas mudaram desde a última vez em que vocês estiveram aqui.

Para Harper, nada parecia tão diferente assim enquanto ela seguia Bernie até a trilha desgastada que ia em direção à casa dele. Tudo continuava cheirando a pinheiros e heras terrestres, exatamente como ela se lembrava. Enquanto Bernie e Brian conversavam sobre tudo o que fizeram durante os últimos anos, Harper perambulou mais lentamente atrás deles, para admirar o lugar onde passara sua infância.

Desde que ela tinha cerca de 12 anos, mais ou menos – a idade em que Brian achou que poderia deixá-la em casa sozinha para cuidar de Gemma –, eles vinham visitar Bernie cada vez menos, mas, antes disso, aquela ilha era seu segundo lar.

Nos fundos, atrás da casa, Harper estava certa de que ainda encontraria o forte que ela e Gemma tinham construído com galhos e madeira velha, se procurasse por ele. As duas o firmaram com pregos, e Bernie havia prometido deixá-lo sempre ali para elas.

Quando chegaram à cabana, ela percebeu que o lugar parecia mais surrado do que se lembrava, mas se manteve muito bem para sua idade. As videiras cobriam uma das laterais, e Bernie apenas as aparava em torno das janelas.

Conforme Bernie os levava até os fundos da casa, Harper finalmente descobriu o que eram as "grandes mudanças": ele começou a cultivar uma horta. Uma gigantesca roseira, coberta com grandes flores violeta, crescia no centro. Foi algo que a esposa dele havia plantado pouco antes de morrer, e, até a criação da horta, era a única planta da qual ele realmente cuidava.

— Uau, Bernie — disse Brian, um pouco atordoado com a enorme quantidade de tomates, pimentões, pepinos, cenouras, rabanetes e alfaces que Bernie tinha no quintal. O espaço da horta era quase do tamanho da casa dele.

— É muita coisa, não é? — Bernie sorriu com orgulho. — Eu os vendo na feira. Ajuda a complementar a velha aposentadoria. Você sabe como a minha vida pode ser extravagante.

— É impressionante — admitiu Brian. — Mas se você estiver precisando de grana, sabe que...

Bernie levantou a mão e o interrompeu antes que Brian pudesse falar mais.

— Eu sei que você tem duas meninas para cuidar e eu nunca aceitei caridade um dia sequer na vida.

— Eu sei — Brian concordou com a cabeça. — Mas se algum dia você precisar de qualquer coisa, sempre pode me procurar.

— Que isso — Bernie sacudiu a cabeça e caminhou até a horta enquanto esfregava as mãos. — Vai um nabo aí?

Enquanto Brian e Bernie discutiam quais tipos de legume Brian gostaria de levar para casa, Harper seguiu em direção às árvores, na esperança de obter um vislumbre do velho forte. Vir até a ilha era como visitar Terabítia.

Algumas de suas melhores memórias de infância envolviam ela e Gemma correndo por entre essas árvores, geralmente porque estavam sendo perseguidas por um ou outro monstro de faz de conta. Quase sempre, era Gemma quem se virava e encarava o monstro.

Era Harper quem inventava as brincadeiras e explicava a Gemma, em detalhes vívidos, como era a aparência do ogro horrível que planejava moer duas meninas para fazer seu pão.

Mas era sempre Gemma quem derrotava o ogro, com um pau que, na verdade, era uma espada mágica, ou atirando pedras nele. Ela só corria até certo ponto antes de parar e lutar.

Enquanto Harper passeava entre as árvores, uma brisa passou por ela e misturou o cheiro do oceano com o dos pinheiros. A brisa também soprou uma pena que estava escondida entre as árvores. Quando ela passou flutuando por Harper, a garota se agachou e a pegou.

A pena era surpreendentemente grande, com vários centímetros de largura e mais de sessenta de comprimento. Era inteira de um preto profundo, até mesmo os ráquis que passavam pelo centro.

— Ah, você encontrou uma pena! — disse Bernie atrás dela, e Harper se virou para encará-lo.

— Você sabe de onde veio? — perguntou Harper enquanto a segurava para conseguir ver melhor a pena peculiar.

— De um pássaro grande à beça — Bernie caminhou cuidadosamente até ela através da horta. — Mas não sei que tipo de pássaro é esse. Não se parece com nada que eu já tenha visto.

— Como ele é? — perguntou Harper.

— Não consegui dar uma boa olhada nele, mas posso garantir que é enorme — ele abriu os braços o máximo que podia para demonstrar o tamanho. — A envergadura era duas vezes maior quando o vi passar sobre a casa. O sol estava se pondo e, no início, pensei que era um avião, mas as asas batiam e ele soltou uma pena.

— Eu não sabia que tínhamos aves tão grandes por aqui — disse Brian, observando Bernie enquanto ele explicava o que havia visto. — Parece ser um condor, talvez.

— Minha visão não é mais a mesma, eu admito, mas até mesmo os barulhos que eles fazem não soam bem — disse Bernie. — Eu os ouvi ao redor da ilha, e eles fizeram tudo que é tipo de sons cacarejantes e estranhos. Primeiro eu achei que as gaivotas tinham aprendido a rir, mas depois percebi que isso não fazia muito sentido.

— Talvez você tenha descoberto uma nova espécie de pássaro — disse Brian com um sorriso. — Podem chamá-la de Pássaros Bernie em sua homenagem.

— Eu ouso sonhar — riu Bernie.

Ele voltou para pegar as verduras na horta, a pena foi esquecida, e Harper foi ajudá-lo. Quando terminaram, Bernie a fez encher um carrinho de mão com os produtos que ele poderia levar para a feira.

Brian e Harper ficaram um pouco mais, sentados no quintal enquanto relembravam o passado. No entanto, com o tempo, Bernie pareceu ficar cansado, então eles pediram licença e foram embora. Bernie os levou até a doca e, quando chegaram ao barco, ele passou um longo tempo acenando para Brian e Harper.

22. Confissões

Assim que Alex contou a ela que Luke estava morto, Gemma sabia que as sirenas tinham algo a ver com isso. Durante a primeira hora que ela passou com Alex depois que ele contou a respeito, Gemma teve dificuldades para evitar vomitar. Ela devia ter bebido o sangue de Luke, o sangue de um mortal, que Penn usou na poção para transformá-la em uma sirena.

Quando Alex explicou a Gemma onde tinha encontrado o corpo, apenas confirmou os temores dela. Foi por isso que Thea insistiu que saíssem de lá quando a polícia começou a vasculhar o bosque perto da baía.

Alex não tinha as mesmas suspeitas de Gemma. Ele tentava especular sobre o que aconteceu com Luke e com os outros garotos, mas nem sequer conseguia imaginar. Ele observava intrigado e se perguntava sem parar: "Por que alguém faria isso com um ser humano?".

Gemma apenas balançava a cabeça, pois realmente não sabia a resposta. Seu único palpite era que não fora outro ser humano quem fizera aquilo, e sim um monstro. Ela ainda não compreendia totalmente o que era uma sirena, mas, sem dúvida, elas eram más.

A única coisa boa de consolar Alex era que isso não a deixava com muito tempo para pensar sobre si mesma ou se preocupar se ela era ou não má. Todas as energias de Gemma eram gastas para garantir que Alex se sentisse melhor e para fazê-lo tão feliz quanto conseguia.

A não ser quando ele contou a ela sobre a morte de Luke, Alex não chorou. Na maior parte do tempo, ele apenas ficava lá, com a mandíbula tensa, o olhar distante. Gemma ficou com ele até bem tarde na sexta-feira e durante todo o sábado.

No fim da tarde de sábado, ele estava com a cabeça no colo de Gemma e ela esfregava as costas dele quando Alex sussurrou:

— Eu não consigo parar de vê-lo. Sempre que fecho os olhos, eu o vejo.

— O quê? — perguntou Gemma. — O que você vê?

Na verdade, Alex não havia falado muito a respeito além de contar a ela que havia encontrado os corpos. Ele se recusou a contar todos os detalhes, e simplesmente sacudia a cabeça sempre que ela o pressionava para conseguir mais informações. Gemma não sabia nem sequer como Luke havia morrido ou o que acontecera com ele.

— Eu não consigo — a voz de Alex estava tensa, e ele balançou a cabeça. — Não consigo nem colocar em palavras. Foi a coisa mais horrenda que eu já vi.

Alex olhou para ela em seguida e os olhos dele procuravam seu rosto. Enquanto tirava o cabelo de Gemma do rosto, ele forçou um pequeno sorriso para ela.

— Você não precisa saber — Alex disse a ela. — Você não precisa ter essa imagem gravada na sua mente. Você é doce demais para ter de lidar com algo assim tão terrível.

— Não sou.

— É sim — insistiu ele. — E isso é uma parte do motivo por que eu... — ele lambeu os lábios e olhou nos olhos dela. — Porque eu estou apaixonado por você.

Gemma se inclinou e o beijou, em parte para evitar chorar. Era o que ela queria, o que estava esperando, mas... Agora ela não poderia fazer isso. Ela não merecia.

O mal que traumatizara Alex daquele jeito, Gemma fazia parte daquilo. Talvez ainda não completamente, mas ela estava se tornando um monstro.

Algumas vezes, ela pensava em contar para Harper ou para Alex sobre as sirenas. Antes de descobrir o que ela era, Gemma estivera prestes a falar para Harper sobre as coisas estranhas que aconteceram com ela.

Agora, com os assassinatos e sabendo que ela estava de alguma maneira relacionada a eles, Gemma nunca poderia contar para Harper ou para Alex ou para seu pai.

Mas havia uma pessoa com quem Gemma poderia falar, uma pessoa cuja compreensão da realidade se tornou tão tênue que jamais duvidaria de sua história: sua mãe.

— Como vão as coisas com Alex? — Harper perguntou domingo de manhã enquanto as levava de carro para ver Nathalie.

— Você quer saber do nosso relacionamento ou de como ele está no geral? — perguntou Gemma. Ela estava jogada no banco do passageiro e olhava pela janela através dos óculos escuros.

— Hum... as duas coisas — Harper olhou para ela, como se estivesse surpresa por sua irmã ter falado tanto.

Elas mal haviam conversado durante toda a viagem de vinte minutos para Briar Ridge, apesar das muitas tentativas de Harper. Agora que estavam quase chegando à casa de repouso, Gemma começou a responder com frases inteiras.

— Vão bem, ao se levar em conta a situação. Em ambos os casos — Gemma puxou as orelhas para tentar aliviar o marulho. Ele só parecia ficar mais alto, não importava o que ela tentasse, e era enlouquecedor.

— Bem, estou contente que você tenha vindo ver a mamãe comigo hoje — disse Harper. — Sei que foi difícil para você sair de perto do Alex, mas mamãe gosta de vê-la.

— Falando nisso — Gemma se virou para a irmã enquanto elas paravam na frente da casa de repouso. — Eu quero ficar sozinha com a mamãe hoje.

— Como assim? — Harper desligou o carro e estreitou os olhos para Gemma.

— Eu preciso conversar com ela a sós.

— Por quê? Sobre o quê?

— Se eu quisesse falar sobre isso com você, não precisaria ver a mamãe a sós — esclareceu Gemma.

— Bem... — Harper soltou um suspiro e olhou para a janela da frente. — Por que você esperou até agora para me dizer isso? Por que você não veio para cá sozinha?

— Meu carro está quebrado e eu sabia que você nunca me deixaria ir a qualquer lugar sozinha — disse Gemma. — Ao menos não com seu carro. Na verdade, estou um pouco surpresa que você me deixe ir até a casa de Alex sozinha.

— Não faça isso — Harper balançou a cabeça. — Não me faça parecer a vilã. É você que tem feito sabe-se lá o que com aquelas garotas horríveis! É culpa sua não confiarmos em você.

— Harper — Gemma gemeu e bateu a cabeça na parte de trás do banco do carro. — Eu nunca disse que não era minha culpa.

—Você tem estado totalmente insana ultimamente — continuou Harper, como se não tivesse ouvido nada do que Gemma disse. — E há um assassino em série à solta, para piorar as coisas. O que mais eu deveria fazer? Deixar você correr solta por aí?

— Deus! Você não é a minha mãe, Harper! — explodiu Gemma.

— E ela é? — Harper apontou para a casa de repouso diante delas.

Gemma olhou para Harper como se ela fosse uma idiota.

— Hum, é, ela é.

— Talvez fosse, e ela teve de abrir mão disso, não por culpa dela. Mas quem tem cuidado de você nos últimos nove anos? Quem ajuda você com o dever de casa? Quem fica doente de preocupação a noite inteira quando você não volta para casa, e depois cuida de você quando está de ressaca e exausta? — reclamou Harper.

— Eu nunca pedi a você para fazer nada disso! — gritou Gemma de volta. — Eu nunca pedi a você para cuidar de mim!

— Eu sei que não! — Harper gritou com raiva, como se isso provasse seu ponto de vista, de certa forma. Ela soltou um suspiro trêmulo e, quando voltou a falar, a voz dela estava muito mais suave. — Como você pode dizer a ela o que está acontecendo com você e não a mim?

Gemma baixou o olhar para o próprio colo enquanto puxava as pontas desfiadas do short, e não disse nada. Ela não tinha como responder à pergunta sem dar alguma pista. Ela não podia deixar Harper saber o que havia se tornado.

— Tudo bem — Harper se recostou no assento e acionou a bateria do carro para conseguir ligar o rádio. — Vá em frente. Diga olá à mamãe por mim. Eu vou esperar aqui fora.

— Obrigada — disse Gemma baixinho e saiu do carro.

Muitas vezes, Nathalie corria para cumprimentá-las quando elas iam visitá-la, mas não naquele dia. Isso provavelmente era um mau sinal, mas Gemma precisava falar com alguém, e sua mãe era a única pessoa que a entenderia.

Quando Gemma chegou à porta, já conseguia ouvir os gritos lá de dentro. Enquanto se preparava, ela bateu na porta e aguardou.

— Vocês nunca me deixam fazer nada! — Nathalie gritava ao fundo quando um dos funcionários abriu a porta. — Isto aqui é uma droga de prisão!

— Ah, oi, Gemma — Becky sorriu com cansaço para ela. Becky não era muito mais velha do que Harper, mas vinha trabalhando na casa de repouso nos últimos dois anos, então tinha se familiarizado bastante com as garotas e com a mãe delas.

— Como ela está hoje? — perguntou Gemma, embora pudesse ouvir como Nathalie estava. Do outro quarto, sua mãe praguejou novamente e bateu em alguma coisa com um estrondo.

— Não muito bem. Mas talvez você consiga alegrá-la — Becky recuou para que Gemma pudesse entrar. — Nathalie, sua filha está aqui. Talvez você devesse se acalmar para poder falar com ela.

— Eu não quero falar com ela! — rosnou Nathalie.

Gemma se encolheu e depois ignorou a mãe, sacudindo a cabeça. Ela tirou os óculos escuros e caminhou para dentro da casa, e encontrou Nathalie na sala de jantar, de pé ao lado da mesa enquanto olhava para os funcionários do outro lado. A postura de Nathalie estava distante e os olhos, selvagens, o que a faziam parecer um animal prestes a atacar.

— Nathalie — disse Becky, mantendo um tom tranquilizador. — Sua filha dirigiu até aqui para ver você. Você deveria ao menos cumprimentá-la.

— Olá, mamãe — Gemma acenou quando Nathalie olhou para ela.

— Gemma, me tire daqui — disse Nathalie ao devolver o olhar furioso para os funcionários do lado oposto. Então pegou a cadeira que estava diante dela e a sacudiu para que batesse ruidosamente no chão. — Me tire daqui!

— Nathalie! — Becky se aproximou dela e segurou suas mãos com as palmas para fora. — Se você quiser conversar com sua filha, precisa se acalmar. Não toleramos esse comportamento e você sabe disso.

Nathalie se afastou da cadeira e cruzou os braços na frente do peito. Os olhos dela percorreram rapidamente o cômodo, incapazes de permanecer fixos em alguma coisa, enquanto ela pensava no próximo passo.

— Tudo bem — Nathalie concordou com a cabeça uma vez. — Gemma, vamos para o meu quarto.

Nathalie praticamente correu para seu quarto e Gemma a seguiu. Becky estava dizendo a Nathalie que ela ainda tinha de se comportar ou sua filha teria de ir embora. Assim que elas entraram no quarto, Nathalie bateu a porta.

— Megera — murmurou Nathalie para a porta fechada.

Normalmente, quando Gemma a visitava, o quarto da mãe estava muito limpo. Não porque Nathalie fosse limpa e organizada, mas porque os funcionários a perturbariam se ele ficasse muito bagunçado. Hoje, ele estava um caos total. Roupas, CDs, joias, tudo estava jogado pelo quarto. O aparelho de som estava esmagado em um canto e o amado pôster do Justin Bieber estava rasgado ao meio.

— Mãe, o que aconteceu? — perguntou Gemma.

— Você precisa me tirar daqui — Nathalie pegou uma mochila rosa de uma pilha no meio do chão e depois voou pelo quarto para enchê-la de roupas e tranqueiras. — Você tem um carro, certo?

— Meu carro está quebrado — ela brincou com os óculos escuros nas mãos e viu a mãe tentar meter um tênis Reebok na mochila, embora ela já estivesse transbordando. — Mãe, eu não posso tirá-la daqui.

Nathalie imediatamente parou o que estava fazendo, meio agachada no chão, com o tênis e a mochila ainda nas mãos, e olhou para a filha.

— Então por que você veio até aqui, se você não vai me levar? Você veio para esfregar isso na minha cara?

— Esfregar na sua cara? — Gemma sacudiu a cabeça. — Mamãe, eu venho visitá-la toda semana. Eu venho simplesmente para vê-la e conversar com você, porque sinto sua falta e amo você. Nós geralmente a visitamos aos sábados, mas há muitas coisas acontecendo em casa.

— Então eu tenho de ficar aqui? — Nathalie se endireitou e deixou a mochila e o tênis caírem no chão. — Por quanto tempo?

— Eu não sei. Mas é aqui que você mora.

— Mas eles não me deixam fazer nada! — lamentou Nathalie.

— Todos os lugares onde se mora têm regras — Gemma tentou explicar a ela. — Você nunca vai poder fazer o que quiser. Ninguém pode.

— Bem, isso é uma droga — ela olhou ao redor do quarto com desgosto e chutou um ursinho de pelúcia que Gemma tinha dado a ela no Dia das Mães.

— Ouça, mamãe, posso conversar com você? — perguntou Gemma.

— Acho que sim — Nathalie suspirou e foi até a cama, para que pudesse se jogar nela. — Já que não posso ir embora, é melhor conversarmos.

— Obrigada — Gemma se sentou ao lado dela. — Eu preciso dos seus conselhos.

— Quanto ao quê? — Nathalie olhou para ela, intrigada que alguém viesse até ela para pedir ajuda.

— Há um monte de coisas acontecendo agora e é tudo tão louco — ela mordeu o lábio e olhou para Nathalie. — Você acredita em monstros?

— Você quer dizer monstros de verdade? — ela arregalou os olhos e se aproximou de Gemma. — Sim. É claro que acredito. Por quê? Você viu algum? Como ele era?

— Eu não sei, na verdade — Gemma sacudiu a cabeça. — Parecia meio incrível, mas eu sei que não está certo.

— Bem, como era o monstro? — perguntou Nathalie. Ela colocou as pernas debaixo de si para poder se sentar de pernas cruzadas, de frente para Gemma.

— Eu acho que é, tipo, uma sereia.

— Uma sereia? — Nathalie conteve um gritinho e seus olhos se arregalaram ainda mais. — Oh, meu Deus, Gemma, isso é tão sensacional!

— Eu sei, mas... — ela sacudiu os ombros. — Elas querem que eu me junte a elas, que eu seja uma sereia como elas...

— Ah, Gemma, você precisa fazer isso! — Nathalie a cortou antes que ela pudesse terminar seu pensamento. — Você tem de ser uma sereia! Isso seria a coisa mais maravilhosa do mundo todo! Você poderia nadar sem parar para sempre! Ninguém nunca diria a você o que fazer.

— Mas... — ela engoliu em seco e baixou o olhar para os óculos escuros em suas mãos. — Mas eu acho que elas estão fazendo algo ruim. Elas machucam as pessoas.

— As sereias machucam as pessoas? — perguntou Nathalie. — Como? Por que elas fariam isso?

— Eu não sei — ela sacudiu a cabeça. — Mas sei que fazem. Eu acho que elas são más.

— Ah, não — Nathalie mordeu o polegar enquanto levava a história da filha seriamente em consideração.

— Eu acho que, se eu for com elas, terei de machucar pessoas — Gemma ergueu o olhar e tentou conter as lágrimas em seus olhos.

— Então não vá com elas — Nathalie balançou a cabeça. — Você não quer machucar pessoas. Quer?

— Não — admitiu ela. — Não quero mesmo. Mas... tem esse garoto.

— Um garoto? — Nathalie deu um sorriso largo e agarrou o braço de Gemma. — Ele é fofo? Você o beijou? Ele se parece com o Justin?

— Ele é muito fofo — Gemma não pôde deixar de sorrir enquanto a mãe olhava para ela tão entusiasmada. — E nós nos beijamos — Nathalie gritou de alegria ao ouvir isso. — E eu acho que a gente realmente gosta um do outro.

— Isso é maravilhoso! — Nathalie juntou as mãos.

— Sim, mas, se me juntar às sereias, terei de deixá-lo para trás. E eu também não poderia vê-la nunca mais. Teria de ir embora para sempre.

— Ah — ela franziu as sobrancelhas. — Bem. O que acontece se você ficar? Se você não for embora com as sereias?

— Eu não sei ao certo. Mas eu acho... — Gemma respirou profundamente. Ela não quis contar à mãe que morreria, porque não tinha ideia de como Nathalie iria lidar com essa informação. — Algo ruim iria acontecer comigo.

— Então... — o rosto de Nathalie se contorceu em confusão enquanto tentava compreender, e ela mastigou um longo fio de cabelo. — Se você for com as sereias, pode nadar por aí para sempre, mas não poderia mais me ver e talvez tenha de fazer coisas ruins.

— Isso mesmo.

— Mas, se não for com elas, algo ruim vai acontecer com você? — perguntou Nathalie e Gemma concordou com a cabeça. — Se ficar, você ainda vai poder me visitar e encontrar o menino de quem gosta?

— Eu não sei — Gemma balançou a cabeça. — Acho que não.

— Bem, nesse caso, acho que você sabe o que precisa fazer.

— Sei?

— Sim — Nathalie concordou com a cabeça. — Você tem de ir com elas.

— Mas eu vou ter de machucar pessoas — lembrou Gemma.

— Não importa — Nathalie deu de ombros. — Você não vai se machucar. De qualquer forma, você não vai mais poder ver a mim ou ao seu namorado. Então, as opções realmente se resumem a ser uma sereia ou se machucar. E você não pode se machucar.

— Eu não sei — Gemma desviou o olhar. — Eu acho que não consigo machucar as pessoas.

— Gemma, me escute. Eu sou a sua mãe — Nathalie pegou a mão da filha e a apertou enfaticamente. — Eu não posso mais cuidar de você. Gostaria de poder, mas sei que não posso. Então você tem de cuidar de si mesma.

Gemma respirou profundamente e concordou com a cabeça.

— Tá bom. Mas eu provavelmente não vou mais poder vir aqui.

— Porque você vai embora para ser uma sereia? — perguntou Nathalie.

— É — Gemma concordou com a cabeça e piscou para conter as lágrimas. Gemma abraçou a mãe em seguida, consciente de que esta provavelmente seria a última vez que a veria. — Eu amo você, mamãe.

— Eu também amo você — Nathalie retornou o abraço, mas só por um segundo, porque não conseguia ficar parada por muito tempo.

Quando ela foi embora, Nathalie contou a todos os funcionários que a filha dela ia embora para se tornar uma sereia.

23. Paz

Se esta seria sua última noite em casa, Gemma queria tirar o máximo de proveito dela. Ela ainda não havia decidido exatamente o que faria, mas sabia que não poderia mais ficar ali.

Gemma fez o melhor possível para agir de maneira alegre e feliz, embora não se sentisse assim. Ela passou a tarde na garagem com o pai, para ajudá-lo a consertar seu carro. Eles não conseguiram fazer a maldita coisa funcionar, mas, na verdade, não fazia diferença. Ela só queria passar um tempo com o pai.

Enquanto Brian se limpava, Gemma ajudou Harper a fazer o jantar. Como ela quase nunca ajudava na cozinha, Harper não levou fé a princípio. Mas, gradualmente, quando percebeu que Gemma não estava tentando se fazer de boazinha para conseguir uma folga do castigo, ela se empolgou com a ideia.

O jantar parecia ser a primeira refeição da família em décadas. Todos os três conversaram e riram. Ninguém mencionou o mau comportamento recente de Gemma ou o assassino em série à solta, que deixava um rastro de garotos mortos. Esses assuntos ainda pairavam como nuvens escuras no fundo da mente deles, mas, por uma noite, foram ignorados.

— Harper, deixe isso comigo — ofereceu Gemma quando a irmã encheu a máquina de lavar louça depois do jantar.

O pai delas havia se retirado para a sala de estar, muito entupido com as costeletas de porco, e Gemma e Harper ficaram para trás na cozinha. Gemma colocou as sobras da costeleta e das batatas vermelhas em um recipiente de plástico, enquanto Harper limpava a mesa.

— Não, eu faço isso. Você está guardando o jantar — Harper enxaguou um prato na pia antes de colocá-lo na máquina de lavar louça e lançou um olhar estranho para Gemma. — O que está acontecendo com você?

— O quê?

— Isto — Harper acenou para Gemma e espirrou acidentalmente algumas gotas de água nela. — Você ficou de mau humor a semana passada inteira e hoje, do nada, está feliz e prestativa?

— Normalmente eu sou feliz, não sou? — perguntou Gemma enquanto colocava o recipiente plástico na geladeira. — E às vezes sou prestativa. Eu só andei estranha ultimamente. Então hoje estou de volta ao normal.

— Então tá — Harper levantou uma sobrancelha, como se não acreditasse na irmã. — O que mudou?

Gemma deu de ombros e pegou um pano molhado na pia. Ela foi até a mesa da cozinha e começou a limpá-la.

— Foi alguma coisa que a mamãe disse? — pressionou Harper quando Gemma não respondeu.

— Na verdade, não — Gemma fez uma pausa e pensou em como se expressar. — Acho que eu percebi que deveria apreciar o que tenho.

— Humm — Harper havia terminado de encher a máquina de lavar louça, então a ligou e, em seguida, se virou para encarar a irmã. — O que você tem?

— Como assim? — Gemma tinha limpado a mesa, então seguiu para os balcões.

— Você disse que está apreciando o que tem. O que exatamente você tem?

— Bem, para começar, tenho os meus pais — Gemma parou de limpar o balcão e se encostou nele. — Os dois estão vivos e vão bem de saúde na maior parte do tempo, o que é mais do que muita gente tem. Eu sei que ambos me amam muito, e meu pai se dispõe até mesmo a passar seus dias de folga trabalhando à toa na porcaria do meu carro.

— É, papai é um cara ótimo. E a sua irmã? — perguntou Harper com um sorriso brincalhão.

— A minha irmã é uma mandona sabe-tudo e controladora — disse Gemma, mas sorriu para ela. — Mas sei que ela apenas tenta me proteger e tomar conta de mim, porque me ama muito. Provavelmente até demais.

— Isso é verdade — admitiu Harper ao lançar um olhar expressivo para Gemma.

— E de vez em quando isso me enlouquece, mas, no fundo, eu sempre soube que tenho sorte de ter alguém que se preocupa tanto comigo — Gemma baixou o olhar. — Eu tive uma sorte louca de ter tantas pessoas que se preocupam comigo e de ter sido abençoada com tanto... com tanto de *tudo*.

Gemma balançou a cabeça e sorriu para ela com tristeza.

— Eu só quero que saiba que *eu* sei que você é incrível.

Por um momento, elas apenas olharam uma para a outra. Os olhos de Harper estavam úmidos e, por um terrível segundo, Gemma tinha certeza de que ela iria chorar. E se Harper chorasse, Gemma iria chorar, e tudo se transformaria em uma confusão enorme e borbulhante, e ela não queria isso.

— Mas enfim — Gemma pegou o pano e começou a limpar o balcão novamente.

— Por que você está tão esquisita? — perguntou Harper enquanto se recompunha.

— Eu não estou tentando ser esquisita — na verdade, Gemma tinha limpado o balcão até ele ficar impecável, ou pelo menos o mais limpo quanto um laminado rachado e velho poderia ficar. Mas continuou a limpá-lo, porque assim conseguia evitar olhar para Harper.

— É por causa do que aconteceu com Luke? — perguntou Harper e Gemma ficou desconfortável.

— Eu não quero falar sobre isso. Não hoje — ao engolir em seco, ela se virou para encarar a irmã e jogou o pano na pia.

— Tudo bem — Harper se recostou no balcão e cruzou os braços. — Sobre o que você quer conversar?

— Papai me contou que Daniel passou aqui ontem para tomar café da manhã.

Harper corou e baixou o olhar para tentar fazer que o cabelo escuro caísse em seu rosto e o encobrisse. Mas ela só conseguiu fazer Gemma rir.

— Ele simplesmente veio aqui e nós acabamos tomando café da manhã — disse Harper. — Não foi nada.

— *Nada*? — Gemma arqueou uma sobrancelha cética. — Desde quando Daniel simplesmente vem aqui? Eu nem achava que você gostava dele.

— Eu não gosto — insistiu Harper, mas ela nem sequer olhava para Gemma. — Por que eu gostaria dele? Eu nem o conheço direito. E ele mora em um barco e não tem um emprego de verdade. E eu mal o conheço. Nós mal conversamos.

— Ah, por Deus, Harper — Gemma revirou os olhos. — Você gosta dele e, pelo jeito como ele atura suas bobagens, suponho que goste de você também. Qual é o problema?

— Não tem problema nenhum. Não tem *problema* nenhum mesmo — Harper se contorceu com a acusação da irmã. — Ele é legal, eu acho, mas eu vou embora para a faculdade...

— Daqui a dois meses — cortou Gemma antes que Harper conseguisse disparar seu discurso de vou-embora-para-a-faculdade. — Ninguém sugeriu que você se casasse com o cara. Simplesmente se divirta. Um romance de verão. Viva um pouco.

— Eu não estou *deixando* de viver — Harper colocou uma mecha solta para trás. — Me desculpe se eu não vejo motivo para brincar com um cara por algumas semanas. Se eu não fosse embora no outono, seria diferente.

— Não, não seria — corrigiu Gemma. — Antes disso, você não podia namorar porque tinha de cuidar de mim ou manter suas notas na escola. Agora é porque você vai embora para a faculdade e, quando estiver na faculdade, não vai ter tempo para um relacionamento até depois de se formar, e depois não vai ter tempo porque vai procurar um emprego, e depois vai ser por outra coisa.

— Bem... — Harper girou seu anel no dedo. — Tudo isso é verdade.

— Na verdade, não. Muitas outras pessoas conseguem dar um jeito de fazer faculdade e ter uma vida — disse Gemma. — Tudo que eu listei aqui são apenas desculpas.

— Concentrar-se nos estudos é uma decisão de vida válida — argumentou Harper. — Nós não temos dinheiro para a faculdade e, se eu não tivesse me esforçado horrores para conseguir essa bolsa de estudos, não poderia ir.

— Não, eu sei — Gemma suspirou. — Mas você está me usando e usando a faculdade como escudo para evitar se aproximar das pessoas. Eu não vou estar sempre por perto para servir de pretexto. Algum dia, você vai ter relacionamentos de verdade com outras pessoas, ou caso contrário corre o risco de acabar sozinha.

— Uau — Harper riu de maneira sombria. — Você me faz parecer uma velha solteirona.

— Não, você não é. Nem penso isso. Eu só... só quero dizer que, talvez, passar um tempo com Daniel durante este verão não seja uma coisa tão ruim assim.

Foi somente depois de dizer isso que Gemma percebeu o que estava fazendo. Ela estava tentando cuidar de Harper. Se Gemma fosse embora esta noite, precisava saber que sua irmã não estaria sozinha, que ela teria alguém em quem se apoiar. Harper achava que não precisava de ninguém, mas precisava, e, aparentemente, Daniel a tinha visto através da máscara e também sabia disso.

Sem pensar, Gemma se aproximou e abraçou a irmã. Assustada e confusa, Harper apenas ficou parada por um segundo, e depois colocou os braços em torno de Gemma e a abraçou de volta.

— Eu não sei o que deu em você — disse Harper. — Mas acho que gosto disso.

Depois de terminar de limpar a cozinha, Harper subiu para ler um livro como sempre fazia depois do jantar. Gemma ficou lá embaixo, na sala, para assistir à TV com o pai por um tempo. Quando Brian se levantou a fim de ir para a cama, Gemma o abraçou e disse a ele que o amava.

Harper normalmente ficava acordada até muito tarde para ler. Gemma tinha de esperar até depois que ela adormecesse para sair, mas fingiu que ia para a cama. Não que ela conseguisse dormir. O marulho sempre parecia piorar à noite, e a mantivera acordada durante a noite quase inteira antes.

Ela deixou a porta do quarto aberta e observou a fresta de luz que vinha de debaixo da porta de Harper. Quando finalmente se apagou, o que significava que Harper ia para a cama, Gemma esperou por mais meia hora, só para garantir.

Sem acender a luz do próprio quarto, Gemma caminhou silenciosamente por ele. A mochila estava pendurada na porta do armário, e ela começou a enchê-la com seus pertences pessoais. No entanto, era difícil saber o que levar.

Ela nem sequer tinha certeza de que iria embora com as sirenas. Gemma simplesmente sabia que não poderia ficar ali. Se escolhesse morrer, não queria que sua família testemunhasse. Seria melhor se eles apenas achassem que ela fugiu. Assim poderiam imaginar que ela estava viva em algum lugar.

A única coisa que ela realmente poderia fazer por sua família era deixá-los com alguma esperança.

No fim das contas, ela se decidiu por algumas roupas e pelo retrato dela, Harper e Nathalie que ficava ao lado de sua cama. Ela deixou todo o resto para trás.

Antes de sair, ela parou na porta do quarto e pensou em deixar um bilhete. Mas o que poderia dizer? O que poderia contar a eles?

Gemma saiu e fechou a porta dos fundos atrás de si o mais silenciosamente que conseguiu. Ela olhou para a casa de Alex ao lado, onde a luz do quarto dele brilhava. A janela estava aberta e ela conseguia ouvir vagamente os sons de uma música qualquer que ele ouvia.

Gemma tinha trabalhado para deixar sua vida em ordem durante o dia inteiro, mas havia deliberadamente evitado encontrar Alex. Foi difícil o suficiente deixar a irmã e o pai. E ela achava que não conseguiria lidar com uma conversa com Alex.

Então Gemma abaixou a cabeça e atravessou o gramado. Ela cortou caminho pelo quintal, porque era a maneira mais rápida de chegar à baía. O marulho ficou ainda mais intenso quando Gemma saiu, e implorava a ela para nadar.

— Gemma! — disse Alex de trás dela, e ela ouviu a porta de tela da casa dele bater. Gemma simplesmente continuou a andar, então ele correu atrás dela. — Gemma!

— Shhiii! — ela se virou. Se ela não conversasse com Alex, ele faria barulho o suficiente para acordar sua irmã. — O que você está fazendo aqui fora?

— Eu a vi pela janela — ele parou a poucos metros dela. — E você, o que está fazendo aqui fora?

— Desculpe. Eu tenho de ir.

—Você não deveria estar aqui fora sozinha, não com o assassino à solta — ele deu um passo para trás em direção à casa dele. —Vou pegar meus sapatos e acompanhar você.

— Não, Alex — ela sacudiu a cabeça. — Eu vou embora de vez.

— O quê? — mesmo sob a luz fraca do luar, ela conseguia ver a mágoa e a confusão no rosto de Alex. — Aonde você vai?

— Eu não sei, mas você não pode vir comigo.

— O quê? — ele deu um passo em direção a Gemma e, quando o fez, ela recuou.

— Alex, eu não consigo fazer isso.

— Isso o quê? — perguntou Alex. — O que você não pode fazer?

— Me despedir de você — ela engoliu as lágrimas e tentou ignorar a dor em seu coração.

— Então não faça — disse ele, simplesmente. — Fique aqui comigo.

— Não, eu não posso — ela começou a recuar e ele a seguiu enquanto dizia o nome dela. — Não, Alex.Você não pode vir comigo. Eu não quero que você venha.

— Gemma, se houver algo errado, eu posso ajudar.

— Não — ela balançou a cabeça e percebeu que a única maneira de impedi-lo era se o magoasse. —Você não entende, Alex. Eu não quero *você*. Eu nem gosto de você.Você é chato e careta. Eu só estava te usando porque você tem um carro, mas... Eu não quero mais você.

O rosto dele esmoreceu.

—Você não está falando sério.

— Estou sim — insistiu ela. — Então me deixe em paz. Eu nunca mais quero ver você.

Ela se virou e se afastou dele às pressas. Com o coração partido batendo forte no peito, Gemma se forçou a sair dali o mais rápido que conseguia.

As lágrimas turvavam sua visão, mas isso não importava. Ela não precisava ver para onde ia, de qualquer maneira. O mar a chamava e dizia a ela exatamente aonde precisava ir.

24. Monstros

Quando Gemma chegou à água, o marulho finalmente parou. As pernas dela viraram uma cauda e ela respirou profundamente.

Transformar-se em sua forma de sirena havia silenciado o marulho, e ela fechou os olhos para escutar as sirenas. Ela não conseguia ouvi-las, não exatamente, mas podia senti-las. As sirenas a atraíam, da mesma forma que o oceano.

Se elas não tivessem essa ligação, Gemma provavelmente nunca as teria encontrado. Em vez de ir para a enseada, como achava que faria, Gemma se viu levada para o mar, para a Ilha de Bernie, a poucos quilômetros da baía de Anthemusa.

Antes que Gemma sequer viesse à tona, ela ouviu a explosão de música alta. Era Kesha, e isso não parecia algo que Bernie ouviria.

Gemma subiu na doca, o que era mais difícil do que parecia, pois ela não poderia usar a cauda de peixe para isso. Daquele ponto de vista, dava para ver a casa de Bernie por entre as árvores, toda iluminada, como um farol.

Uma vez que a cauda dela havia retornado à sua forma de pernas comuns, Gemma vasculhou a mochila e pegou as roupas. Eles estavam encharcadas, mas era melhor do que ficar nua.

Ela foi da doca para a trilha que serpenteava até a casa de Bernie. As janelas estavam completamente abertas, então a música tocava a todo volume. Gemma foi sorrateiramente até elas, pois queria ver antes de entrar o que estavam fazendo.

Lexi pulava no sofá enquanto fazia algum tipo de passo de dança estranho. A boca dela se mexia com a letra da música, mas as palavras não saíam.

Thea estava revirando um armário de cozinha próximo. A casa inteira parecia ter sido saqueada e, pela maneira como Thea vasculhava as coisas e as atirava longe, era óbvio o porquê. Gemma não sabia dizer se Thea estava à procura de alguma coisa em específico.

Nem Penn nem Bernie estavam à vista, então Gemma deu uma volta silenciosa pela casa até outra janela, na esperança de que conseguisse ver mais de lá.

— Fico feliz que você tenha decidido se juntar a nós — disse Penn, e Gemma deu um pulo para trás. De alguma maneira, Penn surgiu ao seu lado, sem que ela a ouvisse.

Penn sorriu para ela e Gemma se apressou para se recompor. A última coisa que ela queria no mundo era que Penn soubesse quanto ela a havia assustado.

— Eu ainda não decidi nada — respondeu Gemma com frieza, e Penn apenas sorriu ainda mais.

— Ah! — Lexi exclamou dentro da cabana. — Gemma está aqui? — a música parou subitamente, de modo que os únicos sons vinham do mar em torno delas e do vento que passava através das árvores.

— Entre — Penn recuou, depois se virou e entrou na casa. Gemma a acompanhou enquanto engolia em seco.

Lexi tinha sossegado no sofá, mas Thea continuava a vasculhar a casa. Ela tinha passado para a cozinha, e se agachou na frente da pia enquanto retirava frascos de produtos de limpeza e desentupidores de pia.

— Thea, acho que já deu para perceber que não há nada de valor debaixo da pia — disse Penn ao pisar com cuidado sobre todas as coisas que Thea havia jogado no chão da cozinha.

— Isto é uma perda de tempo, de qualquer forma — Thea suspirou e se levantou. — Gemma está aqui. Podemos ir agora?

— Eu não sei — Penn encarou Gemma e se recostou na parte de trás do sofá. — Gemma disse que não tem certeza se vem com a gente ou não.

Thea gemeu e revirou os olhos.

— Ah, faça-me o favor.

— Onde está Bernie? — perguntou Gemma.

— Quem? — perguntou Lexi.

— Bernie — Gemma passou por elas para verificar o quarto nos fundos. Ela empurrou a porta, mas só encontrou mais da bagunça que tinha visto no resto da cabana. — Bernie? Sr. McAllister?

Gemma não o encontrou e se virou novamente para as sirenas. Penn e Thea apenas a observaram, mas Lexi brincava com os cabelos e olhava para o chão.

— Onde ele está? — perguntou Gemma. — O que vocês fizeram com ele? Vocês o machucaram?

— Ele nos deu a ilha — Penn deu de ombros. — Você sabe quanto podemos ser persuasivas.

— Onde ele está? — repetiu Gemma, a voz dela se tornando mais dura. —Vocês o mataram como fizeram com aqueles garotos?

— Eu dificilmente chamaria aquele velho de "garoto" — disse Penn com um tom provocador.

— Pare com isso! — gritou Gemma, e Lexi se encolheu. —Você falou que tinha me dito a verdade, mas não disse. Eu sei que vocês estão matando pessoas e não me contaram isso.

— Eu não *menti* — zombou Penn. — Eu nunca disse "nós não matamos pessoas, Gemma".

O estômago de Gemma se contorceu.

— Então você admite.

— Sim. Eu admito — enquanto se aproximava de Gemma, ela sorriu e inclinou a cabeça, sua voz era sedosa e doce. — Me desculpe por não ter contado a você. Mas é só um pequeno detalhe.

— Um pequeno detalhe? — Gemma recuou. —Vocês são assassinas!

— Nós não somos assassinas! — disse Lexi defensivamente. — Pelo menos, não mais do que um caçador, do que você quando come um hambúrguer. Fazemos o que temos de fazer para viver.

—Vocês são canibais? — o queixo de Gemma caiu e ela continuou a recuar. Ela não estava olhando para onde ia e quase tropeçou em um livro, mas conseguiu se apoiar na parede.

— É por isso que não começamos com essas informações — explicou Penn de uma maneira que soou tão razoável, tão lógica, que Gemma sentiu um frio na espinha. —Temos a eterna juventude e uma beleza incomparável. Podemos mudar de forma para criaturas mágicas e míticas. Nós sobrevivemos com sangue mortal. O que é uma coisinha de nada quando temos tanto em troca?

— Uma coisinha de nada? — perguntou Gemma enquanto ria sombriamente. —Vocês são *monstros*!

— Não fale assim — Penn cerrou os lábios e sacudiu a cabeça. — Eu odeio a palavra monstro.

Gemma ergueu a cabeça e se afastou da parede para não mais ficar encostada nela. Ela encarou os olhos escuros de Penn.

— Eu apenas digo o que vejo e, agora, de pé diante de mim, tudo o que vejo é um monstro.

— Gemma — disse Lexi, sua voz ligeiramente trêmula. — Não a provoque.

—Você realmente não faz ideia de com que está se metendo — concordou Thea.

— Está tudo bem — Penn ergueu a mão para Thea e Lexi, mas manteve os olhos fixos em Gemma. — Ela apenas se esqueceu do lugar dela. Ela se esqueceu de que é uma de nós agora.

— Eu nunca vou ser uma de vocês — Gemma sacudiu a cabeça. — Eu prefiro morrer do que matar alguém.

— Eu ficarei muito satisfeita em dar um jeito nisso para você.

— Então faça — Gemma ergueu o queixo de maneira desafiadora. — Você disse que, se eu não for com vocês, vou morrer. E eu não vou com vocês.

A mandíbula de Penn trincou, e Gemma conseguia ver alguma coisa acontecer por baixo da pele dela. Quase como uma corrente que passava em seu rosto. Os olhos de Penn até mesmo mudaram de cor, e passaram de castanho-escuro para um verde-amarelado.

Então, de repente, a mudança parou e os olhos dela voltaram para o preto sem alma habitual. Quando ela abriu a boca para falar, seus dentes estavam visivelmente mais afiados.

— Você não me deixou escolha. Vou ter de lhe mostrar exatamente quem você é — Penn voltou o olhar para Thea e Lexi. — Chamem-no.

— Quem? — perguntou Lexi.

— Quem responder — respondeu Penn.

Lexi olhou com incerteza para Gemma, depois se voltou Thea, que suspirou, mas começou a cantar primeiro. A voz dela era bonita a seu modo, rouca, mas, apenas depois que Lexi se juntou a ela, Gemma sentiu o poder encantador da música delas.

Elas estavam cantando a música que Gemma tinha ouvido antes, a mesma que ela própria havia cantado no chuveiro. Assim que elas abriram a boca, Gemma soube a letra inteira e queria se juntar a elas. Na verdade, teve de morder a língua para se conter.

Thea e Lexi se viraram e saíram da casa, ficaram de pé na varanda para cantar sua canção de sirena e chamar alguém para vir se juntar a elas na ilha.

25. Pobre vigiante

— HARPER! — GRITOU ALEX, E ELA SE ANINHOU AINDA mais na cama. — Harper!

— O que foi? — murmurou Harper em seu travesseiro, mas, àquela altura, ela estava desperta o suficiente para ouvir o pânico na voz de Alex. Ela se sentou e percorreu com os olhos o quarto escuro, confusa. — Alex?

— Estou aqui fora! — gritou Alex, e Harper olhou pela janela e o viu de pé lá fora enquanto gritava por ela.

— O que você está fazendo? — perguntou Harper. — O que está acontecendo?

— Gemma fugiu. Eu tentei impedi-la... — ele parou de falar aos poucos, sem querer explicar por que a deixou ir. — Eu acho que ela foi até a baía, mas não sei ao certo.

— Que droga.

Harper pulou da cama e se arrastou no escuro para vestir suas roupas. Alex continuou a falar lá fora, mas ela não tinha ouvido muita coisa depois que ele disse que Gemma tinha ido embora. Ela vestia o suéter enquanto saía correndo pela porta da frente, e Alex ainda estava debaixo do quarto dela, agora vazio, falando em direção a ele.

— Alex, vamos! — Harper correu para a lateral da casa para avisá-lo, depois correu até o carro dela, que estava estacionado na rua, e entrou. Assim que Alex pulou no veículo, ela perguntou:

—Você tem certeza de que ela foi para a baía?

— Não — admitiu ele. — Ela não quis me dizer para onde ia. Mas, conhecendo Gemma, para onde mais ela iria?

Harper colocou o carro em marcha a ré e pisou com força no pedal, o que fez os pneus cantarem ao sair para a rua. Alex não disse nada, mas colocou o cinto de segurança.

— O que ela disse para você? Tem certeza de que ela está fugindo? Talvez só tenha ido dar um mergulho.

— Não, eu tentei ir com ela, porque o assassino está à solta — ele apoiou o braço contra o vidro para se segurar enquanto Harper voava ao fazer uma curva. — Mas ela não quis me deixar ir com ela.

— Que droga — Harper golpeou o volante. — Eu sabia que ela estava agindo de um jeito estranho hoje. Eu sabia, e eu não... — ela balançou a cabeça ao se lembrar de todas as coisas que Gemma tinha dito a ela. — Ela estava se despedindo.

— Mas por quê? — perguntou Alex, tirando Harper de seu devaneio. — Por que ela está fazendo isso?

— Eu não sei. Não parece a Gemma. Ela nunca foge de uma briga. Seja do que for que ela esteja fugindo, deve ser algo muito terrível.

Harper chegou à baía em tempo recorde. Ela não parou a tempo e derrapou nas docas, o que fez as tábuas de madeira debaixo do carro estremecerem. Assim que o carro parou por completo, ela pulou para fora e começou a gritar por Daniel.

— Quem é Daniel? — perguntou Alex enquanto corria atrás de Harper.

— Ele tem um barco — explicou ela rapidamente.

O estaleiro estava mal iluminado e, por não conseguir ver o barco de Daniel, ela teve um momento horrível de pânico ao perceber que ele poderia ter ido embora. Era um barco. Daniel poderia ir embora a qualquer hora.

Então as luzes no interior da cabine do Gaivota Suja piscaram e ela correu até lá. Ele ainda não estava no convés quando ela chegou, então Harper bateu as mãos na lateral do casco para tentar apressá-lo.

— Daniel! — berrou Harper.

— O que foi? — Daniel finalmente apareceu de dentro da cabine, enquanto esfregava os olhos. Ele conseguiu vestir a calça *jeans*, mas ela ainda estava desabotoada. — Qual é a emergência?

— Gemma sumiu — ela se inclinou sobre o cais o máximo que conseguiu, pendurada na amurada do barco para não cair. — Ela fugiu, achamos que está na baía. Eu preciso da sua ajuda.

— Ela fugiu? — Daniel passou a mão pelos cabelos e sacudiu a cabeça para tentar se livrar do sono. — Por quê?

— Nós não sabemos, mas algo está muito errado — ela olhou para Daniel, com olhos suplicantes. — Por favor, Daniel. Eu preciso de você.

Sem perder tempo, ele perguntou:

— Como posso ajudar?

— A baía é o único lugar que ela realmente ama. Ela não pode ter ido muito longe ainda e, com o seu barco, poderíamos encontrá-la.

— O Gaivota não é tão rápido quanto antigamente, mas vou fazer o que puder — ele estendeu a mão sobre a lateral do barco e agarrou Harper para erguê-la. — Quem é este?

— O quê? — perguntou Harper quando Daniel a colocou no chão. Ela olhou para trás e viu Daniel apontar para Alex. — Ah, este é Alex. Ele é o namorado da Gemma.

— Ah — Daniel estendeu a mão para Alex. — Prazer em conhecê-lo.

— E... igualmente — ele pegou, incerto, a mão de Daniel, que o ajudou a subir no barco. Ele não chegou a abraçá-lo como fez com Harper, mas trouxe Alex para o convés.

— Pode me ajudar a soltar o barco? — Daniel perguntou a Alex enquanto apontava para as cordas que o prendiam à doca.

— Sim, claro — Alex se apressou para ajudar Daniel.

Harper deu a volta pela parte da frente do barco. Um vento frio açoitava a água, e Harper colocou os braços em torno de si mesma para tentar se manter aquecida. Ela olhou para a baía, na esperança de que a irmã estivesse protegida, apesar de tudo.

—Você quer que eu dê uma volta pela baía? — perguntou Daniel ao se aproximar de onde Harper estava. Ele tinha abotoado a calça e vestido uma camisa depois de desamarrar o barco.

— Talvez — ela olhou para ele e depois para a água.

— E a enseada? — sugeriu Alex e apontou para ela. — Gemma está fugindo, o que significa que precisa de um lugar para acampar. A enseada poderia ser um abrigo, mas ainda a manteria perto da baía.

Daniel olhou para Harper a fim de ter uma confirmação, e ela concordou com a cabeça. Daniel deu a volta na parte de trás do barco para guiá-lo enquanto Alex foi até a beirada, pendurado na amurada, e observou o mar noturno. Harper pensou em ficar com ele, mas se sentia mais no controle quando estava com Daniel e lhe dizia para onde ir.

Quando Daniel virou a chave, o barco fez um barulho explosivo, mas não ligou imediatamente. Harper lançou um olhar para ele e Daniel deu um sorriso de desculpas.

— Eu não o levo para passear há um tempo.

— Para que ter um barco se você não navega com ele? — perguntou Harper, que soou mais hostil do que pretendia.

— Para eu ter um teto sobre minha cabeça. O combustível é caro e não há muitos lugares para onde eu queira ir — ele girou a chave, e o motor finalmente rugiu para a vida. — Aí está ele!

Quando eles se afastaram do estaleiro e seguiram em direção à enseada, ela relaxou um pouco. Não completamente, mas se sentiu melhor ao saber que estavam fazendo algo, que estavam se movendo em direção a algo.

— Obrigada — ela sorriu agradecida para Daniel enquanto ele guiava o barco.

— De nada. E obrigado por me acordar o tempo todo, estou aprendendo a viver sem dormir — ele sorriu para ela e baixou o olhar.

— Me desculpe por estar sempre incomodando, e eu realmente devo uma a você. Mas não sabia mais para onde ir.

— Ei, eu sei — ele estendeu a mão e tocou delicadamente o braço dela. — Está tudo bem.

— Só espero que nós a encontremos — Harper inspirou profundamente e voltou a olhar para a água.

— A água está bastante agitada — comentou Daniel enquanto o barco balançava pelo mar. Alex agarrou firmemente a amurada para evitar escorregar para os lados.

— Mas o barco aguenta o tranco, certo? — perguntou Harper.

— Sim, sim, mas está ventando demais — ele mordeu o lábio e observou Harper do canto do olho. — É uma noite fria para se nadar. Você tem certeza de que Gemma foi para a baía esta noite?

— Sim — ela concordou com a cabeça. — Eu sei que pode parecer maluco e meio neurótico, e talvez seja mesmo. Mas eu simplesmente *sei* que há algo errado — ela colocou a mão sobre a barriga e a pressionou. — Eu consigo sentir. Gemma está em apuros e precisa de mim.

— Se você diz que ela está em apuros, eu acredito em você.

— Obrigada — Harper se aproximou e forçou os olhos para enxergar no escuro conforme eles chegavam mais perto da enseada. — Esta coisa pode ir mais rápido?

— Eu estou forçando ao máximo — disse Daniel. — Eu sabia que mais devagar do que isso não seria bom o suficiente para você.

Quando finalmente chegaram perto o bastante da enseada para conseguirem enxergar, Daniel ligou o holofote do barco a fim de iluminar o interior da caverna. Ele teve de diminuir a velocidade do barco para evitar batê-lo nas rochas, mas, mesmo a essa distância, eles conseguiam ver que a enseada estava vazia.

— Não, ela tem de estar lá — insistiu Harper e sacudiu a cabeça. — Ela *tem* de estar.

— Quer que eu chegue mais perto para você dar uma olhada? — perguntou Daniel.

— Sim. Por favor.

Daniel levou o barco o mais perto da enseada que pôde e o amarrou a um cipreste que crescia na lateral. Alex pegou a prancha. Ele mal ia do barco até a beirada da enseada, mas serviu. Alex desceu correndo primeiro e Harper foi logo atrás dele.

O holofote do barco ainda a iluminava, então eles conseguiam enxergar tudo dentro da caverna, mas não havia muito para ver. Um círculo de pedras no centro do que foi uma fogueira. Pegadas na terra. E era só.

— Eu achei alguma coisa! — gritou Alex, e ergueu uma mochila.

— São as coisas dela?

Harper correu até ele e arrancou a mochila de suas mãos. Ela rasgou a mochila, mas, depois de alguns tops e tangas vulgares, Harper percebeu que estas não eram as roupas de sua irmã. Ainda assim, foi a única coisa que ela encontrou, então apertou a mochila contra o peito e olhou vagamente diante de si.

— Não é dela, é? — perguntou Alex enquanto observava uma tanga vermelha cair das mãos de Harper.

— O que você achou? — perguntou Daniel. Ele tinha descido do barco depois deles e vinha logo atrás de Harper.

— Eu acho que é daquelas garotas — ela se virou para ele e ergueu a mochila para Daniel, como se ele soubesse o que fazer com ela. — Aquelas meninas horríveis fizeram alguma coisa com Gemma.

— Você não tem como saber — hesitante, Daniel tomou a bolsa dela, porque Harper a estava entregando para ele e Daniel achou que deveria fazer algo com ela. — Só porque mais alguém passou por aqui não significa que Gemma tem alguma coisa a ver com elas.

— Mas onde ela está? — perguntou Harper com lágrimas enchendo seus olhos. — Ela não está aqui. Onde poderia estar?

— Gemma! — Alex recorreu a gritar o nome dela, já que não sabia mais o que fazer. Ele ficou na beira da enseada e gritava para a baía. — Gemma!

— Talvez nós tenhamos chegado cedo demais aqui — sugeriu Daniel. — Nós chegamos bem rápido, certo?

— Você acha? — Harper olhou para ele, os olhos frenéticos em busca dos dele.

— Talvez — ele deu de ombros. — Ou você acha que existe algum outro lugar aonde ela poderia ir?

— Não, eu... — Harper parou de falar, o rosto contorcido de confusão, e inclinou a cabeça para prestar atenção. Daniel abriu a boca para dizer algo e ela o silenciou ao colocar a mão sobre o peito dele. — Você ouviu isso?

— O quê? — perguntou Daniel, mas, em seguida, ele também ouviu.

Era muito fraca no início, mas o vento levava música para a enseada. Uma melodia diferente de tudo que Harper já tinha ouvido antes, mas era uma sonoridade muito familiar para Alex.

— É a Gemma — sussurrou Alex.

— O quê? — perguntou Harper, mas sem o pânico incessante que havia tomado conta dela apenas alguns segundos antes. Toda a sua expressão mudou, a tensão se derretia em uma serenidade bizarra.

— Harper? — perguntou Daniel. Quando ela começou a andar na direção de Alex até a beira da enseada, Daniel colocou a mão no braço dela para impedi-la. — Harper? Você está bem? O que há?

— Nada — ela reagiu franzindo a testa por um momento, como se percebesse que o que dizia não era exatamente certo, e se virou para Daniel. — Nós estávamos procurando por algo?

— Sim. Pela sua irmã — ele pegou os dois braços de Harper e a obrigou a encará-lo. — O que diabos está acontecendo com você?

— Ela está me chamando — disse Alex para ninguém em específico, e depois mergulhou na água e nadou para longe da enseada.

— Alex! — gritou Daniel. — Alex! O que você está fazendo? Nós temos um barco! — ele correu para a margem da caverna. Alex nadava furiosamente para se afastar e Daniel não estava a fim de pular atrás dele. — Alex! Suba de volta neste maldito barco!

— Há algo errado — choramingou Harper, e Daniel se virou e a viu prestes a chorar.

— Com certeza há alguma coisa errada — ele voltou para perto dela ao decidir que Alex era uma causa perdida, pelo menos por enquanto. — Você sabe por que Alex simplesmente saiu nadando?

— Não — ela passou a mão pelos cabelos e olhou para ele. — Gemma está desaparecida, e eu não posso... — ela balançou a cabeça e tapou os ouvidos com as mãos. — É esta música, Daniel! Ela está tentando me fazer esquecer dela, mas eu não vou esquecer!

— A música? — Daniel ainda conseguia ouvi-la, mas não sabia do que Harper estava falando.

— Não está ouvindo? — perguntou Harper aos gritos, porque havia tapado os ouvidos.

— Sim, mas eu estou bem — garantiu Daniel a ela.

— Nós precisamos ir na direção da música! — disse Harper a ele. — É onde Gemma está!

Daniel pensou em discutir com ela, mas algo muito, muito bizarro estava acontecendo, e eles provavelmente não teriam tempo de questionar ainda mais as coisas. Ele pegou a mão de Harper e a puxou para o barco, para que pudessem ir atrás de Gemma enquanto ainda tinham uma chance.

A música flutuou pelo ar o tempo todo. *Venha, viajante fatigado, eu o levarei através das ondas. Não se preocupe, pobre viajante, pois a minha voz é o caminho.*

26. Forma verdadeira

— O QUE VOCÊ ESTÁ FAZENDO? — PERGUNTOU GEMMA, ainda lutando contra a sua ânsia de cantar com Lexi e Thea.

— O que precisa ser feito — disse Penn a ela. — Eu tentei argumentar com você. Eu dei a você tudo o que queria. E você ainda não vê a lógica. Então agora eu vou fazê-la ver.

— Eu não entendo — Gemma olhou para a porta onde as outras duas sereias cantavam. — O que você tem de me fazer ver? Por que não pode simplesmente me deixar ir embora?

— Porque só temos até a lua cheia para encontrar uma nova sirena ou todas nós vamos morrer, Gemma. E você pode estar pronta para jogar a toalha, mas eu não desisto tão facilmente. Não sobrevivi aos últimos milênios para simplesmente ser liquidada por uma pirralha mimada.

— Exatamente! — Gemma se agarrou a um ponto. — Eu sou horrível. Você não me quer. Deixe-me ir embora e escolha outra pessoa.

— Eu gostaria que fosse tão simples assim — disse Penn, que parecia falar isso intencionalmente. — Nem sempre a poção funciona. Você é a terceira garota que testamos e a primeira que se transformou em uma sirena.

— Como assim, a poção nem sempre funciona? — perguntou Gemma.

— Duas coisas podem acontecer depois de bebê-la. Ou você vira uma sirena, como aconteceu com você — Penn apontou para ela. — Ou você morre.

— O quê? Por quê? — perguntou Gemma. — Como eu me transformei e as outras garotas não?

— Nós não sabemos ao certo. Uma sirena tem de ser forte, bonita e estar ligada à água — Penn deu de ombros. — Algumas das garotas que escolhemos simplesmente não eram fortes o suficiente.

— Mas... vocês estão ficando sem tempo. Se eu morresse, vocês todas morreriam? — Gemma estreitou os olhos para Penn. — O que me impede de me matar?

— Antes de tudo, você não saberia como. Sirenas não são mortais. Não dá para simplesmente se afogar ou se atirar de um prédio — disse Penn. — E a outra parte está a caminho agora mesmo.

Antes que Gemma pudesse reagir, Lexi gritou da varanda:

— Ele está vindo! Eu consigo vê-lo. Já está no cais!

— Ótimo — sorriu Penn. — Podem parar de cantar agora, antes que convoquemos todos os homens que estiverem perto da baía.

Penn estava parada entre Gemma e a porta, mas deu um passo para o lado e deixou Gemma passar.

Ela correu para a porta e passou voando por Lexi e Thea. Gemma não sabia quem elas tinham chamado ou o que exatamente pretendiam fazer com ele, mas sabia que, fosse o que fosse, não poderia ser bom. Ela tinha de mandá-lo embora antes que as sirenas afundassem seus dentes nele.

Gemma parou abruptamente quando o viu subir a trilha e andar como se ainda estivesse dormindo. Era pior do que ela temia.

— Alex.

Assim que o nome dele escapou de seus lábios, as sirenas estavam em cima do rapaz. Lexi foi até Alex, passou o braço em torno dele e o guiou através da trilha. Thea agarrou Gemma e segurou os braços dela atrás das costas para que não pudesse se defender.

— Alex! — gritou Gemma, mas ele mal olhou para ela. O olhar dele estava muito concentrado em Lexi, que cantarolava uma canção em seu ouvido. — Alex! Você precisa sair daqui! Alex, corra! É um truque! Elas vão matar você!

— Cale a boca — rosnou Thea, e começou a arrastá-la pela trilha até a cabana. — Se você simplesmente viesse com a gente, nada disso estaria acontecendo. A culpa de estarmos nesta confusão é sua.

— Por favor! — implorou Gemma. — Por favor, deixem ele em paz.

Penn ria quando elas entraram na cabana. Gemma resistiu e chutou Thea, mas era como lutar contra um granito. Thea era uma semideusa de três mil anos, e isso era perceptível em sua força.

Alex tinha seguido Lexi voluntariamente até o centro da sala e não conseguia tirar os olhos dela. Ela caminhou lentamente em volta dele e Alex virou a cabeça para segui-la. Lexi parou na frente dele enquanto acariciava seu rosto, e ele se inclinou para beijá-la.

— Alex! — gritou Gemma, mas ele ainda tentou beijar Lexi. Se ela não tivesse desviado a cabeça no último segundo, ele a teria beijado. — O que vocês fizeram com ele?

— Na verdade, foi *você* quem fez — Penn estava parada em um lado da sala e assistia ao sofrimento de Gemma com um olhar de intensa satisfação. — Ele não teria chegado aqui tão rapidamente se você já não o tivesse deixado sob um feitiço de sirena antes.

— Do que você está falando? — perguntou Gemma. — Eu nunca fiz nada a ele.

— Ah, fez sim — Penn sorriu. — Você *cantou* para ele, para chamá-lo. Graças a isso, Alex é mais suscetível aos nossos encantos. Vai ser difícil ele resistir aos nossos comandos.

— É a nossa música — explicou Lexi. Ela ficou ao lado de Alex, os braços dele ao redor dela enquanto a olhava com adoração, mas, até então, Lexi tinha evitado todas as tentativas dele para beijá-la. — Colocamos os homens em transe, fazemos que sigam todas as nossas ordens e nos desejem. Também funciona um pouco com as mulheres, mas não é tão potente.

Gemma queria argumentar que nunca havia cantado para ele, que nunca havia tentado colocar um feitiço nele, mas depois se lembrou. Logo depois que elas a transformaram em uma sirena, ela cantou no chuveiro. Alex chegou, e foi naquele dia que eles se pegaram tão intensamente, de forma que nenhum dos dois conseguiu explicar.

— Realmente é tudo culpa minha — sussurrou Gemma.

— Está tudo bem — disse Lexi com uma voz que soava alegre demais para a situação. — Todos cometemos erros, mas podemos aprender com eles.

— Lexi levantou uma questão excelente — Penn foi até Gemma e parou diante dela. Thea ainda a segurava, mas Gemma tinha parado de lutar. — E você vai aprender uma lição hoje, goste ou não.

— Você não tem de fazer isso — disse Gemma. — Penn, por favor, não faça isso.

— Lexi, vamos ver com que estamos lidando — Penn ordenou, mas manteve os olhos em Gemma.

Lexi se abaixou sensualmente e manteve o corpo o mais próximo que conseguia de Alex, sem tocá-lo. Ela agarrou a parte de baixo da camiseta molhada dele e, com um movimento suave, puxou-a por cima da cabeça, o que deixou Alex seminu no meio da sala.

— Assim é melhor — Lexi sorriu para ele e admirou o torso sem camisa. — Ele é mesmo uma gracinha, Gemma. Você tem bom gosto.

— O que você está fazendo? — perguntou Gemma. — Por que estão fazendo isso com ele?

— Você acha que ele te ama? — perguntou Penn. — Ele não te ama. Está prestes a pular em cima de Lexi e se aproveitar dela — Penn voltou a olhar para ele. — Não é mesmo, Alex?

— Ela é a coisa mais linda que já vi — disse Alex, com a voz indiferente e distante. Lexi deu um passo atrás para se distanciar dele e ele tentou segui-la. Ela estendeu a mão para cima a fim de mantê-lo encurralado.

— Ela o enfeitiçou! — insistiu Gemma.

— Ele não consegue controlar suas ações. Ele nunca agiria assim.

— Se ele realmente amasse você, conseguiria superar o feitiço — Penn manteve os olhos em Gemma e apenas apontava para onde Lexi e Alex estavam. — Ele veria que ama você. Mas ele não vê. Não consegue. Não verá — ela se aproximou ainda mais de Gemma e falou quase dentro do ouvido dela. — Os mortais são incapazes de amar.

Gemma conseguia ver diante de si que Alex usava todo o seu controle para evitar correr até Lexi. Ela estava a poucos metros dele e o provocava de uma maneira que o estava enlouquecendo.

O estômago de Gemma se contorceu, mas não por ciúme. O feitiço que Lexi lançou sobre Alex o obrigava a fazer isso e esse feitiço provavelmente também o machucava.

— Tudo bem, você provou o que queria — Gemma se contorcia nos braços de Thea e tentava se afastar dela. — Ele não consegue me amar e nunca vai conseguir! Agora o deixem ir!

— Você não vê? — Penn cruzou os braços e estudou Gemma. — Tudo o que ele disse foi uma mentira. Tudo o que ele fez foi para enganar você, porque quer possui-la e dormir com você, como todos os homens. Ele nunca se preocupou com você, só se preocupa consigo mesmo.

Gemma respirou fundo e percebeu que o que Penn disse poderia ser verdade, por mais que isso fizesse o coração dela doer. Alex não havia sequer olhado para ela desde que chegara ali, e ela era uma sirena também. Talvez isso significasse que ele não se importava com ela.

Mas Alex ainda era o mesmo rapaz por quem ela estava apaixonada. Embora o cabelo dele estivesse encharcado, uma mecha da franja conseguia se projetar um pouco. A maneira como ele a beijou e a abraçou, tudo aquilo poderia ser falso ou temporário, mas ele não era. No fundo, Gemma sabia, sem sombra de dúvida, que ele era bom e gentil e digno do amor dela.

— Eu não ligo! — Gemma olhou para Penn. — Não importa, porque *eu o* amo!

Penn estreitou os olhos para ela, e Gemma viu aquele movimento esquisito acontecer de novo com o seu rosto, como se alguma coisa se movesse por baixo dele. Mas o movimento parou tão rapidamente quanto começou.

— Deixe-a ir — Penn disse a Thea.

Assim que Thea aliviou seu aperto, Gemma fugiu dela e correu até Alex. Quando ela entrou na frente dele, ele tentou desviar o olhar dela, porque não queria tirar os olhos de Lexi.

— Alex — disse Gemma.

Ele fez um grande esforço para ver através dela. Gemma agarrou o rosto dele e o obrigou a olhar em seus olhos. A princípio, ele tentou lutar, mas então algo mudou.

O torpor em seus olhos cor de mogno começou a clarear, e suas pupilas dilataram. Ele piscou algumas vezes, como um homem que acaba de acordar, depois estendeu a mão e tocou o rosto de Gemma. A pele dele estava fria e úmida, e arrepios recobriam sua carne nua.

— Gemma?! — perguntou Alex, parecendo confuso. — Oh, meu Deus, Gemma, o que eu fiz?

—Você não fez nada — com lágrimas nos olhos, ela deu uma risadinha. — Eu amo você.

Ela ficou na ponta dos pés e se inclinou para beijá-lo. A boca dele estava fria e maravilhosa, e o beijo a percorreu como um raio, espalhando calor por todo o seu corpo. Era real e verdadeiro, e nada que as sirenas pudessem dizer ou fazer mudaria isso.

— Chega! — rugiu Penn, e Alex voou repentinamente para longe de Gemma.

Penn havia surgido e o agarrado, depois o atirado com tanta força contra a parede atrás deles que ele caiu inconsciente no chão. Gemma queria correr até Alex, mas Penn ficou na frente dela. A fúria ardia tão intensamente nos olhos dela que Gemma não ousou contrariá-la sem um plano sério, com medo de que Penn destruísse a todos na cabana.

— Você viu apenas duas formas da sirena — disse Penn e, enquanto falava, sua voz começou a mudar do tom doce e suave para algo distorcido e monstruoso. — Eu acho que é a hora de você ver nossa verdadeira forma.

Os braços dela começaram a mudar primeiro, e ficaram mais longos. Os dedos se esticaram vários centímetros, com garras afiadas em forma de gancho nas extremidades. A pele nas pernas passou de macia e bronzeada para algo que parecia um cinza opaco e escamoso. Somente quando os pés dela se transformaram em patas de pássaro com longas garras, Gemma percebeu que Penn tinha agora as pernas de uma ema.

Penn arqueou as costas e soltou um grito que se parecia mais com o de um pássaro agonizante do que o de um ser humano. O som de carne rasgando e penas farfalhando preencheu a sala conforme duas asas despontaram de suas omoplatas. Quando elas se revelaram, tinham quase o comprimento da sala. As penas eram grandes e negras, e reluziam sob a luz.

Ela as bateu uma vez, e as asas criaram uma rajada tão forte que derrubou Gemma. Ela rastejou pelo chão em direção à parede, e olhou para Penn enquanto a transformação ia de mal a terrível.

O rosto de Penn continuava a mudar. Primeiro os olhos, de seu habitual preto para o amarelo-dourado de uma águia. A boca dela se alongou e esticou por inteiro, então seus lábios foram puxados para trás, como uma linha vermelho-sangue em torno de seus dentes. Os dentes de Penn não apenas cresceram como também se multiplicaram, e a transformação de uma única linha de dentes comuns a fileiras e mais fileiras de punhais afiadíssimos fez sua boca parecer a de um peixe-sapo.

O crânio dela parecia se expandir e ficar cada vez maior. O cabelo preto e sedoso permaneceu, circundando sua cabeça como uma auréola escura, mas parecia mais fino e quebradiço, já que o couro cabeludo ficou maior.

A única coisa nela que continuou praticamente intacta foi o torso. Ele se alongou e afinou, se tornando mais esquelético, e as costelas e a coluna vertebral se projetavam de maneira grotesca, mas seus seios humanos permaneceram iguais e a parte superior do biquíni mal os escondia, porque o crescimento do corpo havia esticado o tecido.

Com a transformação aparentemente completa, Penn se aproximou de Gemma. Ela movimentava a cabeça para trás e para frente, como uma espécie de híbrido de homem e pássaro, e piscou para Gemma.

— Agora — disse Penn, a voz ainda uma versão distorcida de sua voz normal —, começa a *verdadeira* lição.

27. Indefesa

Enquanto Daniel desamarrava o barco, Harper estava na proa e olhava fixamente na direção de onde a música vinha. Ela continuava a pressionar as mãos nos ouvidos, com medo do que aconteceria a ela se ouvisse a canção.

No entanto, as mãos dela não eram totalmente à prova de sons, e um pouco da música ainda a penetrava. Seria impossível explicar o que ela sentia, mas a maneira mais fácil era dizer que embotava seus sentidos.

O pânico quanto ao desaparecimento de Gemma ou mesmo a preocupação com o mergulho de Alex na água agitada cessavam praticamente por completo quando ela ouvia a música. Se Daniel não estivesse lá, tentando colocar um pouco de razão em sua cabeça, ela poderia ter ficado na caverna para sempre, ou pelo menos enquanto a música continuasse.

— Que droga — disse Daniel, alto o suficiente para que Harper conseguisse ouvi-lo claramente, e ela se virou para ele. Daniel estava na frente do timão com uma expressão sombria. — Não, vamos lá, amorzinho, por favor, não faça isso.

— Daniel? — Harper se aproximou da cabine e olhou para ele. — O que houve?

— O barco — ele fez uma cara feia. — Não quer ligar.

— Como assim, não quer ligar? — perguntou Harper, enquanto sua voz ficava mais estridente. — Por que você o desligou?

— Para economizar combustível, mas ele vai ligar. Só precisa de um pouco de amor.

Daniel saltou e deu a volta no barco. Harper o seguiu, enquanto se perguntava se deveria simplesmente mergulhar na água, como Alex. Ele abriu a escotilha no motor e, embora ela não entendesse o que Daniel estava fazendo, ouviu alguns estrondos fortes enquanto ele tentava consertar alguma coisa. Com base nos palavrões que ele gritava, Harper não achava que aquilo ia bem.

— Daniel! — gritou Harper, com os ouvidos ainda tapados. — Acho que eu deveria ir atrás do Alex. Não posso ficar aqui e esperar assim. Gemma precisa de mim.

— Harper! — Daniel parou o que estava fazendo e olhou em volta.

— Não, eu preciso...

— Não, Harper, ouça! — ele ergueu a mão, que estava coberta com graxa preta do motor. — A música parou.

— Parou? — ela baixou as mãos e só conseguia ouvir o oceano à sua volta. Não havia mais música. — Por quê? Você acha que Alex fez algo?

— Eu não sei — Daniel fechou a escotilha e se levantou. — Mas espero ter resolvido o problema.

Depois de limpar as mãos na calça jeans, ele correu até a frente do barco e subiu para o lugar do capitão, e Harper foi logo atrás dele. Quando Daniel girou a chave na ignição, o barco fez o mesmo estampido que havia feito na doca, mas não deu a partida.

— Daniel... — começou Harper, mas ele ergueu a mão para silenciá-la.

— Vamos lá — Daniel se queixou em voz baixa para o barco. — Ligue só mais uma vez. Por mim — o barco soltou um tinido alto, seguido do motor que rugia para a vida. — Isso! — à medida que se afastavam da enseada, ele olhou para Harper. — Eu disse que ele ligaria.

— Eu não duvidei de você nem por um segundo.

— Aonde nós vamos? — perguntou Daniel. Ele seguiu na direção para a qual Alex tinha ido, mas isso era tudo o que ele sabia.

— Eu não sei — Harper sacudiu a cabeça e forçou os olhos para ver alguma coisa no horizonte. — Tudo que há lá é a casa do Sr. McAllister.

— Você quer dizer a Ilha de Bernie? — perguntou Daniel, ao apontar para a forma escura da ilha muito à frente deles.

— Sim — concordou ela com a cabeça. — Parecia que a música vinha daquela direção, não parecia?

— Eu acho que sim.

— Então vamos para lá — ela cruzou os braços e olhou diretamente para a frente. — Por que essa música não enlouqueceu você como fez comigo e com o Alex?

— Eu não sei — ele balançou a cabeça e olhou para ela. — Por que ela enlouquecia você? Foi como se estivesse hipnotizada ou coisa assim?

— Eu não sei — ela soltou um longo suspiro. — Vamos apenas esperar que isso não aconteça de novo.

Quando se aproximaram da ilha, Daniel desligou o holofote por sugestão de Harper. Eles não tinham ideia do que estava acontecendo lá, mas ambos concordaram que o elemento surpresa provavelmente trabalharia a favor deles.

Ele encostou o Gaivota Suja perto da doca e, mesmo sem o barco ter parado por completo, Harper tentou pular por cima da amurada. Antes que ela pudesse chegar à doca, Daniel agarrou seu braço.

— Não — sussurrou ele, a voz baixa para que ninguém pudesse ouvi-los. — Não vou deixar você entrar lá sozinha.

— Mas... — Harper tentou argumentar com ele, mas Daniel apenas balançou a cabeça.

Como ele provavelmente sabia que ela não lhe daria tempo suficiente para amarrar o barco, simplesmente jogou a âncora na água. Daniel subiu primeiro na doca e depois ajudou Harper.

Os pés dela mal haviam tocado as tábuas quando ela ouviu Gemma gritar. Harper não conseguia entender totalmente o que ela dizia, mas parecia chamar por Alex. Ela queria correr até a casa, mas Daniel segurou a mão dela e a impediu de entrar em uma situação perigosa de maneira insana.

Ainda assim, eles se apressaram para passar pela doca, quase correndo, mas diminuíram a velocidade quando começaram a subir a trilha. Todas as luzes da cabana estavam acesas e eles conseguiam ouvir Penn e Gemma conversando. O vento que soprava através das árvores tentava levar as vozes embora, por isso eles não conseguiam entendê-las.

A porta da frente da casa estava aberta, então Daniel e Harper abaixaram a cabeça e desceram a trilha antes que fossem vistos. Sob a proteção de árvores, eles chegaram mais perto da casa.

Ambos estavam tão concentrados na casa, enquanto tentavam obter um vislumbre do que estava acontecendo lá dentro, que não prestaram atenção o suficiente para onde estavam indo. Daniel pisou em alguma coisa e escorregou, caindo de joelhos em uma poça molhada.

Ao esticar a mão, ele conseguiu evitar bater o rosto no chão e, quando se levantou, havia algo preso em sua palma. Aquilo lembrava a Harper de um verme morto, mas era muito espesso.

Ele olhou para baixo e percebeu antes de Harper. Daniel saltou e se afastou do cadáver o mais rápido que pôde. Foi quando Harper finalmente olhou para baixo e viu Bernie.

Bernie McAllister estava deitado de costas, o estômago rasgado, com parte dos intestinos para fora.

Um grito nasceu em sua garganta, mas, antes que ele pudesse escapar completamente, Daniel pôs a mão na sua boca. Ele a apertou contra o tronco de um grande carvalho.

—Você não pode gritar — sussurrou Daniel, e Harper concordou com a cabeça, então ele tirou a mão.

A verdade é que Harper não queria nem gritar. Ela queria chorar e correr até Bernie. Aquele era o mesmo velho homem que havia cuidado dela durante a pior parte de sua infância. Ele tinha sido tão generoso com ela, e fora estripado como um peixe.

Felizmente, entre Daniel, que bloqueava seu campo de visão, e a escuridão das árvores, ela não tinha conseguido dar uma boa olhada em Bernie, mas viu o suficiente para saber que ele estava morto.

Atrás deles, na cabana, houve um barulho alto e alguém gritou. Harper instantaneamente reconheceu os gritos de Gemma. Isso a ajudou a ignorar momentaneamente a tragédia do assassinato de Bernie e se concentrar em salvar a irmã. Ela se virou para correr às cegas, mas Daniel a manteve presa contra a árvore.

— Nós temos de tirar Gemma de lá *agora* — disse Harper.

— Eu prometo que não vou deixá-la se machucar, mas não podemos entrar lá correndo. Elas desentranharam um homem adulto. Nós não podemos entrar desarmados.

Harper queria discordar dele, mas Daniel estava certo. Por mais que ela quisesse derrubar a porta da frente naquele segundo e apanhar Gemma, Harper sabia do que aquelas garotas eram capazes. E, se ela entrasse despreparada, acabaria matando Gemma, Daniel, Alex e a si própria.

Na parte de trás da casa de Bernie, havia um galpão grande e, como ele morava sozinho em uma ilha, nunca tinha se incomodado em trancá-lo. Daniel o abriu, mas, sem uma lanterna, estava escuro como breu lá dentro. Ele apalpou em volta para procurar algo que pudesse usar como arma, e apunhalou a si mesmo com um forcado.

Ele o entregou para Harper, mas continuou à procura de algo que ele próprio pudesse usar. Em seguida, Gemma começou a gritar, e Harper não conseguia mais esperar. Ela disparou em direção à porta da frente da cabana e Daniel correu atrás dela.

28. Pacto

Penn recuou e se afastou de Gemma, e, por um curto segundo, ela sentiu alívio. Em seguida, Penn se virou e deu as costas para Gemma. As asas dela quase eclipsavam a visão de Gemma. Ela ainda estava agachada e conseguia ver Alex deitado no chão à sua frente, completamente inconsciente.

— Deixe-o em paz! — Gemma se esforçou para ficar de pé.

Ela se lançou sobre Penn, mas esta abriu uma asa. Ela girou para trás e atingiu Gemma com tanta força que ela saiu voando e bateu em uma parede. Aparentemente sem ao menos se esforçar, Penn a havia arremessado longe. Ela era poderosa demais para que Gemma a combatesse, pelo menos como um ser humano.

Gemma se obrigou a levantar e tentou se transformar no mesmo monstro-pássaro que Penn, mas não conseguiu. Não importava quanto ela cerrasse os punhos ou se esforçasse, sua forma continuava a mesma.

— Você tem de deixar para trás sua vida mortal — disse Penn ao se voltar para olhar para Gemma. Inclinou a cabeça e seus dentes não se juntavam completamente quando ela falava. Eles eram muito irregulares para se fechar de verdade.

— Eu deixarei o que você quiser para trás — disse Gemma. — Apenas não o machuque.

— Mas é isso que a gente faz. Faz parte de ser uma sirena — usando uma de suas longas garras, Penn apontou para Alex. — E como você se recusa a abrir mão dele, que maneira melhor para ensiná-la a ser uma sirena do que comê-lo?

— Não é assim tão ruim — interveio Lexi. Ela e Thea estavam de pé do outro lado da sala, ainda em suas formas humanas normais. — Parece nojento no início, mas é realmente incrível depois que você começa.

— Não se trata de ser nojento. Ele é uma pessoa — disse Gemma enquanto tentava manter a calma. — Vocês não podem simplesmente matá-lo.

— Bem, na verdade, podemos sim — disse Thea secamente. — Aliás, nós temos de matá-lo.

— Eu sei, eu sei — Lexi fez uma cara triste, como se tivesse pena de Gemma por causa de um corte de cabelo ruim, em vez de quão moralmente condenável um assassinato é. — Mas as pessoas morrem o tempo todo. Elas são tão frágeis que, na verdade, nós as fazemos um favor. Elas não sofrem quando as matamos. Elas aceitam com prazer a morte. E Penn está certa. A maioria dos caras é idiota e pede por isso, de qualquer maneira.

— Alex não está pedindo por isso! Ele nunca machucou ninguém! — Gemma lutou para conter as lágrimas, mas começava a perceber como era inútil tentar argumentar com elas. — Tudo bem, vocês venceram!

Penn trocou um olhar com Thea e depois olhou com curiosidade para Gemma.

— Nós já vencemos, Gemma — disse Penn.

— Você tem razão — Gemma foi em direção a ela e olhou fixamente em seus olhos reptilianos. — Eu não sei como me matar. Nem a você. Ainda não. Mas, se você o machucar, se encostar uma garra na cabeça dele, minha missão de vida vai ser destruir todas nós.

Penn estreitou os olhos e soltou um grunhido gutural.

— *Mas*, se você o deixar em paz, eu irei com vocês por vontade própria — prometeu Gemma. — Vou fazer o que vocês pedirem, sempre que pedirem, até o fim dos tempos. Vou me juntar a vocês e ser sua escrava. Mas, por favor, o soltem.

Penn pareceu considerar a ideia por um momento e então se virou para Thea e Lexi.

— Seria legal ter uma escrava — Thea deu de ombros. — E nós acabamos de comer, então não estou com tanta fome.

Penn soltou um suspiro profundo e fechou os olhos.

— Muito bem.

— Puta merda! — gritou Harper, e Gemma se virou e viu a irmã parada na porta da cabana.

Ela estava com um tridente na mão, como se pretendesse golpear qualquer pessoa que ficasse entre ela e sua irmã, mas ficou paralisada quando viu aquele monstro parado na sala. Daniel estava bem atrás dela e ficou paralisado, de queixo caído, até que Penn se virou na direção deles.

Penn abriu a boca e soltou um guincho lancinante, o que incitou Daniel a entrar em ação. Ele pegou o forcado de Harper e correu em volta de Penn. Lexi correu até ele. Antes que ela pudesse enfrentá-lo, Daniel acertou o estômago dela com o cabo do forcado, e Lexi cambaleou para trás.

Ele disparou contra Penn, mas ela era extremamente rápida. Num piscar de olhos, ela pegou o forcado e o arrancou das mãos de Daniel. Com a outra mão, acertou Daniel e deixou três cortes repulsivos no rosto dele.

Daniel caiu para trás, e Penn levantou o tridente como se fosse empalá-lo.

— Penn, não! — gritou Gemma. Ela correu para ficar na frente dela, entre Daniel e o forcado. — Eu vou com você! Apenas vamos sair daqui! Tá bom? Você já tem tudo o que queria desta cidade. Apenas vamos embora.

— Gemma, não! — Harper tentou correr até a irmã, mas Thea deu uma cotovelada em seu estômago quando ela tentou passar pela sirena. Harper desabou no chão enquanto segurava a barriga e tossia.

— Ela tem razão — disse Thea a Penn. — Nós estamos somente perdendo tempo. O sol está nascendo e a polícia já está vasculhando a baía à procura de mais corpos. A gente tem de sair daqui.

Lexi tinha se levantado e chutava o braço de Daniel.

— Babaca.

— Lexi, vamos — Thea começou a sair da cabana e Lexi lançou mais um olhar de desprezo para Daniel antes de ir atrás dela. Elas pararam na varanda diante da cabana, onde esperavam que Penn e Gemma as seguissem.

Penn revirou os olhos e, em seguida, quebrou o forcado ao meio com a mão. Com sua considerável força, ela atirou as duas metades por uma janela, o que fez o vidro se estilhaçar e cair como uma chuva de cacos pelo chão.

Depois disso, ela começou a se transformar novamente em sua forma humana. Primeiro as asas, que se dobraram em suas costas, depois as pernas e os braços se encurtaram, e, finalmente, o rosto, até ela ficar tão maravilhosamente linda quanto sempre foi.

Tanto Harper como Daniel assistiam petrificados a transformação de Penn. Se não tivessem visto com os próprios olhos, jamais teriam acreditado naquilo.

Penn estalou o pescoço e endireitou a alça do biquíni, mas, exceto por isso, tudo nela parecia perfeito.

— Eu poupei a sua família — disse Penn a Gemma. — Você me deve *horrores*.

— Eu sei — admitiu Gemma.

— Vamos embora — Penn agarrou o braço de Gemma, caso ela decidisse mudar de ideia, e começou a caminhar em direção à porta.

— Gemma, não — Harper se levantou, ainda abraçada ao próprio estômago, e olhou com melancolia para a irmã. — Você não precisa ir com elas. Nós podemos combatê-las.

— Desculpe, Harper — Gemma se virou para conseguir ver Harper e, andando de costas com Penn, saiu da cabana. — Cuide de Alex por mim, tá?

Thea e Lexi correram na frente e desceram a trilha.

Harper deu um passo à frente e chamou a irmã, mas Gemma apenas balançou a cabeça. Ela virou para a frente, e desceu correndo a trilha na companhia de Penn. Harper foi atrás delas, mas Gemma era muito rápida, muito mais do que jamais fora.

— Harper! — Daniel gritou, depois se levantou e correu até ela com a intenção de impedir Harper de fazer algo idiota.

Na hora em que Harper chegou à doca, Penn e Gemma já estavam na extremidade. Gemma olhou para trás e então mergulhou na baía.

O sol havia começado a se levantar e banhava a água com uma luz rosa e pálida, e Harper conseguia ver Thea e Lexi nadar para longe. Elas já haviam se transformado, e suas caudas de sirena se debateram na água antes que mergulhassem.

Assim que Harper chegou ao fim da doca, sentiu os braços de Daniel em torno de si para impedi-la de se jogar na água atrás da irmã. Os braços dela estavam estendidos diante de si, como se Harper achasse que pudesse usá-los para agarrar Gemma.

— Gemma! — Harper gritou e tentou empurrar Daniel, mas ele se recusou a soltá-la.

Gemma surgiu apenas uma vez, mas não olhou para a doca. Antes de Gemma submergir, Harper viu somente sua cabeça e depois as escamas iridescentes de sua cauda, que brilhavam à luz do sol.

— Harper, pare — a voz de Daniel era firme em seu ouvido. — Ela não vai voltar e você não pode ir atrás dela.

— Por que não? — perguntou Harper, mas parou de lutar. — Por que não posso ir atrás dela?

— Porque você não consegue respirar debaixo d'água e não sabe contra o que vai brigar.

A resistência abandonou seu corpo, e ela se largou nos braços dele. Daniel a deixou na doca e ela se ajoelhou na beirada enquanto continuava a olhar para o oceano. Ele se ajoelhou atrás de Harper, o braço ainda ao redor dela.

— O que diabos eram aquelas coisas? — perguntou Harper.

— Não faço ideia. Eu nunca vi nada parecido.

— Então eu deveria simplesmente deixá-la ir embora com aquelas garotas e não fazer nada? — Harper se virou e olhou para ele, o rosto de Daniel bem próximo ao dela.

— Não, você não vai ficar sem fazer nada — Daniel sacudiu a cabeça. — Nós vamos descobrir o que essas coisas são, aprender como detê-las e aí vamos resgatar sua irmã.

— Mas ela está com as garotas *agora*. E se elas a machucarem? O que vai impedi-las de a matar?

— Harper — disse Daniel com toda a delicadeza que conseguiu. — Você a viu sair nadando com elas. Sua irmã parecia uma sereia — ele fez uma pausa. — Gemma é uma delas.

— Não, ela não é, Daniel, ela nunca faria mal a ninguém. Gemma não é como elas!

— Eu sei disso, mas ela pode ao menos se passar por uma delas. E, neste momento, acho que isso é bom. Vai mantê-la viva.

As lágrimas nadavam em seus olhos e Harper as enxugou de modo grosseiro com a palma da mão. Ela se virou novamente para a água.

— Olá? — gritou Alex da cabana. — Gemma? Tem alguém aí? — ele passou pela porta aos tropeços.

— Você está bem? — Daniel perguntou a Harper enquanto a olhava com uma expressão séria. — Você vai ficar bem se eu deixá-la sozinha por um segundo para ver como Alex está?

— Sim, eu vou ficar bem — ela concordou com a cabeça. Quando Daniel se levantou, ela se virou para ele. — Leve-o depressa para o barco. Quanto antes sairmos daqui, mais rápido poderemos descobrir como destruir aquelas vadias.

Daniel deu um sorriso pálido para ela e concordou com a cabeça. Ele caminhou de volta à doca para cuidar de Alex, mas Harper ficou onde estava, observando a água. Ela ouviu Daniel conversar com Alex e conferir se ele estava bem, e Alex tentar dar sentido àquilo de que se lembrava.

Mas ela não estava prestando muita atenção a nenhum dos dois. Harper estava concentrada em criar um plano. Ela teria a irmã de volta, nem que esta fosse a última coisa que fizesse.

Este livro foi composto em Bembo
para a Editora Planeta do Brasil
em agosto de 2012